KB274001

時調・歌辭 漢譯資料叢書 1

時調・歌辭 漢譯歌全書 1

〈時調漢譯歌 原歌 對照篇〉

이 저서는 2005년 정부(교육인적자원부)의 재원으로 한국학술진흥재단의 지원을 받아
수행된 연구임(KRF-2005-AS0043)

時調・歌辭 漢譯資料叢書 1

時調・歌辭 漢譯歌全書 ①
〈時調漢譯歌 原歌 對照篇〉

김문기·김명순 편저

태학사

[편저자 소개]

김문기(金文基)
경북대학교 사범대학 국어교육과 교수, 문학박사
경북대학교 퇴계연구소장
저서 : 『서민가사 연구』(형설출판사)
　　　『문경의 구곡원림과 구곡시가』(한국학술정보)
　　　『조선조 시가한역의 양상과 기법』공저(태학사)
　　　『경북의 구곡문화』(도서출판 역락), 『주해 동학가사1, 2』(도서출판 역락) 외 다수
논문 : 「〈三句六名〉의 의미」 외 다수

김명순(金明淳)
경북대학교 대학원 석사 박사 과정 수료(문학박사)
현 대구한의대학교 교수
저서 : 『조선조 시가한역의 양상과 기법』공저(태학사)
　　　『조선후기 한시의 민풍 수용 연구』(보고사)
논문 : 「조선후기 기속시 연구」 외 다수

時調・歌辭 漢譯資料叢書 1

時調・歌辭 漢譯歌全書 ①
〈時調漢譯歌 原歌 對照篇〉

초판 제1쇄 인쇄 2009년 7월 30일
초판 제1쇄 발행 2009년 8월 10일

편저자 김문기・김명순
펴낸이 지현구
펴낸곳 태학사
등록 제406-2006-00008호
주소 경기도 파주시 교하읍 문발리 파주출판도시 498-8
전화 마케팅부 (031) 955-7580~2 편집부 (031) 955-7585~89
전송 (031) 955-0910
전자우편 thaehak4@chol.com
홈페이지 www.thaehaksa.com

ⓒ 김문기・김명순 2009
값은 뒤표지에 있습니다.

ISBN 978-89-5966-252-4 (94810)
ISBN 978-89-5966-251-7 (세트)

일러두기

- 한역 대상이 된 시조와 한역가를 대조하여 '原歌 對照篇'에 제시하였다.
- '원가 대조편'에 시조별로 나누어 제시한 한역가의 연작은 '時調漢譯歌 連作篇'에 작품 전체를 모아 실었다.
- 한역 대상 시조를 확인하지 못한 작품은 별도로 구분하여 '原歌未詳 作品篇'에 실었다.
- '원가 대조편'에는 대상 시조를 앞에 제시하고 해당되는 한역가를 뒤에 실어 대조하였다.
- '시조한역가 연작편'과 '원가미상 작품편'에는 한역자 생몰 연대순으로 자료를 배열하였다.
- '원가 대조편'의 시조 원문은 초장 첫구의 한글 자모순으로 배열하였다.
- 시조 원문은 출전의 표기대로 제시하되 3행으로 행 구분을 하였다.
- 원전의 결루된 부분은 □로 표시하였다.
- 원전에 한역가와 시조가 병기된 경우는 병기된 시조 원문을 표제로 내세웠다.
- 한역 대상 시조로 볼 수 있는 작품이 2수 이상 있는 경우는 모두 제시했다.
- 원전에 한역가만 있는 경우는 沈載完 編『校本歷代時調全書』에 수록된 작품을 앞에 내세우고 이 책의 작품번호를 부기하였다.
- 『교본역대시조전서』에 들어 있지 않은 작품은 한글 자모순에 따라 삽입하고 그 출처를 표기하였다.
- 한역가는 원문을 제시하고 한역자와 제목과 출전을 밝혔다.
- 한역가의 제목은 원전의 제목을 따르고 긴 경우는 축약하였다.
- 한역가의 시구는 시조의 행구분과 한시의 구조를 고려하여 구분하였다.
- 한역가가 2수 이상일 때는 한역자, 한역시기, 수록문헌 등을 고려하여 시대별로 배열하였다.
- 한역가가 여러 문헌에 들어 있더라도 작품이 동일하면 중요 문헌만 제시하였다.
- 원전에 있는 서·발문 등은 싣지 않고, 『時調歌辭漢譯資料集成』에 수록하였다.

| 머리말 |

　본 〈時調·歌辭 漢譯資料叢書〉는 시조와 가사를 한시 형태로 번역한 작품과 관련 자료를 수집하고 정리하여 총서 형태로 묶은 것이다. 총서는 3가지 체재로 구성되고 모두 9권으로 이루어졌다. 먼저 『時調·歌辭 漢譯歌全書』1·2·3은 어떤 작품들이 주로 한역되었는지, 시조와 가사가 어떻게 한시 형태로 번역되었는지를 살펴볼 수 있도록 시조 및 가사와 한역 작품을 대조하여 정리하였다. 두 번째로 『時調·歌辭 漢譯資料集成』1·2는 한역가 및 관련 자료의 원문을 한역자별로 정리하여 제시하였다. 앞에 제시한 『시조·가사 한역가전서』는 국문시가별로 관련된 한역 자료를 모았기 때문에 동일한 인물의 한역자료가 한역대상작품의 갈래에 따라 나뉘어 정리되었다. 그래서 이를 한역자별로 확인할 수 있도록 정리한 것이 『時調·歌辭 漢譯資料集成』1·2이다.

　마지막으로 『時調·歌辭 漢譯原典』1·2·3·4는 시조와 가사의 한역가가 수록된 원전자료를 영인하여 묶은 것이다. 앞에서 설명한 자료집들은 원전에 나오는 기록을 일정한 기준에 따라 재구성한 것이기 때문에 자료의 문헌적 성격이 드러나지 않는다. 또 기존의 한역 관련 논저에는 한역가의 원문이 원전과 다르게 잘못 표기된 경우나 한역자나 문헌 표기에 착오가 생긴 것, 그리고 시구의 순서가 바뀌어 제시된 자료 등이 있고, 특히 이들이 거듭 인용된 사례도 있다. 그러므로 원전을 확인할 수 있도록 한역가 및 한역가와 관련된 기록들이

들어 있는 문헌 자료를 가급적 원전대로 제시하기 위해 노력하였다.

이와 같이 구성된 본 총서는 시조와 가사 작품의 분석 및 창작과 수용 과정 등의 배경 연구는 물론이고 시조와 가사 한역의 전체적 성격, 국문시가와 한시 및 국문문학과 한문학의 교섭 양상 연구를 위한 기초 자료로 활용될 수 있을 것이다.

저자들은 오래전부터 시가 한역 자료 정리의 필요성을 인식하고 자료를 수집하고 정리하기 시작했으나, 자료의 성격과 문헌의 형태가 복잡해서 많은 시일이 흐르도록 완성하지 못했다. 시가 한역 자료는 한두 편씩 산재한 경우가 많기 때문에 자료를 찾고 수집하는 일이 쉽지 않았다. 각급 도서관에서부터 개인 소장본에 이르기까지 도처에 산재한 단편적인 자료를 탐문하여 확인하고 원가를 찾아내어 정리하는 일에는 많은 시간과 노력이 필요하였다. 도중에 다른 일에 밀려서 작업을 집중적으로 진행하지 못하고 자료 더미를 쌓아두었다가 다시 꺼내어 처음부터 정리하는 일이 반복되면서 시간이 많이 흘렀다.

본 총서를 통하여 상당한 분량의 자료가 수집, 정리되었지만 아직 확인되지 않은 자료가 많을 것이다. 또 학계에 소개된 자료 중에도 아직 원전을 확인하지 못한 것도 있다. 본의 아니게 정리 과정에서 일어난 착오도 있을 것이다. 앞으로 지속적으로 자료를 발굴 수집하면서 미비한 점들은 수정 보완할 것을 약속한다.

이 작업은 이병기, 조윤제 등 선학들의 선구적 업적과 정병욱, 김동욱, 심재완, 박노춘, 박을수 교수 등이 이루어 놓은 자료 발굴 및 정리와 연구 성과를 바탕으로 출발하였다. 특히 유재영, 하성래, 강전섭, 심재완, 이상보, 박을수 교수 등은 흔쾌히 소장 자료를 제공해 주셨고, 김윤조 교수는 해외에서 필사한 자료의 원문을 재구성해서 보내 주셨다. 의령 남씨 종손 남찬우 선생은 선조의 문헌을 열람하고 복사하도록 허락해주셨다. 이밖에도 많은 관계자 여러분의 도움을 받았고, 수많은 관련 논저를 통하여 한역 관련 정보와 자료 원문 및 출처를 확인할 수 있었다. 많은 시간이 흘렀지만 그동안 자료 수집 과정에서 도움을 주신 모든 분들과 참고한 논저의 저자 여러분께 깊이 감사드린다.

바쁜 가운데 급한 일을 미뤄두고 오랫동안 원고 정리를 위해 애쓴 장재호 선생에게 특별히 고마운 마음을 전하며, 촉박한 기일에 복잡한 자료를 출판해주신 태학사 지현구 사장님과 편집부 여러분의 노고에도 고마움을 표한다.

2009년 7월

편저자 씀

|時調漢譯歌 原歌 對照篇|

時調漢譯歌 原歌 對照篇

가노라 三角山아 다시 보쟈 漢江水ㅣ야

故國山川을 써느고쟈 ᄒ랴마는

時節이 하 殊常ᄒ니 올동말동 ᄒ여라 (3)

去矣三角山　　　　　　將再見漢江水

故國山川　　　　　　　寧欲少相離

時節何紛紛　　　　　　倘重還相見麽

(黃胤錫, 「古歌新飜續十四章」 13, 『頤齋亂稿』)

가마귀 거므나다나 히오리 희나다나

환싀다리 기나다나 올히다리 져르나다나

世上에 黑白長短은 나는 몰나 ᄒ노라 (17)

誰謂烏不黑　　　　　　誰謂鷗不白

黑白不可易　　　　　　有目皆可識

如何世人惡分析　　　　欲將黑白混一色

(洪良浩, 「靑丘短曲」 36, 烏不黑, 『耳溪集』 卷1, 『靑丘短曲』)

烏之黑不黑　　　　　　鷺之白不白

短不短鳧脛　　　　　　長不長鶴膝

姑舍之黑白與長短　　　　世事吾不識

(金養根,「東調」28,〈棲逸〉6,『東埜集』)

가마귀 검다ᄒ고 白鷺야 윗지마라
것치 검은들 속조ᄎ 검을소냐
것 희고 속 검은 거슨 너ᄲᆞᆫ인가 ᄒ노라 (15)

莫黔非烏　　　　白鷗且莫笑
毛雖不潔　　　　裡豈如表
表白裡黑　　　　人孰汝要

(李衡祥,「今俗行用歌曲」46, 表裏叱,『芝嶺錄』)

가마귀 눈비마자 희는듯 검노민라
夜郎明月이 밤인들 어두우랴
님향흔 一片丹心이야 變할줄이 이시랴 (20)

烏飛被雨雪　　　　白若還黔了
夜光明月　　　　雖夜寧黑暗麼
向主片一丹心　　　　寧有改麼

(譯者未詳,「烏飛被雨雪」,『東國名賢抄』六臣錄, 參判朴彭年條)

가마귀 싸호는 골에 白鷺ㅣ야 가지마라
셩낸 가마귀 흰빗츨 새올셰라

清江에 잇것시슨 몸을 더러일가 ᄒᆞ노라 (23)

烏巢枝	白鷺愼莫
怒烏妬白色	滄滄水濯濯羽
蘆花風曬曜羽	怕他啄向風塵落

(李希齡,「白鷺歌」,『藥坡漫錄』卷94, 金鼎九條)

鴉之集處兮	白鷗兮莫適
彼鴉之怒兮	諒汝色之自歟
清江濯濯身	惟慮染爾之血兮

(譯者未詳,「絶命歌」,『李評事集』卷1)

集谷羣雅咻	孤飛一白鷗
白鷗愼所適	羣雅妒爾白
清流濯自潔	去去莫緇涅

(南夏正,「桐巢樂府」4,『桐巢遺稿』)

가슴에 궁글에 둥그러케 쑬고 왼숫기를 눈길게 쏘와

그 궁게 그 숫기 너코 두놈이 마조 잡아 이리로 훌근 져리로 훌근

훌적훌적이는다 남죽남 大都ㅣ도 그는 아모쑈로나 견듸려니와

아마도 님 외오 살나ᄒᆞ면 그는 그리 못ᄒᆞ리라 (33)

穴吾之胸洞如斗	貫以藁索長又長
前牽後引磨且戛	任汝之爲吾不辭
有欲奪吾主	此事吾不屈

(邊希李, 「不屈歌」, 『原州邊氏世譜』卷1, 雜錄附, 『大隱先生實記』卷1, 『冶
隱先生言行續』卷3, 邊大隱安烈遺事)

가을 밤 치 긴젹의 님 生覺이 더욱 깁다
머귀 성권 비에 남은 肝腸 다 셕노라
아마도 薄命흔 人生은 니 혼진가 ᄒ노라 (36)

秋雨幾何來　　　　　雨裝不須出
十里路幾何去　　　　蹇驢不須叱
去時如遇酒家入　　　去不去又未必

　　　　　　　　　(金養根, 「東調」36, 〈閒適〉7, 『東埜集』)

가을 하늘 비긴 빗츨 드는 칼노 말나니여
金針 五色실노 繡노하 옷슬 지어
님져신 九重宮闕에 드리오려 ᄒ노라 (40)

秋天雨晴色　　　　　掇貯珊瑚箱
誰是北去者　　　　　欲寄夫君傍

　　　　　　　　(柳馨遠, 「翻俗歌」10, 『磻溪逸稿』)

雨霽秋天一色同　　　裁成錦幅剪刀中
銀針色線添紋繡　　　願作衣裳獻紫宮

　　　　　　　(鄭顯奭, 「敎坊歌謠」66, 『敎坊歌謠』)

フ을 비 긔쏭 언마치 오리 雨裝直領 닙지 마라

十里길 긔쏭 언마치 가리 등닷고 비알코 다리 저는 나귀를 큰나큰

唐치로 쌍쌍쳐셔 다 모지마라

가다가 酒肆의 들너면 갈쏭 말쏭 ᄒ여라 (37)

我雨浥輕塵	簑衣何須着
歸程只十里	且莫策蹇驢
前村有酒家	停鞭故遲遲

(李基休,「短歌十九章」11,『不世堂集』)

却說이라 玄德이 檀溪 건너 갈직 的盧馬야 날 살녀라

압희는 長江이오 뒤 쏘로느니 蔡瑁ㅣ로다

어듸셔 常山 趙子龍은 날 못 츠즈 ᄒ느니 (44)

單騎劉郎走的盧	長江追將後前途
吸呼每憶常山子	遭厄英雄立荻蘆

(李裕元,「小樂府」10, 中興樂,『嘉梧藁略』)

간나히 가는 길흘 ᄉ나히 에도ᄃ시

ᄉ나희 녜는 길흘 계집이 츼도ᄃ시

제 남진 제 계집 아니어든 일홈 뭇디 마으려 (59)

女往男來各避行	固知斯義有分別
如非聘幣爲夫婦	愼勿問名親且昵

(李縈, 「飜訓民歌十八章」6, 男女有別, 『茅山亭遺稿』)

女子所由路	男子且避行
男子所去地	女子且避程
若非渠夫婦	且莫交問名

(宋達洙, 「訓民歌飜辭」6, 『守宗齋集』)

간밤에 부던 ㅂ름 滿庭桃花 다 지거다
아희ᄂᆞᆫ 뷔를 들고 쓰로려 ᄒᆞᄂᆞᆫ고나
落花ㄴ들 곳지 안니랴 쓰러 무슴 ᄒᆞ리요 (67)

昨夜桃花風盡吹	山童縛箒凝何思
落花顔色亦花也	何必苔庭勤掃之

(申緯, 「小樂府四十首」3, 滿庭芳, 『小樂府四十首』 가람본)

昨夜三更吹到風	桃花落盡滿庭紅
花雖落兮亦花也	擁帚家僮休掃空

(鄭顯奭, 「教坊歌謠」34, 『教坊歌謠』)

昨夜風風花滿庭	山童欲掃袖先馨
花之餘韻猶堪聞	開落無關玩性靈

(李裕元, 「小樂府」11, 滿庭芳, 『嘉梧藁略』)

굴닙희 저즌 이슬 서리 이믜 되닷말까

秋水도 너를시고 내 싱각이 새로왜라
아히야 닷 들고 비 띄여라 벗 츠즈러 가리라 (80)

萩葉零露　　　　　云已爲霜

秋水其㵎　　　　　秋懷維新

兒呼擧碇放舟　　　訪故人云

(權益隆,「風雅別曲」7,『校註歌曲集』)

감장시 쟉다ᄒᆞ고 大鵬아 웃지 마라
九萬里 長天을 너도 날고 저도 난다
두어라 一般飛鳥ㅣ니 네오 제오 다르랴 (85)

鷦鷯巢林木　　　　大鵬莫笑

九萬里長天　　　　雖到亦眇

同是一般禽　　　　何大何小

(李衡祥,「今俗行用歌曲」45, 小大感,『芝嶺錄』)

鷦鷯信么麼　　　　大鵬何揚揚

長天九萬里　　　　汝翔渠亦翔

同時一飛禽　　　　小大境誰詳

(李敏輔,「余愛聽歌曲八章」3,『豐野集』)

갑프리라 갑프리라 셩쥬홍은 갑프리라
이 몸이 죽을진들 어이ᄒᆞ야 다 갑프리

이 싱애 못 갑픈 은혜는 후싱의나 갑프리라   (『漫錄』)

報了報了   聖主鴻恩報了
此身雖死   何以盡報了
玆生未報恩   後生當報了

(李森, 「聖主鴻恩歌」 1, 『白日軒遺集』, 『漫錄』)

江上 푸른 풀은 어제 밤 細雨요
山中의 싀로 핀 곳언 스흘 東風이라
아무도 春光이 正當其時ᄒᆞ니 술 걸너 시러라 (105)

細雨前宵江草綠   東風三日又山花
料知此際春光好   敎得新篘載小車

(元世洵, 「續樂府」 17, 江草山花, 『三家樂府』)

江湖에 期約을 두고 十年을 奔走ᄒᆞ니
그 모른 白鷗는 더듸 온다 ᄒᆞ려니와
聖恩이 至重ᄒᆞ시민 갑고 가려 ᄒᆞ노라 (117)

十載江湖約   沙禽怨不歸
君恩一何重   不敢著荷衣

(金世濂, 「樂府二絶」 1, 『東溟集』 卷1, 詩)

江湖有期約   十年奔走

不知之白鷗　　　　　　謂我遲來
聖恩最至重　　　　　　擬報而來

(李起浡,「江湖期約歌」,『西歸遺藁』卷7, 宋慶雲傳)

江湖有期約　　　　　　十載久不歸
君恩猶未報　　　　　　鷗鳥莫相譏

(柳馨遠,「翻俗歌」11,『磻溪逸稿』)

江湖留舊約　　　　　　十年計差池
無情白鷗羣　　　　　　笑我尋盟遲
君恩猶未報　　　　　　不忍浩然歸

(南肅寬,「短謠」5, 感君恩曲,『八灘公遺稿』)

江湖留一約　　　　　　十年狂奔走
彼不知白鷗　　　　　　競以遲來咎
然聖主恩如海　　　　　且待一報後

(金養根,「東調」22,〈際遇〉1,『東埜集』)

江湖孤負舊魚磯　　　　十載奔忙與志違
爲報白鷗休笑我　　　　君恩荅盡始言歸

(權用正,「東謳」19,『東謳』)

曾在江湖留後約　　　　十年奔走在朱門
白鷗休愧歸來晚　　　　且待一分荅聖恩

(吳熹常,「樂府」12, 荅君恩,『樂府』高大本)

宿約江湖閱幾春　　　　十年奔走軟紅塵
無情鷗鳥休相笑　　　　擬報君恩未暇身

(李裕承,「續小樂府」2, 白鷗盟,『三家樂府』)

有約江湖早退來　　　　十年奔走踏紅埃
白鷗休怪吾行晚　　　　報了君恩始放回

(鄭顯奭,「敎坊歌謠」3·68,『敎坊歌謠』)

江湖에 봄이 드니 이몸이 일이 하다
나는 그물 깁고 아희는 밧츨 가니
뒷 뫼히 엄긴 藥을 언지 키려 ㅎ느니 (125)

春入江湖裏　　　　此身還多事
老我補弊網　　　　兒曹畊且耔
後山新芽藥苗　　　　採來且誰使

(金養根,「東調」23,〈棲逸〉1,『東埜集』)

開闢來 寅會初에 乾父坤母 交泰헐제
五行아 네 理氣로 各正性命 허라시니
스룸의 져마다 바든거시 是曰秉彝로고나 (131)

太極新闢初　　　　兩儀始交精
五行各助氣　　　　洪勻掌權衡
鎔成一寶鑑　　　　極天理光明

時調漢譯歌 原歌 對照篇

職職寅會來　　　　　　　　許與各受生

(趙榥, 「秉彝吟」 2, 『三竹詞流』)

거문고 줄 쓰ᄌ 노코 홀연이 줌을 든제
柴門 犬吠聲에 반가온 벗 오ᄂ고야
아희야 點心도 ᄒ려니와 濁酒 몬져 ᄂ여라 (140)

琴絃閒揷匙　　　　　　　　幽獨午眠時
吠犬忙出扉　　　　　　　　情朋來不期
兒乎點心聊且做　　　　　　典衣濁酒先沽宜

(金養根, 「東調」 35, 〈閒適〉 6, 『東埜集』)

거울에 빗쵠 얼굴 ᄂ 보기에 죳 것거든
허물며 端粧ᄒ고 님의 앏히 뵐 적이랴
이 端粧 님을 못뵈니 그를 슬허ᄒ노라 (142)

鏡中顔色照無瑕　　　　　　我自看來艶似花
何況凝粧待君到　　　　　　思君不見又堪嗟

(鄭顯奭, 「敎坊歌謠」 47, 『敎坊歌謠』)

格致로 눈ᄂᆯ 뻐셔 牧來 誠意로 걷게 ᄒ니 推去
눈뜨고 耳目致知 걷거니 手足力行 무ᄂ 아니 드러가랴
어짜셔 古今에 사ᄅᄆ 몯 보고셔 듣ᄂ다 (156)

一卷大學冊	何稱入德門
格致兩眼明	誠意兩足蹇
眼明足又蹇	不難八蕃垣
如何今古儒	不見足欲奔
聖門不可望	躓彼荊棘樊

(高應陟,「入德門曲」,『杜谷集』卷2)

景星出 卿雲興ᄒ니 日月이 光華ㅣ로다

三皇 禮樂 五帝 文物이로다

四海로 太平酒 비져 萬姓同醉 ᄒ리라 (161)

| 星出雲興日月華 | 三王文物一時嘉 |
| 願將四海釀爲酒 | 共醉升平萬姓家 |

(鄭顯奭,「敎坊歌謠」5,『敎坊歌謠』)

庚戌年 誕聖日에 兩楹新宮 揭虔허니

花堂里 一洞天이 草木精彩 싀로왜라

可憎헌 盜跖의 ᄀ기가 쪽겨가며 좃는고나 (163)

四十七庚戌	移奉及誕辰
聖人存神地	草木光彩新
士謀絃誦始	兒學俎豆陳
一村跖之狗	去恨未咬人

(趙榥,「秉彜吟」12,『三竹詞流』)

溪山이 말 업스나 네 緣分을 닉 모로랴

平生에 仁智心이 너을 만나 즐거워라

世人 이 닉 힝시 뭇지 마소 採山釣水 餘事로다 (169)

索居林下少相憐	無語溪山定有緣
短艦雲晴觀逝者	小軒晝靜見悠然
自堪安靜修眞性	且適優遊遣暮年
漁採非吾平日志	一生優樂付諸天

(趙榥, 「酒老園擊壤歌」 9, 『三竹詞流異本』)

古今에 異端邪說 洪水猛獸 다름 업고

名利關 繁華場은 深淵薄氷 아닐소냐

아마도 鶯花水竹間에 獨善其身 허리로다 (172)

從古亂倫黨	可怕甚於虎
矧伊名利窟	傍通閻王府
拂衣歸山中	粧點一樂土

(趙榥, 「人道行」 9, 『三竹詞流』)

考槃 흔 曲調로 澗水 フ의 徘徊흐이

물은 어니 淙淙흐고 다 모도 츤쇼리다

두어라 閒暇흔 이내 듯츨 永矢弗告 흐오이라 (『愛景堂遺稿』)

辭曰

邁軸之樂　　　　　在此澗邊些
我歌我唱　　　　　世無我知些
其果乎樂此樂兮　　不欲向人道些

詩曰

扣槃扣軸徘徊處　　硯水添寒淅瀝聲
一樂悠然知者誰　　此心不欲與人許

（南極曄,「愛景堂十二月歌」10, 溪邊澗水章,『愛景堂遺稿』）

高山 九曲潭을 사름이 모로더니
誅茅卜居ᄒ니 벗님ᄂ 다 오신다
어즈버 武夷를 想像ᄒ고 學朱子를 ᄒ리라 (179)

高山九曲潭　　　　世人曾未知
誅茅來卜居　　　　朋友皆會之
武夷仍想像　　　　所願學朱子

（宋時烈,「高山九曲歌詩」1,『栗谷全書』卷2・「高山九曲歌飜文」1,『宋書拾遺』卷7）

五百天鍾地炳靈　　栗翁姿稟秀而清
高山九曲幽深處　　汩瀺寒流點瑟聲

（宋時烈,「咏高山九曲歌寄示權致道尙夏」,『宋子大全』卷2）

一盃聊欲賀山靈　　九曲溪潭乃爾清
早得先生爲地主　　高名千古共流聲

（李夏朝,「高山景行之思」1,『三秀軒稿』卷2,『樂府』高大本）

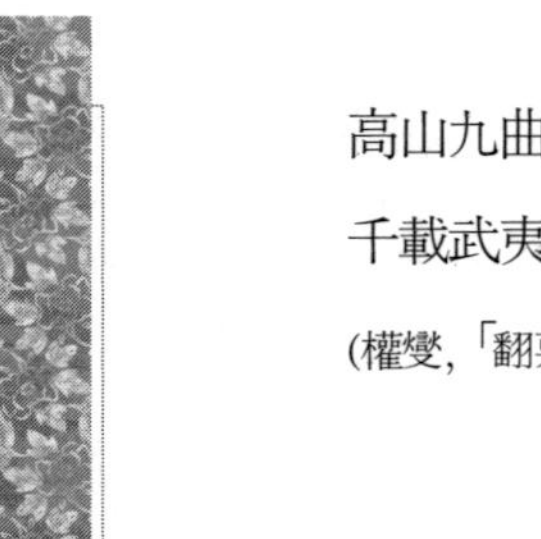

高山九曲效神靈　　　　來卜新居地益淸
千載武夷同九曲　　　　夢中伊軋櫂歌聲

(權燮,「翻栗翁高山九曲歌用武夷櫂歌韻」1, 首詩,『玉所藏杏』,『玉所集』卷1)

古樂도 못보왓고 今樂도 못비홧니
冷冷 嘈嘈中에 正聲淫聲 다르도다
그러나 與衆樂樂ᄒ고 樂而不淫 ᄒ오리라 (『閒說堂遺稿』)

古樂何如今樂何　　　　正聲淫律自相訛
與人同樂猶今古　　　　莫樂其流共樂和

(安昌後,「閒說二十五並詩歌」17, 樂樂而不淫,『閒說堂遺稿』)

고이ᄒ다 내 일이야 ᄒ 마음 두가지다
양ᄌ에 진심ᄒ고 事親에 未盡ᄒ니
慈烏에 未反哺ᄂ 내 恨인가 ᄒ노라 (『閒說堂遺稿』)

養子方知父母心　　　　昊天罔極莫高深
爲父爲子吾心二　　　　恨結慈烏反哺林

(安昌後,「閒說二十五並詩歌」12, 養子方知我不孝,『閒說堂遺稿』)

古人도 날 몯보고 나도 古人 몯뵈
古人를 못봐도 녀던 길 알ᄑ 잇ᄂ
녀던 길 알ᄑ 잇거든 아니 녀고 엇멀고 (187)

고인도 날 못 보고 나도 고인 못 보니
고이를 못 보나 녀던 길 압픠 잇거든
아니 녀고 엇절고 (『海隱別稿』陶山十二曲 9)

古人不見吾　　　　　吾不見古人
古人雖不見　　　　　古道猶在前
此道古人行　　　　　今人宜見遵

(南夏正,「桐巢樂府」1,『桐巢遺稿』)

古人不待今人　　　　今人還思古人
古人雖已遠　　　　　行處又今人
莫道今人古人不相及　聖賢與我均是人

(洪良浩,「靑丘短曲」18, 古人,『耳溪集』卷1,『靑丘短曲』)

古人不見我　　　　　我不見古人
古人雖不見　　　　　行了路在前
不行了何

(姜必孝,「陶山十二曲」9,『海隱別稿』卷1)

古人無復洛城東이요　今人還對落花風을
年年歲歲花相似로딕　歲歲年年에　人不同이라
花相似　人不同흔이　글을　슬흐　흐노라 (188)

古人無復落花風　　　　歲歲年年人不同
人則不同花則似　　　　佳人淚對落花紅

(李裕元, 「小樂府」 41, 醉落魄, 『嘉梧藁略』)

고인을 츠즈리라 흘리저어 건너오니
슈운 깁흔 곳의 어긔일졍 잇건마는
승흥늬 흥진 귀하니 아니 본들 긔 엇더리 (189)

欲訪故人　　　　溯遊而來
水雲深處　　　　定在此中
乘興來興盡歸　　不見亦何如

(權益隆, 「風雅別曲」 8, 『校註歌曲集』)

古堤州 近千年에 山川草木 一新허니
三遷敎 허랴 허고 遠方來者만 아더니
至今에 座席이 未煖ㅎ여 散之四方 허단말가 (190)

千年旧堤治　　　　草木更生輝
聞風來近方　　　　一變卽度幾
膽依今已矣　　　　俯仰無不歸

(趙櫬, 「秉彝吟」 14, 『三竹詞流異本』)

고흘샤 月下步에 깁스민 브름이라
곳 앏히 셧는 態度 님의 情을 맛겨셰라
아마도 舞中最愛는 春鶯囀인가 ㅎ노라 (185)

嬋娟月下步　　　　　羅衫舞風輕

婉轉花前態　　　　　君王任多情

(翼宗,「春鶯囀」,『歌曲源流』)

停停月下步　　　　　羅袖舞風輕

最愛花前態　　　　　君王任多情

(翼宗,「春鶯囀」,『進饌儀軌』)

崑崙山　正幹龍이　天子邦의　五岳이라

帝王과　聖賢君子　維岳降神　허더니라

아마도　그山　一枝脉이　白頭山이　되얏고나　(195)

崑崙元氣瀉黃河　　　　千一淸時嶽降多

枝脉東來濱海國　　　　夕陽天畔向嵯峨

(趙榥,「箕裘謠」32,『三竹詞流異本』)

골골리　나는　물에　흘릭는이　稻花로다

八月仙　어늬　집의　春酒　아이　비져실싸

아히야　잔부어라　以介眉壽　ㅎ자셔라　(『愛景堂遺稿』)

辭曰

流觴之谷　　　　　　稻花泛泛些

始覺八月農夫作神仙些

勉旃哉爲此春酒　　　以介眉壽父母些

詩曰

稻花泛泛流觴谷　　　　始覺農家八月仙

眉壽今朝春酒滿　　　　如松如栢祝千年

(南極曄, 「愛景堂十二月歌」 8, 四野稻花章, 『愛景堂遺稿』)

곳나무 심은 셤의 부는니 東風이다

곳 보고 술부은이 白髮리 새롭도다

아마도 검은 머리 희기도 聖恩인가 ᄒ로라 (『愛景堂遺稿』)

辭曰

滿庭花卉　　　　習習東風些

探花酌酒　　　　多愧白髮些

噫吁乎黑頭白髮　　　　莫非君恩些

詩曰

花深小隖香深處　　　　爲酌靑春白髮羞

頭黛君恩兼黑白　　　　一生林下好春秋

(南極曄, 「愛景堂十二月歌」 3, 東崗花卉章, 『愛景堂遺稿』)

곳보고 춤추는 나뷔와 나뷔보고 당싯 웃는 곳과

져 둘의 思郞은 節節이 오건마는

엇더타 우리의 思郞은 가고 아니 오느니 (200)

蝶見花時舞袖回　　　　花看蝶處笑顔開

羡他花蝶年年見　　　　底事歡郞去不來

(鄭顯奭,「敎坊歌謠」57,『敎坊歌謠』)

探花蝴蝶舞翩翩　　　　見蝶花枝笑莞然
花蝶願移窓外樹　　　　與君長醉月明前

(鄭顯奭,「敎坊歌謠」87,『敎坊歌謠』)

곳아 色을 밋고 오는 나븨 禁치 마라
春光이 덧업신 줄 넨들 아니 甚酌ᄒ랴
綠葉이 成陰子滿枝ᄒ면 어늬 나븨 도라보리 (204)

花兮慳爾香　　　　來蝶且莫辭
春光能幾時　　　　爾亦非不知
綠葉成陰子滿枝　　　　此時何蝶復肯來

(南肅寬,「短謠」8, 調花詞,『八灘公遺稿』)

곳즌 밤비의 피고 비즌 술 다 익거다
거문고 가진 벗이 둘 홈씌 오마터니
아희야 茅簷에 둘 올나다 벗님 오나 보아라 (208)

花則夜雨發　　　　昨濃酒又盡熟
携琴山北友　　　　伴月來有約
忽茅簷生白東山轉　　　　友來乎兒視極

(金養根,「東調」34,〈閒適〉5,『東埜集』)

곳 지고 속닙 나니 時節도 變ᄒ거다
풀 소개 푸른 버레 나뷔 되야 ᄂ다ᄂ는다
뉘라서 造化를 자바 千變萬化ᄒᄂ고 (『靑丘永言』珍本 141)

花落葉生　　　　　　時節變
草底靑蟲作蝶飛
誰持造化　　　　　　千變萬化

　　　　　　(申欽,「放翁詩餘」26,『靑丘永言』珍本)

곳지 진다ᄒ고 ᄉᆡ드라 슬허마라
ᄇᆞ름에 훗날니니 곳의 탓 아니로다
가노라 희짓ᄂ 봄을 ᄉᆡ와 무슴 ᄒ리오 (214)

燕子鷰雛遞訴寃　　　　非花肯落是風翻
靑春去也多魔戲　　　　簾影樑塵枉斷魂

　　　　(申緯,「小樂府四十首」33, 春去也,『小樂府四十首』가람본)

有鳥曉曉　　　　　　傷彼落花
春風無情　　　　　　悲惜奈何

　　　　　　(譯者未詳,「悲惜歌」,『俛仰集』卷4, 附錄, 行蹟)

功名 富貴과란 세상 ᄉᆞ름 맛겨두고
말 업슨 江山에 일 업시 누어이셔
갑 업슨 淸風明月이 ᄂᆡ 벗인가 ᄒ노라 (227)

功名 富貴과란 세상 사름 맛져두고
말 업슨 江山애 일 업시 누어시니
봄비에 절로 난 山菜 긔 分인가 ᄒ노라 (『靑丘永言』珍本 310)

    功名與富貴   付與世人輩
    無語靑山裏   無事臥自在
    春雨自生蕨   知是我分內

(丁一愼, 「仍俗歌成句二首」 2, 『臨窩遺稿』 卷2)

功名과 富貴란 餘事로 혀여두고
廊廟上大臣네 盡心國事 ᄒ시거나
이렁셩져렁셩 ᄒ다가 내죵 어히 ᄒ실고 (228)

    貴莫要   名莫營些
    惟我縉紳   勤于邦些
    吁嗟兮悠悠泛泛   終奈何些

(李起渤, 「憂國歌二十八章飜辭」 12, 『漆室遺稿』 卷1)

功名도 헌신이라 헌신 신고 어듸 가리
버서 후리치고 山中에 드러가니
乾坤이 날ᄃ려 니ᄅ기를 흠ᄯ긔 늙자 ᄒ더라 (234)

    功名若弊屣   弊屣將焉往
    吾今脫而還   入此深谷放

山靈向余言　　　　　此眞佳客况

(李衡祥,「浩歋謳」3, 弊屣関,『瓶窩集』卷4,『更永錄』)

功名一弊屣　　　　　納弊屣將安歸

從他脫抛去　　　　　入山谷間

老天說余　　　　　　要與子同老

(黃胤錫,「古歌新翻二十九章」18,『頥齋亂稿』)

功名을 願챤커든 富貴인들 비알소냐

一間茅屋의 苦楚히 홈자 안자

밤낫의 憂國傷時를 못내 셜워ᄒ노라 (241)

富貴非願　　　　　　功名難期些

感時撫事　　　　　　增余悲些

嗚呼兮歌已至此　　　于以洩平生不平思些

(李起渤,「憂國歌二十八章飜辭」28,『漆室遺稿』卷1)

孔明이 葛巾野服으로 南屛山上上峰에 올나

七星壇 무고 東南風 비년 후에 壇下로 ᄂ려가니

海中에 一葉小船 타고 안져 기다리ᄂ 壯士은 趙子龍인가 (246)

野服葛巾漢孔明　　　南屛壇屹周郎驚

莫歎一船山底泊　　　靑龍旗角已風聲

(李裕元,「小樂府」9, 歸國遙,『嘉梧藁略』)

功名이 긔 무엇고 헌신짝 버스니로다

田園에 도라오니 麋鹿이 벗이로다

百年을 이리 지냄도 亦君恩이로다 (『靑丘永言』珍本 118)

功名是何物	如脫弊履
田園歸處	麋鹿爲友
百年此中過	亦君恩

(申欽,「放翁詩餘」2,『靑丘永言』珍本)

空山이 寂寞흔되 슬피 우는 져 杜鵑아

蜀國興亡이 어제 오날 아니여든

至今에 피나게 울어 놈의 이를 싣눈니 (263)

| 空山寂莫夜蒼蒼 | 哀哀杜鵑聲可傷 |
| 蜀國興亡非昨日 | 奈何至今斷人腸 |

(馬聖麟,「短歌解」, 古詩十七首 12,『安和堂私集』)

空山寂寞中	悲鳴彼杜鵑
故國興亡事	有非今日昨日然
何至今哭出血	夜夜腸獨煎

(金養根,「東調」48,〈感傷〉3,『東埜集』)

| 寂寞空山夜已深 | 悲鳴不道爾無心 |
| 蜀國興亡非昨日 | 云何啼血到如今 |

(李裕承,「續小樂府」7, 蜀魄怨,『三家樂府』)

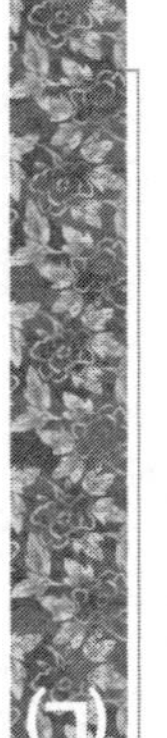

空山寂寞月聲怨　　　　蒼凉杜鵑聲恨長
蜀國興亡幾血斷　　　　千古恁般啼人腸

(譯者未詳,「羽調」,『樂府』高大本,『歌集』)

寬谷 너븐 뜰히 北海를 벼여이셔
天地 삼긴 후에 몃 사름 든녀간고
이제와 卜居焉ᄒ니 百年사가 ᄒ노라 (『寬谷集』)

寬谷平郊枕湖水
自天地開闢了　　　　有幾人更踟躕
伊今卜地　　　　庶幾乎百年可居

(金起泓,「寬谷八景歌」1, 右寬谷卜居,『寬谷集』)

冠버서 松枝에 걸고 九節竹杖 바희에 셰고
綠水溪邊에 귀 씻고 누어시니
乾坤이 날두려 이로기를 홈긔 늙주 ᄒ노라 (270)

解冠松樹掛　　　　彈琴山鳥和
箕水川邊　　　　洗耳高臥
天公爲我說　　　　願與偕老

(李衡祥,「今俗行用歌曲」35, 樂山操,『芝嶺錄』)

嶠南에 鄒魯風은 老先生의 遺韻이라

七十年 참工夫로 聖學十圖 밧치고셔

도라가 一團和氣로 薰陶後生 허시니라 (280)

    嶠南禮俗揖紛紛　　　　　言必先生有所云

    聖學圖中無盡意　　　　　陶山往往出祥雲

(趙榥,「箕裘謠」37,『三竹詞流』)

嶠南에 鄒魯風은 文純公의 遺韻이라

八十年 참 工夫로 聖學十圖 드리고셔

도라가 一團和氣로 薰陶後生 허시니라 (280 異本)

    嶠南禮俗揖紛紛　　　　　言必先生有所云

    聖學圖中無盡意　　　　　陶山往往出祥雲

(趙榥,「箕裘謠」37,『三竹詞流異本』)

蛟龍山 上上峰에 깃드려 인는 져 白雲아

老臣의 不忍訣ᄒᆞᆫᆫ 눈믈을 비삼아 ᄀᆞ득 실어다가

洛陽宮闕雲漢 볼 째예 沛然이 ᄂᆞ려 들일가 ᄒᆞ뇌 (281)

    蛟龍山上上峰　　　　　棲在彼白雲

    老臣不忍訣淚　　　　　作雨滿載奔

    洛陽宮闕望雲漢時　　　沛然下而聞

(梁周翊,「又感恩曲五疊」3,『無極集』)

蛟山도 聖恩이요 蓼水도 聖恩이라

山峨峨 水洋洋이 다 聖恩만 못ᄒ여라

南山의 날과 東海예 들로 萬壽无疆을 비로니 우리님긔 (282)

蛟山聖恩　　　　　　蓼水聖恩

山峩峩水洋洋　　　　都不如聖恩

南山日東海月　　　　萬壽无疆祝吾君

(梁周翊,「感聖恩歌五疊」4,『無極集』)

九曲은 어딕믜오 文山에 歲暮커다

奇巖怪石이 눈 속에 무쳐셰라

遊人은 오지 아니ᄒ고 볼 것 업다 ᄒ더라 (284)

九曲何處是　　　　　文山歲暮時

奇巖與怪石　　　　　雪裏埋其形

遊人自不來　　　　　漫謂無佳景

(宋時烈,「高山九曲歌詩」10,『栗谷全書』卷2·「高山九曲歌飜文」10,『宋書拾遺』卷7)

九曲文巖雪皓然　　　　奇形掩盡舊山川

遊人謾說無佳景　　　　未肯窮尋此洞天

(宋疇錫,「石潭第九曲」,『鳳谷集』卷1)

九曲奇形無不然　　　　大賢元得好山川

文山秀色偏相感　　　　縮地能移海曲天

(李夏朝,「高山景行之思」10, 文山,『三秀軒稿』卷2,『樂府』高大本)

層峰矗處是文山　　　　老木清流作好顏

依舊山名眞自好　　　　文風應振海西間

　　　　　(李夏朝,「石潭九曲用曲名中一字」1, 文山,『三秀軒稿』卷2)

九曲文山太古然　　　　源泉混混下成川

深林歲暮無人到　　　　怪石奇岩盡雪天

　　(權變,「翻栗翁高山九曲歌用武夷櫂歌韻」10, 文山,『玉所藏杏』,『玉所集』1)

九曲은 어드메오 一閣이 그 뉘러니

釣臺 丹筆이 古今의 風致로다

져긔 져 別有洞天이 千萬世ㄴ가 ᄒ노라 (『玉所藏杏』)

亭亭一閣望依然　　　　丹筆蒼臺坐逝川

大壁張來千丈水　　　　別藏其外洞中天

　　　　　(權變,「黃江九曲歌」10, 龜潭,『玉所藏杏』,『玉所集』卷1)

구룸의 의지ᄒ야 望高臺 안자시니

鴻蒙乙 ᄲ여나셔 仙境이 여긔로다

언제나 鶴背泠風의 白日昇天 ᄒ리요 (『東遊綠』)

路仄垂猿臂　　　　磴拆引雲索

坐處惟半空　　　　去天只一握

喜超鴻濛界　　　　眞得象外遊

悅如御鶴背　　　　渾忘登鰲頭

乾坤如一塊　　　　　　　滄溟卽小盃
一蹴可昇天　　　　　　　何煩鳳鞭催

(友松,「登望高臺」,『東遊綠』)

구름은 가건만은 나는 어이 못가는고
비는 오건만은 님은 어이 못오는고
우리도 구름 비 갓타여 오락가락 ᄒ리라 (291)

浮雲去也儂不去　　　　　細雨來兮君不來
安得化爲雲與雨　　　　　來來去去日千回

(權用正,「東謳」25,『東謳』)

구름이 無心튼 말이 아무도 虛浪ᄒ다
中天에 써 이셔 任意로 ᄃ이면서
구타야 光明흔 날빗출 ᄯ라가며 덥ᄂ니 (293)

誰謂雲無心　　　　　　　定虛說
浮中天　　　　　　　　　任來去
曷之乎　　　　　　　　　蔽我光明之日月

(黃胤錫,「古歌新翻二十九章」20,『頤齋亂稿』)

歐冶子 큰 불믜예 王金羈鐵 百鍊허여
一雙釖 지어ᄂ니 갑시 마나 님ᄌ 업다

千古에 張華곳 아닐너면 斗牛龍光 그 뉘 아리 (299 異本)

    歐冶平生手法良   十年隻釰盡心粧

    靈通大澤靑蛇夢   精躍洪爐赤電光

    遊俠千金非善價   滄桑萬劫却深藏

    燭天紫氣豊城夜   博物何人察候詳

(趙榥,「酒老園擊壤歌」5,『三竹詞流異本』)

甌冶子 큰 풀무에 王金覇鐵 百鍊ᄒ여

一雙釰 지여ᄂ니 갑시 마나 님ᄌ 업다

至今에 張華가 업스니 斗牛龍光 그 뉘 알리 (299)

    甌冶平生手法良   十年一釰盡心粧

    靈通大澤靑蛇夢   精躍洪爐赤電光

    遊俠千金非善價   滄桑萬劫却深藏

    燭天紫氣豊城夜   博物何人察候詳

(趙榥,「酒老園擊壤歌」5,『三竹詞流』)

九鶴山 깁흔 골에 桃花流水 싸라드니

窈窕헌 一洞天이 武陵仙源 아닐너냐

두어라 此生에 남은 歲月 酒中에나 보ᄂ리리라 (308)

    九鶴山空萬八年   桃花淺水不容船

    崎嶇外鎖千峯石   窈窕中開一洞天

    樂土無如閑世界   素心相得好林泉

到今始覺浮生夢　　　　　恰把餘年作酒仙

(趙榥, 「酒老園擊壤歌」 2, 『三竹詞流』)

九鶴山 깁흔 골에 桃花流水 싸라 드니

酒老園 別有天地 武陵죠源 아닐너냐

두어라 世間無事人이 酒中에나 늘그리라 (308 異本)

九鶴山空萬八年　　　　　桃花淺水不容船

崎嶇外鎖千峯石　　　　　窈窕中開一洞天

樂土無如閒世界　　　　　素心相得好林泉

塵緣一斷無吾事　　　　　且把餘生作酒죠

(趙榥, 「酒老園擊壤歌」 2, 『三竹詞流異本』)

九鶴山은 넷빗치요 花塘水는 無盡헌데

늬 聖人 계시든 집은 어이 져리 寂寞헌고

허물며 滿庭春草에 싀소리를 어이헐고 (1203 異本)

九鶴靑依旧　　　　　花塘逝如昨

獨吾先聖宅　　　　　一朝此寂寞

金碧玲瓏地　　　　　付與禽鳥樂

(趙榥, 「秉彝吟」 15, 『三竹詞流異本』)

溝壑이 分內事라 全而歸之 허리로다

天命과 人事가 두 가지가 아니니라

아희야 이 노릭 두엇다가 날 본 드시 허여라 (309)

溝壑爲吾分　　　　寧有作事非

人事與天命　　　　途殊理同皈

貽此言也善　　　　望汝愼毋違

(趙榥,「秉彝吟」19,『三竹詞流異本』)

君이 故鄉으로부터 오니 故鄉事를 應當 알니로다

오는 날 綺窓 압픠 寒梅 피엿쩌니

아니 피엿쩌냐 픠기는 픠엿더라마는 님 ᄌ 그려 ᄒᆞ더라 (324)

故鄉來者故鄉知　　　　窓外寒梅放幾枝

梅雖放也無人賞　　　　愼莫遣他月落時

(李裕元,「小樂府」27, 一剪梅,『嘉梧藁略』)

君平이 棄世ᄒᆞ니 世亦棄君平을

醉狂은 上之上이오 詩詞는 更之更이라

다만지 淸風明月은 간곳마다 좃닌다 (326)

君平旣棄世　　　　世亦棄君平

醉狂上之上　　　　時事更之更

淸風與明月　　　　無情還有情

(洪萬宗,「君平歌」,『旬五志』)

屈原忠魂 빈에 너흔 고기 釆石江의 긴 고릭딕야
李謫仙 등에 언고 하늘의 올라스니
이졔는 새 고기 낙가 삼다 엇더리 (327)

湘江魚化釆江鯨　　　　背負謫仙上玉京
新魚無後忠魂肚　　　　不妨捕魚不防烹

(吳憲常,「樂府」7, 滄浪調,『樂府』高大本)

湘江魚化釆江鯨　　　　背負靑蓮上玉京
伊後魚皆新出種　　　　釣來無妨玉鮮烹

(鄭顯奭,「敎坊歌謠」7,『敎坊歌謠』)

귀먹은 소경이 도여 산촌애 들어시니
들은 일 업거든 본 일이 이실손냐
입이아 살안노라만는 말 못하야 ᄒ노라 (350)

便爲耳食盲　　　　入處暮山村
無聞寧有見　　　　口活未能言

(曺信天,「耳食盲歌」,『筆語』)

그러ᄒ거니 어이 아니 그러ᄒ리
이리도 그러그러 져리도 그러그러
아마도 그러그러ᄒ니 흔숨 계워 ᄒ노라 (354)

44

以此其然其然　　　　　以彼其然其然
夫旣皆其然　　　　　　安得不其然
每每其然復其然　　　　衰世之意非其然

(金養根,「東調」49,〈感傷〉4,『東埜集』)

그려 사지 말고 차하리 시여져셔
月明空山의 杜鵑시 넉시되여
밤中만 슬아져 울러 님의 귀의 들니리라 (358)

苦苦相思不欲生　　　　空山落月夜三更
願化此身爲蜀魄　　　　一聲聲向阿郞鳴

(李裕承,「續小樂府」6, 長相思,『三家樂府』)

그른 일 그로라 ᄒ고 모ᄅᄂ는 일 모ᄅ노라 ᄒ면
그른 일 고치고 모ᄅ던 일 아라 가리
이말슴 賤近ᄒ오나 進就홀 道理니라 (『聞說堂遺稿』)

不逐其非非反是　　　　毋隱無識識兪博
難而爲易易而難　　　　於此不難曰好學

(安昌後,「聞說二十五並詩歌」11, 喜聞過無隱無識,『聞說堂遺稿』)

그른 일 올타 ᄒ고 올흔 일 그르다 알기 쉬오니
深思精察ᄒ야 ᄌ시 알기 공부ᄒ소

이 도리 有道者의 質定ᄒ오사 是非分明ᄒ오리라 (『閒說堂遺稿』)

似是以非人未知	似非而是亦何知
熟思精察雖無惑	猶不恃知更質知

(安昌後, 「閒說二十五並詩歌」 20, 是非不可自恃輕定, 『閒說堂遺稿』)

金爐에 香盡ᄒ고 漏聲이 殘ᄒ도록

어듸가 이셔 뉘 思郞 밧치다가

月影이 上欄干ᄏ야 脉 바도러 왓ᄂ니 (375)

金爐香盡漏聲殘	誰與橫陳罄夜歡
月上闌干斜影後	打探人意驀來看

(申緯, 「小樂府四十首」 35, 金爐香, 『小樂府四十首』 가람본)

香盡金爐風箭箭	輕寒尙陌鎖深院
月隨花影移闌干	愁煞春光一夢倦

(李裕元, 「小樂府」 3, 更漏子, 『嘉梧藁略』)

金爐香燼漏聲殘	竟夜誰家供愛歡
花影月移玉欄上	始來窓外暗偸看

(鄭顯奭, 「敎坊歌謠」 14, 『敎坊歌謠』)

金絲烏竹 牡丹芭蕉와 蓮葡萄 菊梅花을

紗窓 밧 너은 뜰에 여져긔 심어놋고

조흔 술 고흔 님 뫼시고 玩月長醉 (『海東小樂府』)

금사오죽 모란반초와 연포도 하국미화를

사천젼 널은 뜰에 여긔 저긔 심어두고

동자야 어항에 고인 술 걸너라 취하도록 먹으리라

(『小樂府四十首』가람본)

金絲烏竹紫葡萄　　　　雙牡丹叢一丈蕉

影落紗窓荷葉盞　　　　意中人對月中宵

(申緯,「小樂府四十首」1, 人月圓,『小樂府四十首』가람본)

金絲烏竹牡丹蕉　　　　梅菊葡萄種得饒

更進一杯何所憶　　　　紗窓影落月中宵

(李裕元,「小樂府」26, 滴滴金,『嘉梧藁略』)

金絲烏竹玉英梅　　　　窓外閑庭處處栽

待得情人携酒云　　　　今宵玩月共含杯

(權用正,「東謳」3,『東謳』)

金生麗水ㅣ라 흔들 물마다 金이 나며

玉出崑崗이라흔들 뫼마다 玉이 나랴

아모리 女必從夫ㅣ들 님마다 조츠랴 (377)

雖曰金生麗水　　　　麗水生金那

雖曰玉出崑岡　　　　崑岡出玉那

雖曰禮必從夫　　　　人人可從那

　　　(譯者未詳,「金生麗水」,『東國名賢抄』, 六臣錄, 參判朴彭年條)

金樽에 ᄀ득ᄒᆫ 술을 슬커댱 겨오로고
醉ᄒᆫ 後 긴 노ᄅᆡ에 즐거움이 ᄒᆞ도ᄒᆞ다
어즈버 夕陽이 盡타 마라 ᄃᆞᆯ이 조ᄎᆞ 오노ᄆᆡ라 (385)

滿滿酌金樽　　　　綠酒三百杯
浩浩發長歌　　　　意氣橫八垓
不愁夕陽盡　　　　天風吹月來

　　　　　　　(洪萬宗,「金樽歌」,『旬五志』)

기러기 외기러기 洞庭瀟湘을 멀니 두고
半夜殘燈에 좀든 날을 ᄭᆡ오ᄂᆞᆫ다
以後란 碧波閑月ᄅᆡᆫ제 影徘徊만 ᄒᆞ리라 (403)

秋天失群雁　　　　離却瀟湘岸
旅館孤燈夜　　　　寒聲驚我眠
千里思故人　　　　幽恨倍傷神

　　　　　　　(李基休,「短歌十九章」3,『不世堂集』)

麒麟은 들의 놀고 鳳凰은 山의 운다
聖人 御極ᄒᆞᄉ 雨露을 고로시니

우리는 堯天舜日인제 擊壤歌로 즑기리라 (410)

麟遊北岳鳳凰鳴　　　　　堯舜東方日月明
吾輩如今陪聖主　　　　　與民同樂永昇平

(鄭顯奭, 「敎坊歌謠」 52, 『敎坊歌謠』)

淇澳에 옹긴 쌀이 物中의 君子로다
淸風을 和答ᄒ야 玉音을 훗터신이
아마도 虛心高節은 比홀 디 업다 ᄒ로라 (『愛景堂遺稿』)

辭曰
愛爾物中　　　　　　　　有此君子些
淸風玉音　　　　　　　　灑落襟懷些
斐然哉虛心高節　　　　　無所比些

詩曰
有斐靑靑淇澳姿　　　　　此君眞是物中賢
玉音灑落淸風和　　　　　付與襟懷許自然

(南極曄, 「愛景堂十二月歌」 12, 風前舞竹章, 『愛景堂遺稿』)

쑴에 ᄃ이는 길히 ᄌ최곳 날쟉시면
님계신 窓밧이 石路ㅣ라도 달흐리라
쑴길히 ᄌ최업스니 그를 슬허 ᄒ노라 (334)

假使夢中路　　　　　眞能有行迹

所歡窓前路　　　　　雖石亦必泐

無郞夢無蹤　　　　　起坐空沾臆

(任埅,「翻方曲」15,『厄齋遺稿』)

魂夢相尋屐齒生　　　　鐵門石路亦應平

原來夢徑無行跡　　　　伊不知儂恨一生

(申緯,「小樂府四十首」29, 夢踏痕,『小樂府四十首』가람본)

行如有跡夢中過　　　　窓外應看古徑磨

終是夢中異眞境　　　　了無行跡更如何

(鄭顯奭,「敎坊歌謠」41,『敎坊歌謠』)

숨에 曾子씌 뵈와 事親道을 뭇즈온딕

曾子ㅣ曰 嗚呼ㅣ라 小子ㅣ야 드려스라

事親이 豈有他哉리오 敬之而已 ᄒ시니라 (338)

夢見宗聖公　　　　　爲問事親孝

答云無他道　　　　　要在和容貌

深愛苟不著　　　　　愉色非外效

(李衡祥,「今俗行用歌曲」34, 可孝問,『芝嶺錄』)

我思事親道　　　　　夜夢感曾子

曾子曰嗚呼　　　　　小子吾語爾

事親豈有他　　　　　敬之而已矣

(南肅寬,「短謠」14, 夢曾子歌,『八灘公遺稿』)

꿈에 項羽를 만나 勝敗를 議論ᄒ니
重瞳에 눈물지고 큰 칼 집고 니르기를
至今에 不渡烏江을 못ᄂᆡ 슬허ᄒ노라 (339)

夢中逢項王	提刀更太息
至今不渡江	我亦不自識

(金世濂,「樂府二絶」2,『東溟集』卷1, 詩)

夢遇楚伯王	細論勝敗事
拔劍語凄楚	重瞳先下淚
烏江江上艤船時	吾亦不知不渡意

(南肅寬,「短謠」2, 楚伯王歌,『八灘公遺稿』)

夢裡忽逢項羽魂	八年勝敗暫論
重瞳淚落拔劍言	
至今千載後	不渡烏江嘆

(馬聖麟,「短歌解」, 長短詞十五首 11,『安和堂私集』)

꿈의 白鷗 되여 江商의 ᄂ라 뵌다
ᄂ난니 채날며ᄂ 九重天의 가련마난
굴움의 이슬이 짓터시니 날애 저즐ᄀ 못ᄂ노라 (『懈菴文集』)

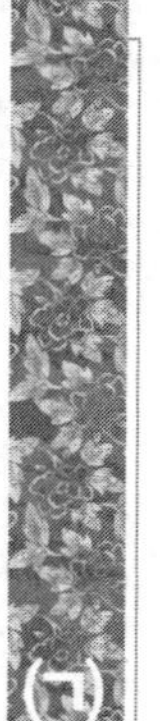

夢化白鷗江上翩　　　飛飛可上九重天
仰見露氣涵雲黑　　　空染霜翎色換鮮

(尹恒緒, 「夢鷗歌」, 『懈菴文集』)

꿈의 와 니르샤딕 聖太祖 神靈계셔

降祥宮 디으시고 脩德을 ᄒ랴뎨다

나라히 千年을 누르심은 이 일이라 ᄒ더이다 (342)

勉脩德　　　　　　　築降祥些
分明玉音　　　　　　夢裏琅琅些
國祚兮靈長在玆　　　吁嗟聖祖勸懇些

(李起渤, 「憂國歌二十八章飜辭」 8, 『漆室遺稿』 卷1)

(ㄴ)

나는 나븨 되고 주네는 곳이되야
三春이 지나도록 써나스지 마쟈트니
어듸가 뉘 거즌말 듯고 이졔 잇쟈 ᄒᄂᆞᆫ고 (424)

汝死爲花我爲蝶	果是當初金石約
奈何未過一周年	視我如同弊棄舄

(馬聖麟,「戲贈美妓」, 古詩九首 1,『安和堂私集』)

나라히 못니즐거슨 녜밧긔 뇌여 업다
衣冠文物을 이대도록 더러인고
이 怨讐 못내 갑풀가 칼만 굴고 잇노라 (437)

彼島夷作	我邦讐些
文物兮山河	變而汚些
玆讐兮沒齒難忘	磨釖長吁些

(李起渤,「憂國歌二十八章飜辭」 3,『漆室遺稿』卷1)

나라히 굿드면 딥이 조차 구드리라
딥만 도라보고 나라일 아니ᄒᆞ뉘

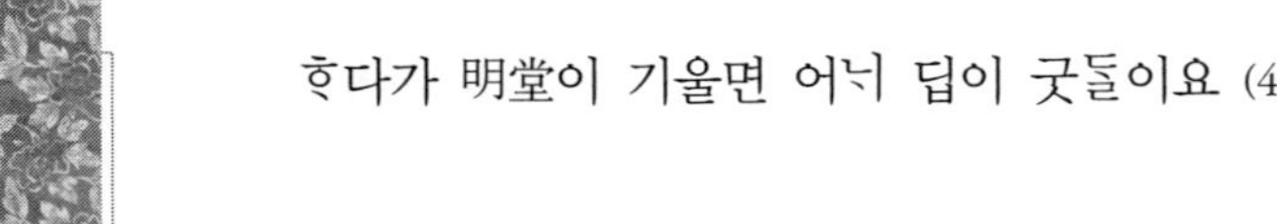

ᄒ다가 明堂이 기울면 어니 딥이 굿들이요 (438)

邦之固矣　　　　　　家以安些
不顧于國　　　　　　彼何爲些
倘使夫大厦旣傾　　　終無奈些

(李起渤,「憂國歌二十八章飜辭」26,『漆室遺稿』卷1)

ᄂᄆ로 삼긴 듕의 벗ᄀᆺ티 유신ᄒ랴
내의 윈 이를 다 닐오려 ᄒ노매라
이몸이 번님곳 아니면 사름되미 쉬올가 (530)

以他人與作朋友　　　莫易其交必有信
微爾誰能言我失　　　此身多賴少瑕釁

(李槃,「飜訓民歌十八章」10, 朋友有信,『茅山亭遺稿』)

人所以義交　　　　　無如友有信
曰我不是處　　　　　忠告傾寸心
此身非友生　　　　　亦難人道盡

(宋達洙,「訓民歌飜辭」10,『守宗齋集』)

凡人有生之中兮　　　如友兮有信
吾之有非兮　　　　　欲盡是兮
此身苟匪此友兮　　　其爲人兮易乎

(譯者未詳,「五倫歌」5, 朋友有信,『俛仰集』)

나뷔야 靑山에 가쟈 범나뷔 너도 가쟈
가다가 져무러든 곳듸 드러 자고 가쟈
곳에셔 푸對接ᄒ거든 닙헤셔나 ᄌ고 가쟈 (445)

蛺蝶靑山去　　　　　相隨虎蛺蝶
日暮花間宿　　　　　花嗔宿於葉

(柳得恭,「東人之歌」1,『古芸堂筆記』天理大本)

白蝴蝶汝靑山去　　　黑蝶團飛共入山
行行日暮花堪宿　　　花薄情時葉宿還

(申緯,「小樂府四十首」17, 蝴蹀靑山去,『小樂府四十首』가람본)

黃蝶悠揚白蝶翩　　　靑山日暮向花邊
此去若遭花冷淡　　　葉間何處不宜眠

(權用正,「東謳」5,『東謳』)

白蝶團團黑蝶飛　　　偸香同逐靑山歸
今日花間宿未了　　　葉間一宿亦芳菲

(李裕元,「小樂府」4, 蝶戀花,『嘉梧藁略』)

나아가도 聖恩이요 물너가도 聖恩이라
廊廟나 江湖가 간곳마다 聖恩이라
이몸이 一百番 듁어도 ᄆᆞ음은 千千萬春인가 ᄒ로라 (446)

進亦聖恩　　　　　　退亦聖恩

廊廟江湖到處　　　　　　俱是聖恩

此身一百番死　　　　　　此心千千萬萬春

(梁周翊,「感聖恩歌五疊」,『无極集』卷1)

나 탄 말은 청춍마요 임 탄 말은 오츄마라

늬 압희 청삽쏜리 임의 팔의 보라미라

져 긔야 공산의 깁히 든 꿩을 ᄌ로 뒤져 투겨라 미쒸여보계 (460)

我馬靑驄爾馬烏　　　　　　爾前鷹鳥我前盧

空山伏雉追而搏　　　　　　鷹犬同功無智愚

(李裕元,「小樂府」20, 憶王孫,『嘉梧藁略』)

洛陽에 十字通衢 天下道里 均敵헌데

졔 발로 가는 스름 못 가리가 업건마는

스름이 졔 아니 가고 길만 머다 허더라 (475)

吾道本蕩蕩　　　　　　天下所共由

比諸土中洛　　　　　　康莊達九州

獨爾自劃者　　　　　　難於蜀道悠

(趙榥,「人道行」5,『三竹詞流』)

洛陽에 一書生이 少年功名 不幸허다

升平時 告君文字 痛哭流涕 어인 닐고

古人이 不動心허는 나에 出而筮仕허더니라 (476)

　　十八才名太夙成　　　　　治安一策誤平生
　　縱橫筆下無端涕　　　　　兆眹長沙泣玦行

　　　　　　　　　　　(趙榥,「箕裘謠」19,『三竹詞流』)

洛陽에 一書生이 少年文章 不幸허다
升平時 告君文字 痛哭流涕 어인 일고
古人이 不動心헐 제 出而筮仕허더니라 (476 異本)

　　十八文章際右文　　　　　治安一策動時君
　　知渠自致長沙鵬　　　　　彊仕寧無舊所聞

　　　　　　　　　　　(趙榥,「箕裘謠」17,『三竹詞流異本』)

落葉이 물발에 지니 닙닙히 秋聲이라
風伯이 뷔 되여 다 쓰려 브고나
두어라 崎嶇山路를 덥허둔들 엇더리 (480)

　　落葉響馬啼　　　　　　秋聲箇箇俱
　　風吹掃山徑　　　　　　何似覆崎嶇

　　　　　(李民宬,「聞人唱俚歌韻而詩之」4,『敬亭集』卷4)

　　落木馬蹄蹙　　　　　　葉葉秋聲
　　風伯爲箒　　　　　　　掃盡清

| 彼崎嶇山 | 路是欲覆 |

(李衡祥,「今俗行用歌曲」53, 落葉護,『芝嶺錄』)

| 馬蹄行踏落葉 | 步步皆生秋聲 |
| 西風捲向山頭去 | 秋聲却從雲間生 |

(洪良浩,「靑丘短曲」31, 落葉,『耳溪集』卷1,『靑丘短曲』)

卵島에 올나 안자 蒼海를 구버보니
믈결이 자잔는듸 넘노느니 白鷗ㅣ로다
뉘라셔 네 알을 줏관듸 몯내 슬허 ᄒ노라 (『寬谷集』)

登卵島	俯視蒼海
水波粼粼	白鷗兮翩翩飛
不知何人取那卵	哀哀鳥聲悲

(金起泓,「寬谷八景歌」6, 右卵島取卵,『寬谷集』)

날을 뭇지마라 前身이 柱下史ㅣ뢰
靑牛로 나간 後에 몃힌마닉 도라온다
世間이 하 多事ᄒ니 온동만동 ᄒ여라 (『靑丘永言』珍本 128)

不須問我	前身柱下史
靑牛去後	幾時還
世間太多事	來不來

(申欽,「放翁詩餘」13,『靑丘永言』珍本)

南山佳氣 鬱鬱葱葱 漢江流水 浩浩洋洋

主上殿下는 이 山水굿트샤 山崩水渴토록 聖壽無疆ㅎ샤 千千萬萬歲

를 太平으로 누리셔든

우리도 逸民이 되야 康衢烟月에 擊壤歌를 ㅎ오리라 (507)

南山松柏	鬱鬱蒼蒼
漢江流水	浩浩洋洋
主上殿下	如此山水
山崩水渴	聖壽无疆
千千萬萬歲	太平享
我爲逸民	康衢烟月歌唱擊壤

(鄭顯奭, 「敎坊歌謠」 31, 『敎坊歌謠』)

南山 기픈 골에 두어 이랑 니러 두고

三神山 不死藥을 다 키야 심근말이

어즈버 滄海桑田을 혼자 볼가 ㅎ노라 (『靑丘永言』珍本 138)

南山深山洞數頃田

蒔遍三神山不老草

滄海桑田我獨見

(申欽, 「放翁詩餘」 23, 『靑丘永言』珍本)

남산은 천연산이오 흔강수넌 만연수라

북악은 억만봉이오 금쥬일은 만만세라

우리도 승쥬님 뫼압고 동낙틱평 (516)

南山崒崒千年山　　　　漢水湯湯萬年水
聖主太平千萬斯　　　　千千萬萬又千禩

(李裕元,「小樂府」45, 南山壽,『嘉梧藁略』)

남산의 시믄 푹시 씨는 어이 드므돗덧고
졈으도록 훗믹다가 홈의 더러 니른 말리
플이야 셩타마는 너을 밋고 믹노라 (『孤松崔公遺稿』)

南山種豆兮苗何稀
日暮耘罷兮語于鋤
苗何其稀兮耘恃渠

(譯者未詳,「哀大君歌」1,『孤松崔公遺稿』)

男兒가 世間에 날 제 聰明耳目 稟賦ᄒ여
宇宙內 許多事가 나의 닐이 아니여닐
엇지타 巖穴間 이 스름은 康濟一身 샏이로다 (518)

男子聰明稟太勻　　　　芸芸萬物備於身
待時致澤經綸熟　　　　學古治平準的眞
天或有心生此世　　　　我非無意濟斯民
誰憐巖穴星星髮　　　　早是經書滿腹人

(趙榥,「酒老園擊壤歌」4,『三竹詞流』)

男兒가 世間에 날 제 聰明知覺 稟賦하여
宇宙內 許大事가 남의 일이 아니어널
엇지타 巖穴間 이 사람은 康濟一身 쑨이로다 (518 異本)

　　許大乾坤寄此生　　　　　鐘來二五妙凝精
　　衣冠備處三才位　　　　　知覺旁酬萬物情
　　分內事多平日志　　　　　腹中書負壯年行
　　如今康濟非謀食　　　　　一任家僮計口耕

(趙榥, 「酒老園擊壤歌」 4, 『三竹詞流異本』)

男兒의 一點淚를 千金으로 받굴소냐
泫然涙哭之慟은 늬 聖人도 허시니라
童子야 네 무슴 知覺으로 날과 對泣허는다 (520)

　　男兒從心涙　　　　　一點重千金
　　泫然泣麟涕　　　　　吾師亦不禁
　　童子有何知　　　　　對我雨沾襟

(趙榥, 「秉彛吟」 17, 『三竹詞流異本』)

男兒의 立身揚名 顯父母도 크다마는
士君子 出處間에 썩時字가 關重허다
아마도 畫耕코 夜讀ᄒ여 俟河之淸허리로다 (521)

　　兒貴父母顯　　　　　誠是孝之終

61

珍重君子身　　　行藏隨時中
所以孝哉蕫　　　耕讀善處窮

(趙榥,「人道行」7,『三竹詞流』)

남이 히흘지라도 나는 아니 결을거시
참으면 德이오 닷토면 ᄌᆞ트리이라
굽으미 제겨 잇ᄂ니 결을 줄이 이시랴 (539)

人或害吾吾不較　　　苟吾相較將無同
彼原未必先無曲　　　曲直都忘不較中

(申緯,「小樂府四十首」31, 攖寧,『小樂府四十首』가람본)

南風 부ᄂ는 비예 뉘녁삭갓 저 農夫아
밧가러 밥먹기ᄂ는 긔 아이 職分닌가
古棧들 다 졈은 날 아름답다 農歌로다 (『愛景堂遺稿』)

辭曰
薰風自南　　　吹雨濛濛些
簑笠野夫　　　耕食乃職些
儘矣乎古棧歌聲　　　樂莫樂兮些

詩曰
南風吹雨濛濛夕　　　蒻笠簑衣滿野夫
始識鑿耕安素業　　　古棧農曲咏多稌

(南極曄, 「愛景堂十二月歌」 5, 古棧農歌章, 『愛景堂遺稿』)

남풍이 건덧 불어 문을 녈고 방의 든뇌

힝허 故鄕消息 가져왓난가 남의 퇴침ᄒ고 급피 일어 안지니 긔어

인 狂風인졔 지뇌가난 바람인졔 忽然有聲忽不見니라 허히탄식ᄒ고

셩그러이 안자시니

이뇌 生前의 骨肉之親消息을 알길리 업서 글노 실허ᄒ노라

(『慕夏堂實記』)

南風有時吹　　　　　開戶入房內

悠然有聲去　　　　　消息無人來

(金忠善, 「南風有感」, 『慕夏堂實記』 卷3)

남ᄒ여 片紙 傳치 말고 當身이 제오다야

남이 남의 일을 못 일과져 ᄒ랴마ᄂ

남ᄒ여 傳ᄒ 片紙니 일쏭말쏭 ᄒ여라 (544)

莫倩他人尺素馳　　　　當身曷若自來宜

縱眞原是憑傳札　　　　成否從違未可知

(申緯, 「小樂府四十首」 4, 宜身至前, 『小樂府四十首』 가람본)

南薰殿 들 붉은 밤에 八元八凱 다리시고

五絃琴 一聲에 解吾民之慍兮로다

우리도 聖主 뫼오와 同樂太平ㅎ리라 (546)

南薰殿月白夜　　　　　八元八凱在前席
彈五絃歌南風　　　　　解吾民之慍兮
此生何日臥康衢　　　　鼓腹爭唱擊壤歌

　　　　　　　　(李基休,「短歌十九章」19,『不世堂集』)

南薰殿月明夜　　　　　八元八凱相携
五絃琴一聲　　　　　　解吾民之慍兮
吾輩祝聖壽　　　　　　願與天齊

　　　　　　(李衡祥,「今俗行用歌曲」24, 樂太平,『芝嶺錄』)

南薰殿月明夜　　　　　八元八凱同携提
一曲五絃琴　　　　　　解吾民之慍兮
幸吾輩生逢舜世　　　　不樂太平奚

　　　　　　　　(金養根,「東調」21,〈喜慶〉3,『東垈集』)

南薰殿月明夜　　　　　携八元八凱
五絃琴一聲中　　　　　解吾民之慍兮
臣亦侍聖君　　　　　　請同樂太平

　　　　　　(黃胤錫,「古歌新翻二十九章」25,『頤齋亂稿』)

明月南薰夜未央　　　　八元八凱八摠堂
五絃彈出聲聲協　　　　解慍春臺化日長

　　　　　　(李裕元,「小樂府」15, 朝中措,『嘉梧藁略』)

64

月明薰殿陪元凱　　　彈五絃琴懈慍兮

我亦遭逢聖明主　　　與民同樂太平蹄

(鄭顯奭,「敎坊歌謠」13,『敎坊歌謠』)

南薰殿 부든 바람이 山中에 모륵드니

집집의 打麥聲에 男欣女悅 안일소야

오늘날 우리 聖上이 五絃琴을 타시는가 (548)

常對薰颷我思悠　　　今年又到此山邱

來時噓旺明都火　　　行處催登后稷麰

六氣不隨時世變　　　一治無復古今儔

當年皐解風何力　　　九叙爲歌戒用休

(趙榥,「酒老園擊壤歌」16,『三竹詞流異本』)

낫대를 두러메고 夕陽을 씌여 가니

釣臺 노픈 고듸 白鷗만 모다 잇다

白鷗야 놀라디 마라 네 번 되려 ᄒ노라 (『寬谷集』)

荷釣竿　　　　　帶夕陽

臨釣臺高處　　　白鷗集

鷗兮鷗兮不復驚　　與汝盟有期

(金起泓,「寬谷八景歌」8, 右釣臺盟鷗,『寬谷集』)

내 가삼 쓸어만저 보니 살 한 点이 없네 그려

굼든 아니하되 自然히 그러하네

더 님아 널로 든 病이니 네 곳칠가 하노라 (『朝鮮歌謠集成』)

粉臂無復舊時肥　　　　近日不寒還不飢

我病非君人未瘳　　　　未逢君處長相思

　　　(譯者未詳, 「小樂府五十首附十首」 6, 長相思, 『朝鮮歌謠集成』)

내가슴 헤친 피로 님의 양주 그려내여

高堂素壁에 거러두고 보고지고

뉘라셔 離別을 삼겨 사름 죽게 ᄒᆞᄂᆞᆫ고 (『靑丘永言』珍本 131)

披來胸裏血　　　　寫出檀郎面

掛之高堂素壁間

誰爲離別使人死

　　　　　　(申欽, 「放翁詩餘」 16, 『靑丘永言』珍本)

내 길흔 완완ᄒᆞ니 압희 몰져셔 오쇼셔

내 밧츤 넉넉ᄒᆞ니 ᄀᆞ흘 몬져 갈ᄅᆞ쇼셔

어즙어 녜 죠흔 풍속을 다시 볼가 ᄒᆞ노라 (560)

路計閒忙許爾往　　　　田量豐約遜吾畔

不圖民俗至於斯　　　　古昔淳風此復看

　　　(李縡, 「飜訓民歌十八章」 18, 行者讓路耕者讓畔, 『茅山亭遺稿』)

내 ᄆ음 버혀 내여 별들을 밍글고져
구만리 댱텬의 번드시 걸려이셔
고은 님 계신 고ᄃᆡ 가 비최여나 보리라 (566)

我欲刳吾心爲星月　　掛之九萬里天上
庶望西方之美人也　　然可與知我者道
難與不知我者語也　　知我心者莫如子
我不敢不吐　　每嗚咽出涕

(周世鵬,「刳心星月歌」,『武陵雜稿別集』卷7, 故陽城縣監安君挺墓地銘並序)

내 말 고디 드러 너 업스면 못 살려니
머흔 일 구즌 일 널로ᄒᆞ야 다 닛거든
이제야 님 괴려 ᄒᆞ고 녯벗 말고 엇디리 (569)

爾且聽我言　　無爾難聊生
好事與惡事　　以爾渾忘形
詎今欲媚人　　反疎舊交情

(宋達洙,「酒問答飜辭」2,『守宗齋集』)

내 ᄆᆞᆯ이 긔어니 몰고 또 모라라
질고를 ᄆᆞᆯ을지니 원습을 ᄀᆞᆯ힐소냐
셩은이 지듕ᄒᆞ시니 못갑흘가 ᄒᆞ노라 (570)

我馬維騏　　載馳載驅

詢其疾苦　　　　　　　奚憚原隰

聖恩至重　　　　　　　惟恐不能酬

（權益隆,「風雅別曲」 2,『校註歌曲集』）

奈城西　萬山中에　夫子睟容　어인닐고

故世子　慕聖心이　瀋陽行에　뫼셔다가

返駕後　陪從臣　불러네　뫼시라　허시니라 (579)

堤西璿派家　　　　　　世寶有聖眞

東來在何世　　　　　　瀋陽鶴駕辰

奉幣購三幅　　　　　　一許陪從臣

聞之喟然歎　　　　　　此鄕久無人

（趙梡,「秉彝吟」 7,『三竹詞流』）

늬　聖人　마다허고　撤家遠遁　허는　黨이

邪穌로　上帝　숨고　그　아들은　제라　허며

外面에　儒衣冠으로　沮毀盛擧　헌단말가 (581)

邪穌一妖魔　　　　　　矯誣上帝明

人心爲道心　　　　　　此生作前生

我非逐邪流　　　　　　渠自暗走橫

外飾儒衣冠　　　　　　潛懷鬼蜮情

（趙梡,「秉彝吟」 13,『三竹詞流』）

늬 聖人 뫼실 집을 十室忠信 相議허니

不厭糟糠 原憲이요 傷貧허는 子路로다

아마도 鞠躬盡瘁타가 死而後已 허리로다 (582)

環顧十室邑	同志有幾人
縱得子路勇	亦奈原憲貧
少□今日憾	永被後生嗔
所恃一箇心	不顧此生身

(趙槻,「秉彝吟」10,『三竹詞流』)

늬 아희 箕裘業을 嚴師益友 업다 말고

聖人만 篤信ᄒ여 實地上에 進進허면

千載에 一脉 眞源이 自然相接 허리로다 (586)

師友無如讀聖賢	我歌且詠望其傳
但能篤信行之力	準的隨吾日進前

(趙槻,「箕裘謠」40,『三竹詞流』)

늬 아희 箕裘業을 嚴師益友 업다 말고

聖人만 篤信허여 知行工夫 兩進허면

千載에 一脉眞源이 自然吻合 허리라 (586 異本)

知汝生來讀聖賢	翁心猶愧未三遷
但能篤信行知力	準的隨就次前□

니 언지 無信ᄒ여 님을 언지 속엿관듸
月沈三更에 온 뜻지 전혀 업늬
秋風에 지는 닙소릐야 니들 어니 ᄒ리오 (588)

내 언제 信이 없어 님을 어이 속엿관대
秋月三更에 올 뜻이 全혀 없네
秋風에 지난 닙 소래야 낸들 어이하리 (『朝鮮歌謠集成』)

我來豈無信	月沉夜三更
秋風自落葉	非我惱君情

(李民宬,「聞人唱俚歌韻而詩之」1,『敬亭集』卷4)

何曾妾無信	乃與君相欺
深夜遠來意	而君諒不知
鳴風落葉本無情	渠自爲聲妾何爲

(南九萬,「飜方曲」8,『藥泉集』)

寡信何曾瞞著麽	月沈無意夜經過
颯然響地吾何與	原是秋風落葉多

(申緯,「小樂府四十首」36, 響屧疑,『小樂府四十首』가람본)

不知君似妾宵長	秋月滿庭空斷腸
葉有聲兮眠不得	情人來否更商量

(譯者未詳, 「小樂府五十首附十首」 5, 秋夜長, 『朝鮮歌謠集成』)

냇ᄀ에 히오라바 므스일 셔 잇는다

無心흔 져 고기를 여어 무슴ᄒ려는다

아마도 흔믈에 잇거니 니저신들 엇ᄃ리 (『靑丘永言』珍本 122)

溪邊鷺立何事

魚自無心底事窺

旣是一樣水中物　　　　　相忘也宜

　　　　　(申欽, 「放翁詩餘」 7, 『靑丘永言』珍本)

溪邊彼白鷺　　　　　久立欲何爲

魚自無心莫相窺

同是水中活　　　　　不如兩忘機

　　　　(洪良浩, 「靑丘短曲」 35, 溪邊鷺, 『耳溪集』卷1, 『靑丘短曲』)

너부나 너분 들의 시내도 김도 길샤

눈ᄀ튼 白沙ᄂ 구룸ᄀ치 펴 잇거든

일업슨 낙대 든 분네ᄂ 히 지ᄂ 줄 몰나라 (617)

廣廣之野兮　　　　　川亦修而脩兮

如雪兮白沙　　　　　如雲之鋪兮

無事携竿之人兮　　　　　曾日落兮不知

　　　　　(譯者未詳, 「俛仰亭短歌」 2, 『俛仰集』卷4)

네 아들 효경 닑더니 어도록 비환ᄂ니
내 아들 쇼흑은 모릭면 ᄆ출로다
어늬제 이 두 글 비화 어딜거든 보려뇨 (621)

孝經小學禮家書　　　　爾子吾兒方始學
學而時習爲賢士　　　　其在親心不亦樂

(李槩, 「飜訓民歌十八章」7, 子弟有學, 『茅山亭遺稿』)

爾子讀孝經　　　　今至第幾編
我子讀小學　　　　明明庶終焉
何時了此書　　　　立揚願爲賢

(宋達洙, 「訓民歌飜辭」7, 『守宗齋集』)

네 집 상ᄉ들흔 어도록 출호순다
네 뚤 셔방은 언제나 마치ᄂ순다
내게도 업다커니와 돌보고져 ᄒ노라 (624)

人世婚喪兩大事　　　　在隣里道豈無助
我雖家本餘儲少　　　　可不傾困以致慮

(李槩, 「飜訓民歌十八章」12, 婚姻死喪隣里相助, 『茅山亭遺稿』)

爾家云有喪　　　　何以備禮儀
爾女當于歸　　　　何時氷泮期
於我亦何有　　　　有無欲相資

(宋達洙, 「訓民歌飜辭」12, 『守宗齋集』)

네 집이 어듸민오 이 뫼 넘어 긴 江우희
竹林 프른 곳에 외사립 다든 집이
그 압희 白鷗써스니 게가 무러 보와라 (625)

借問君家何處住　　　　白雲洞裏山圍
竹林茅屋掩柴扉
門前何所有　　　　　　白鷺水田飛

(馬聖麟, 「短歌解」, 長短詞十五首 14, 『安和堂私集』)

君家何在大江上　　　　翠竹林深獨掩扉
試一相尋挐舟去　　　　問之無答白鷗飛

(申緯, 「小樂府四十首」 37, 小桃源, 『小樂府四十首』 가람본)

녜라 이러흐면 이 얼굴을 기려시랴
愁心이 실이 되야 구븨구븨 미쳐이셔
아모리 프로려흐되 긋 간듸를 몰닉라 (2045)

昔日若如此　　　　　　此形安得持
此心化爲絲　　　　　　曲曲還成結
欲解又欲解　　　　　　不知端在何處

(柳夢寅, 「昔日若如此」, 『於于野談』天理大本)

昔日若如斯　　　　　　此身安可持
愁心化爲絲　　　　　　曲曲成還結
欲鮮又欲鮮　　　　　　不知端所在

(柳夢寅,「昔日若如斯」,『於于野談』藏書閣本, 卷2)

昔日苟如此	此身安可持
愁心化爲絲	曲曲還成結
欲解復欲解	不知端在處

(李睟光,「昔日苟如此」,『芝峰類說』 卷14)

昔日若如此	此身那得保持
愁心如亂絲	曲曲皆成結
欲鮮復欲鮮	不知端去處

(金萬重,「昔日若如此」,『西浦漫筆』)

昔日若如此	此形安得持
愁心化爲絲	曲曲還成結
欲解復欲解	不知端在處

(洪萬宗,「昔日若如此」,『旬五志』)

昔日苟如此	此身安可持
愁心化爲絲	曲曲還成結
欲解復欲解	不知端在處

(徐湄,「昔日苟如此」,『青邱詩話拾遺稿』)

昔日若如此	此形安得持
此心化爲絲	曲曲還成結
欲解又欲解	不知端在何處

(譯者未詳,「昔日若如此歌」,『見睫錄』 卷3 附歌調)

노래 삼긴 사름 시름도 하도 할샤

닐러 다 못닐러 불러나 푸돗든가

眞實로 풀릴거시면은 나도 불러보리라 (『靑丘永言』珍本 144)

始作歌者正多愁

言不能盡歌以解

歌可解愁吾亦歌

(申欽, 「放翁詩餘」 29, 『靑丘永言』珍本)

魯司寇 三日政을 趙靜庵이 허시니라

大司憲 사흘만에 男女異路 허더니라

엇지타 그씩 少正卯늘 슬녜두엇던고 (631)

三日霜臺化已行　　　　　都人士女路分明

但欠先機誅亂政　　　　　一時士類禍非輕

(趙榥, 「箕裘謠」 36, 『三竹詞流』)

魯司寇 三日政을 趙靜庵이 허시니라

大司憲 사흘만에 男女異路 허여고나

두어라 忠宣堂 一夜間에 國運所關 어이허리 (631 異本)

蒲蘆政敏飮豚村　　　　　後二千年事再番

當日若先誅少正　　　　　遺風庶見至今存

(趙榥, 「箕裘謠」 36, 『三竹詞流異本』)

노식노식 미양 장식 노식노식 낫도 놀고 밤도 노식
壁上에 그린 黃鷄숫둙이 홰홰처 우도록 노식노식
人生이 아츰 이슬이라 아니 놀고 어이리 (632)

今夜與君歡　　　　　　君歸問何時
畫屛雄黃鷄　　　　　　鼓翼唱伊伊

(柳得恭,「東人之歌」15,『古芸堂筆記』天理大本)

遊遊只可長時遊　　　　晝日遊兮繼夜遊
遊遊須到畫鷄唱　　　　朝露人生那不遊

(鄭顯奭,「敎坊歌謠」93,『敎坊歌謠』)

蘆花 깁흔 고딕 落霞를 빗기 씌고
三三五五이 섯거 썬는 져 白鷗들아
우리도 江湖舊盟을 츠즈 보려 ㅎ노라 (636)

로화 픠온 곳에 락하를 빗겨 띄고
삼삼오오히 섯겨 노는 져 백구야
우리도 강호구맹을 차자볼가 하로라 (『河西全集續編』)

蘆花深深處　　　　　　斜帶落霞秋
三三與五五　　　　　　和浮彼白鷗
我亦無機事　　　　　　從汝以優游

(金養根,「東調」59,〈景致〉5,『東埜集』)

蘆花發處　　　　　　　落霞橫帶

三三五五雜遊之彼白鷗

我輩江湖舊盟將尋

(崔瑞琳,「白鷗歌」,『河西先生續集』)

綠樹 山亭의 벗부르는 제 새솔이

東風 細雨中의 부르는이 벗시로다

아마도 우리 계원은 저 새 붓그려 ᄒ로라 (『愛景堂遺稿』)

辭曰

鶯歌綠樹　　　　　　猶求友聲些

獨向邱偶　　　　　　知其所止些

吁嗟乎可以人兮　　　反不如鳥乎些

詩曰

陰濃樹綠山亭裏　　　好鳥多情喚友聲

獨向邱偶能止止　　　於人胡不反深誠

(南極曄,「愛景堂十二月歌」4, 山亭鶯聲章,『愛景堂遺稿』)

綠水靑山 깁흔 골에 靑藜緩步 드러가니

千峰에 白雲이오 萬壑에 煙霧ㅣ로다

이곳이 景槩 됴ᄒ니 예와 늙자 ᄒ노라 (640)

忙聞芝生　　　　　　芒鞋陟遐

千山白雲　　　　　　　萬壑靑霞

顧四皓當年　　　　　　羽翼堪瑕

(李衡祥,「今俗行用歌曲」23, 採芝覺,『芝嶺錄』)

綠樹靑山深深處　　　　靑藜緩步任去來

萬壑千峯雲霧裏　　　　此中景躱世慮灰

(馬聖麟,「短歌解」, 古詩十七首 2,『安和堂私集』)

靑山綠水深深處　　　　緩步靑鞋行且休

萬壑千峰雲霧合　　　　此中景槪好來遊

(鄭顯奭,「敎坊歌謠」50,『敎坊歌謠』)

綠楊이 千萬絲ㄴ들 가는 春風 잡아 민며

探花蜂蝶인들 지는 곳을 어이하리

아모리 思郎이 重흔들 가는 님을 잡으랴 (643)

綠楊千萬絲　　　　　　難挽春風住

狂蝶縱眈花　　　　　　奈此花辭樹

郎心欲留歡　　　　　　其如歡便去

(任埏,「翻方曲」9,『庀齋遺稿』)

綠陰芳草 우거진 골에 쇠소리라 우는 져 쇠소리식야

네 소릭 어엿부다 마치 님의 소릭도 굿틀시고

아마도 너 잇고 님 겨시면 아모권 줄 몰닉라 (648)

綠陰芳草谷　　　　　　有一端坐鶯
可憐聲相似　　　　　　似我佳人聲

　　　　　　　　　　(柳得恭,「東人之歌」9,『古芸堂筆記』天理大本)

綠樹陰濃黃鳥鳴　　　　可憐爾語最多情
爾與美人一時語　　　　不知誰是美人聲

　　　　　　　　　　　(鄭顯奭,「敎坊歌謠」76,『敎坊歌謠』)

녹쵸 쟝졔상의 도긔황독 져 목동아
셰상 시비스를 네 아는야 모로는야
그 아희 단젹만 불면셔 쇼이부답 (651)

草堤騎犢彼樵兒　　　　世事是非知不知
聽若無聞垂短髮　　　　斜陽橫笛過山陲

　　　　　　　　(元世洵,「續樂府引」9, 長堤笛,『三家樂府』)

綠草 晴江上에 구레 버슨 물이 되야
씌씌로 머리 드러 北向ᄒ여 우는 쯧은
夕陽이 지 너머 가니 님ᄌ 그려 우노라 (652)

茸茸綠草靑江上　　　　老馬身閒謝轡銜
奮首一鳴時向北　　　　夕陽無限戀君心

　　　　(申緯,「小樂府四十首」24, 綠草靑江馬,『小樂府四十首』가람본)

綠草淸江馬脫羈　　　　　老而安逸臥何爲

嶺上夕陽人不到　　　　　北風回首一聲悲

(李裕元,「小樂府」29, 醜奴兒,『嘉梧藁略』)

綠草芊眠江色淸　　　　　脫羈老馬任便行

時時向北頻翹首　　　　　夕日依山戀主鳴

(鄭顯奭,「敎坊歌謠」60,『敎坊歌謠』)

淸江綠艸岸　　　　　日暮馬長鳴

擧首時望北　　　　　待聽主人聲

(陸用鼎,「漢城花柳歌」3,『宜田續稿』)

뇌졍이 파사ᄒᆞ야도 눙자ᄂᆞᆫ 못 듯ᄂᆞ니

빅일이 즁쳔ᄒᆞ야도 고자ᄂᆞᆫ 못 보ᄂᆞ니

우리ᄂᆞᆫ 이목통명남자로 눙고 갓디 마로라 (『海隱別稿』陶山十二曲 8)

雷霆破山　　　　　聾者不聽了

白日中天　　　　　瞽者不見了

吾輩耳目聰明男子　　　　　勿如聾瞽了

(姜必孝,「陶山十二曲」8,『海隱別稿』卷1)

樓밧 푸른 머구 鳳凰아 아니온다

無心흔 쏘기달의 홀노 徘徊ᄒᆞᄂᆞᆫ 쓰젼

언제나 鳳凰이 오면 노라볼ᄉᆞ ᄒᆞ노라 (668)

樓外碧梧樹　　　　　鳳兮何不來
無心一片月　　　　　中夜獨徘徊

　　　　　　　　　（鄭澈,「翻曲題霞堂碧梧」,『松江集』卷1』)

누은들 잠이 오며 기두린들 님이 오랴
이직 누어신들 어닉 줌이 흐마오리
출흐리 안즌 고딕셔 긴밤이나 싀오리라 (670)

苦待郎時郎不至　　　　　正要睡處睡難成
睡亦難成郎不至　　　　　爭如蹲坐到天明

　　　　　　　　　（吳憙常,「樂府」11, 後庭花,『樂府』高大本)

陋巷에 少年高弟 終日如愚 허신 ᄆᆞ음
三月仁 허거니와 未達一間 어이 허리
아모리 東周時 衰運이나 中道而斃 허단 말가 (671)

陋巷春風豎勿旗　　　　　聖門高弟聖人知
一間不是終難達　　　　　夫子當年志立時

　　　　　　　　　（趙榥,「箕裘謠」10,『三竹詞流』)

陋巷에 졀문 션븨 終日如愚 허신 ᄯᅳ지
三月仁허거니와 未達一間 어이허리
두어라 夫子을 만나기로 亞聖인줄 닉 아노라 (671 異本)

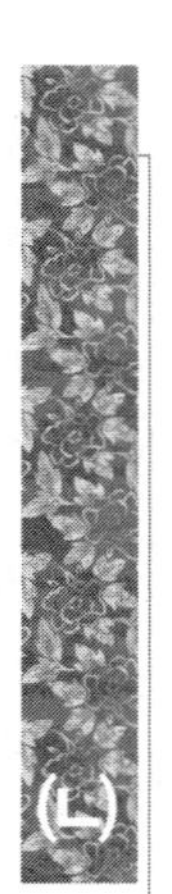

聖門賢弟聖人知　　　　復禮爲仁樂在斯

一間不是終難達　　　　夫子當年志立時

(趙榥,「箕裘謠」10,『三竹詞流異本』)

陋巷田 十五頃에 八口生涯 더져두고

成都桑 八百株에 冬裘夏葛 自在허다

엇지타 世間 이 滋味를 이제 와셔 아라는고 (672)

卜居空谷闢菑畬　　　　暮境生涯賴晏如

繞屋稻黃霜後野　　　　連墻桑綠雨中墟

耕量糊口餘謀酒　　　　績計絲身剩購書

從此塵緣除去了　　　　閒中日月一元初

(趙榥,「酒老園擊壤歌」8,『三竹詞流』)

陋巷田 十五頃에 一簞食를 더져 두고

成都桑 八百株에 冬裘夏葛 自在허다

歲月아 네 가는 듸로 優哉遊哉 허리로다 (672 異本)

結廬空谷闢菑畬　　　　暮年生涯賴晏如

稌黎異宜原濕土　　　　桑麻殊供夏冬居

耕量糊口餘謀酒　　　　績計絲身剩購書

莫遣流光爭此老　　　　鬢邊異白不關余

(趙榥,「酒老園擊壤歌」8,『三竹詞流異本』)

눈마즈 휘여진 디를 뉘라서 굽다턴고
구블 節이면 눈 속의 프를소냐
아마도 歲寒孤節은 너쑨인가 ᄒ노라 (674)

竹爲雪壓　　　　　　　孰謂竹曲
如其曲兮　　　　　　　雪裏綠兮

(柳馨遠,「翻俗歌」1,『磻溪逸稿』)

壓雪離披竹　　　　　　誰言不自直
如可枉其節　　　　　　何能雪中綠
亭亭歲寒色　　　　　　萬古惟爾獨

(南夏正,「桐巢樂府」3,『桐巢遺稿』)

靑靑園中竹　　　　　　雪壓枝半披
莫以枝暫披　　　　　　遂謂節可移
苟非歲寒不改操　　　　安得雪中靑如斯

(洪良浩,「靑丘短曲」37, 園中竹,『耳溪集』卷1,『靑丘短曲』)

雪花擁竹揉千枝　　　　誰道此君肯屈卑
獨也靑靑雪中立　　　　歲寒孤節始應知

(鄭顯奭,「敎坊歌謠」40,『敎坊歌謠』)

눈 속의 푸른빗시 긔 안이 솔이는가
滿山草木 黃落盡ᄒ이
너 흔차 르진 절을 세한 후의 알리로다 (『愛景堂遺稿』)

辭曰
冒雪蒼翠   獨也松兮些
歲寒後凋   可愛晚節些
快哉夫其義   卓卓復何渝兮些

詩曰
雪中獨立何心事   一節彌堅萬古靑
天寒始覺後凋義   應愧春園妬衆馨
[右十一月　雪裏孤松章]

(南極曄,「愛景堂十二月歌」11, 雪裏孤松章,『愛景堂遺稿』)

뉘뉘 이르기를 淸江水 깁다 턴고
비오리 ㄱ삼이 半도 아니 즘겨셰라
아마도 깁고 깁흘손 님이신가 ᄒ노라 (684)

誰道淸江無限深   飛鳧前臆半纔沈
人間亦有深深處   最是伊人向我心

(鄭顯奭,「敎坊歌謠」62,『敎坊歌謠』)

뉘라샤 정됴타 ᄒ던고 이별의도 인졍인가
평싱의 쳐음이요 다시 못볼 님이로다
아미도 졍쥬고 병 엇기난 나쑌인가 (686)

誰謂人間有情好   萬種情消一別時

縱緣初見難重見　　　　情去病來自不知

(元世洵,「續樂府引」13, 送情怨,『三家樂府』)

뉘라셔 나 자는 窓밧긔 碧梧桐을 심으돗던고
月明庭畔의 影婆娑는 됴커니와
밤듕만 굴근 비소릭 애긋는 듯 ㅎ여라 (688)

誰種碧梧樹　　　　婆娑月滿庭
只怕三更雨　　　　令人睡不成

(李民宬,「聞人唱俚歌韻而詩之」8,『敬亭集』卷4)

窓前誰植碧梧桐　　　　可愛婆娑月影中
底夜半驟雨　　　　一葉二葉一聲二聲
偏攪愁人枕夢驚

(黃胤錫,「古歌新翻續十四章」10,『頤齋亂稿』)

誰把碧梧桐一樹　　　　我眠窓外底心栽
婆娑月影雖堪好　　　　不合中宵雨滴來

(鄭顯奭,「敎坊歌謠」16,『敎坊歌謠』)

誰把碧梧桐一樹　　　　我眠窓外底心栽
婆娑月影雖堪愛　　　　叵耐中宵雨滴來

(鄭顯奭,「敎坊歌謠」59,『敎坊歌謠』)

뉘라셔 날 늙다 ᄒᄂᆫ고 늙은이도 이러ᄒᆫ가

곳 보면 반갑고 盞 잡으면 우음나다

春風에 훗ᄂᆞᄂᆞ 白髮이야 닌들 어니ᄒᆞ리오 (689)

孰謂我衰老	老人豈如斯
看花眼自明	把酒興相隨
任他春風裏	垂垂千丈絲 [一作星星雙鬢垂

(柳馨遠,「翻俗歌」17,『磻溪逸稿』)

誰謂余爲老	老者乃能如此耶
看花笑自發	把杯興還多
只此春風亂白髮	渠自生來吾奈何

(南九萬,「飜方曲」6,『藥泉集』)

誰謂我老	老也如許耶
看花眼却明	持盂笑自多
秋風自生白髮	我也如渠何

(李希齡,「秋風白髮歌」,『藥坡漫錄』卷94, 金鼎九條)

何人謂我老妄人	老者豈能若是
看花則笑把盂喜	
呼兒買酒來	花前終日醉

(馬聖麟,「短歌解」, 長短詞十五首 10,『安和堂私集』)

誰謂我老矣	老人如此耶
見花心自愛	把盂笑自多

彼飄霜白髮　　　　　　　吾亦奈爾何

(金養根,「東調」43,〈豪爽〉1,『東埜集』)

人言我老我堪辭　　　　　　老者其能似許爲
花下欣然當酒笑　　　　　　任他皤髮送風吹

(元世洵,「續樂府引」16, 我不老,『三家樂府』)

느저 날셔이고 大古ㅅ적을 못보완쟈
結繩을 罷흔 後에 世故도 하도 할샤
출하로 酒鄕에 드러 이 世界를 니즈리라 (『靑丘永言』珍本 142)

生胡晩不太古
結繩罷世故多
寧入酒鄕忘世界

(申欽,「放翁詩餘」27,『靑丘永言』珍本)

늙고 病든 몸이 草堂에 누어시니
淸風은 門을 열고 明月이 房에 든다
두어라 淸風明月이 뇌벗인가 흐노라 (700)

百花釀成酒香　　　　　　　無人來欸山房
淸風捲我簾　　　　　　　　明月入我床
明月淸風爲友　　　　　　　莫道無與共觴

(洪良浩,「靑丘短曲」14, 百花釀,『耳溪集』卷1,『靑丘短曲』)

時調漢譯歌 原歌 對照篇

늙엇다 믈러가쟈 ᄆᆞ음과 議論ᄒᆞ니

이님 바리ᄋᆞᆸ고 어듸러로 가쟌말고

ᄆᆞ음아 너란 잇거라 몸만 몬져 가리라 (711)

老去兮欲退去　　　　與心兮相議

云有吾主兮　　　　　欲去兮何地

自持兮佳容　　　　　而獨胡爲兮將之

(譯者未詳,「致仕歌」1,『俛仰集』)

能不爲 外物誘ᄂᆞᆫ 成德君子의 일이요

迷耳目 私心發은 凡人의 例事로다

이러모로 伊川이 初學者의 先學인가 ᄒᆞ노라 (『閒說堂遺稿』)

明道心安無妓雜　　　　伊川已克避妖妍

避妖今可冀初學　　　　無妓誠難責少年

(安昌後,「閒說二十五並詩歌」16, 戒貪女樂,『閒說堂遺稿』)

님군을 셤기오듸 正흔 길노 引導ᄒᆞ야

鞠躬盡瘁ᄒᆞ야 죽은 後의 마라스라

가다가 不合곳ᄒᆞ면 믈너간들 엇더리 (721)

何以事我君　　　　　正路須來遵

鞠躬以盡瘁　　　　　死後恩始報行

且志不合奉　　　　　身退亦一道

(金養根,「東調」5,〈五倫〉5,『東埜集』)

님금과 빅셩과 스이 하늘과 따히로딕
내의 셜운이롤 다 아로려 ᄒᆞ시거든
우린들 술진 미나리롤 혼자 엇디 머그리 (2455)

尊卑雖曰等天地	聖主咸知疾痛民
輿情豈昧涓埃報	將把肥芹獻玉宸

(李檠,「飜訓民歌十八章」3, 君民,『茅山亭遺稿』)

君之與百姓	天高於地卑
苦惱我輩事	猶欲盡知之
況我輩忍獨嘗	青芹正肥時

(金養根,「東調」6,〈五倫〉6,『東埜集』)

兄兮與弟兮	爾膚且摩挲
厥初伊誰生	樣子亦同耶
哺此同乳長	反懷異心何

(宋達洙,「訓民歌飜辭」2,『守宗齋集』)

(ㄷ)

單瓢陋巷 不改樂은 顔子 호자 ᄒ여잇고

無恒産 無恒心은 凡人이 거의로다

그러나 秉彛良心은 업슬 줄이 이시랴 (『閒說堂遺稿』)

士惟樂道窮愈堅　　　　　民未操心易變迁

難兌深嗟氣質性　　　　　不泯何幸秉彛天

(安昌後, 「閒說二十五並詩歌」 8, 士有恒心民易失恒, 『閒說堂遺稿』)

달 발고 셔리친 밤의 울고가는 기려기야

소상동정 어듸 두고 여관흔등의 잠든 나를 씌우는야

밤즁만 네 우름쇼릭 줌못이러 (768)

此夜月明落玉霜　　　　　洞庭何處隔瀟湘

寒燈旅舘忽驚起　　　　　隻雁聲哀憶故鄕

(李裕元, 「小樂府」 16, 西江月, 『嘉梧藁略』)

달붉고 서리친 밤의 울고 가는 져 기럭아

瀟湘으로 가느냐 洞庭으로 向ᄒ느냐

져근듯 뉘말 잠간 드러다가 님겨신듸 젼ᄒ여라 (769)

曉霜風急月橫天　　　　獨鴈啼歸阿那邊
欲向瀟湘洞庭否　　　　平安數字爲吾傳

(權用正,「東謳」20,『東謳』)

들쓰쟈 비 써나니 인졔 가면 언졔오리
萬頃滄波에 가는 듯 도라옴시
밤中만 至菊葱 소리예 이긋는 듯 ᄒ여라 (764)

掛席舟已發　　　　此去何時來
萬頃蒼波往　　　　旋回夜半
至匊忽聲　　　　如使離腸崔

(任埏,「夜坐聞歌漫筆翻錄」5,『㢞齋遺稿』)

解纜兮舟泛　　　　此去何時歸
萬頃蒼波　　　　如去時且速還
應知夜半至匊忽一聲中　　　　輾轉不成眠

(黃胤錫,「古歌新翻二十九章」13,『頤齋亂稿』)

淀浮舟欲離　　　　今去幾時來
萬頃蒼波上　　　　如去時且亟回
夜政半枝菊叢　　　　聲聲斷腸催

(金養根,「東調」52,〈離別〉1,『東埜集』)

碇擧兮船離
此時去兮何時來

萬頃蒼波去似回

(朴趾源,「排打羅其曲」,『熱河日記』漠北行程錄)

碇纜擧時船已離　　　問君何日是歸期

咿咿伴夜鳴橈響　　　斷盡柔腸人不知

(權用正,「東謳」11,『東謳』)

月上之時舟泛泛　　　去來無定惱人情

滄波萬斛儂愁貯　　　夜半橈歌夢不成

(李裕元,「小樂府」35, 訴衷情,『嘉梧藁略』)

碇擧船離　　　今去兮何時還

萬頃蒼波　　　飛也似回

夜半收纜聲　　　欲斷腸

(鄭顯奭,「排打羅其曲」,『教坊歌謠』船樂條)

들이 두렷ᄒ여 碧空에 걸여스니

萬古風霜에 써러졈즉 ᄒ다마ᄂ

至今히 醉客을 爲ᄒ야 長照金罇 ᄒ노미라 (780)

團團明月掛碧空　　　萬古風霜不變容

至今長照金樽酒　　　使我痛飲興無窮

(馬聖麟,「短歌解」, 古詩十七首 16,『安和堂私集』)

天上一片月　　　團團掛碧空

千秋萬古常明　　　　　　四海九州皆同

但願無風又無雨　　　　　　夜夜長照金樽中

　　　　　　(洪良浩,「青丘短曲」20, 一片月,『耳溪集』卷1,『青丘短曲』)

둙이 뉘게 비화 부디 사볘 우는게요

無知微物도 제 홀 일 다 ᄒ거든

엇디타 侑食한 사름이오 제 홀 일을 모르는고 (『水南放翁遺稿』)

鷄也學於誰　　　　　　鳴必曉頭爲

無知微物　　　　　　亦能渠所爲

如何有識人　　　　　　不知人所爲

　　　　　　(鄭熙鎭,「自警」2,『慶州鄭氏世稿』, 放翁遺稿)

담 넘어 님의 집이 千山萬山 隔ᄒ녓넌지

秋風落葉聲은 이왕의 알건니와

니외의 들니는 소리 두그신 소리듯 (790)

君家祗是一墻環　　　　　　隔在千山更萬山

落葉縱知非響屧　　　　　　餘聲盡入似疑間

　　　　　　(元世洵,「續樂府引」12, 秋風葉,『三家樂府』)

담 안에 셧는 곳디 모란인가 海棠花ㅣ냐

힛득발긋 픠여이셔 님의 눈을 놀내인다

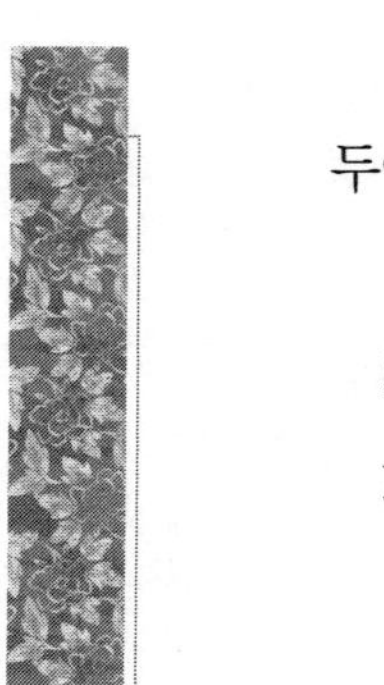

두어라 님자 이시랴 내 곳 보듯 ᄒ리라 (793)

獨立墻頭花樹奇　　　　牧丹叢杏海棠花
或紅或白欺吾眼　　　　寧有主乎將折之

（鄭顯奭,「敎坊歌謠」12,『敎坊歌謠』）

當時예 녀든 길흘 몃ᄒᆡ를 ᄇᆞ려두고
어듸가 ᄃᆞ니다가 이제싸 도라온고
이제나 도라오나나 년듸 ᄆᆞᄉᆞᆷ 마로리 (799)

당시예 녀던 길흘 몃ᄒᆡ을 ᄇᆞ려두고
어듸 가 ᄃᆞ니다가 이졔야 도라온고
인졔 도라오나니 더 가치 ᄆᆞᆷ 마로리 (『海隱別稿』陶山十二曲 10)

當時所由路　　　　　　幾年今棄置
何處枉走了　　　　　　而今始還至
而今始還至　　　　　　枉路勿復爲意

（金養根,「東調」16,〈道學〉2,『東埜集』）

當時行了路　　　　　　幾年棄置
何去行而今歸來了
雖而今歸來　　　　　　勿如前放心了

（姜必孝,「陶山十二曲」10,『海隱別稿』卷1）

唐虞를 어제 본듯 漢唐宋 오늘 본듯

通古今 達事理ᄒ는 明哲士를 엇덧타고

저 설픠 歷歷히 모르는 武夫를 어이 조츠리 (805)

   通今博古明哲君子

   豈可遐棄

   乃就無知武夫也歟

(車天輅,「通今博古明哲君子」,『五山說林』稗林本)

唐天子 御宇初에 純用覇道 어인 닐고

進士科 創始後로 天下英雄 간 데 업다

우리도 그 後에 나셔 誤了平生 허거다 (809)

   唐帝規模述覇功　　　　荊圍太牛白頭翁

   無人顧念儒家事　　　　抵兒爭先入彀中

(趙榥,「箕裘謠」25,『三竹詞流』)

唐天子 一彀中에 天下英雄 可憐허다

周三物 닉여노코 鄕貢法을 어이헌고

허믈며 世間公道가 鏡裡新霜이로고나 (810)

   唐帝規模述覇功　　　　設科尤是叔世風

   假名周制無其實　　　　反喜群雄入彀中

(趙榥,「箕裘謠」24,『三竹詞流異本』)

唐太宗 좀통 안에 天下英雄 다 늘거다
鄕三物 더져두고 聲律試士 어인 닐고
그 중에 世間公道가 白髮흔아 샏이로다 (811)

述覇唐宗計守成	規模齷齪制科名
貢鄕不是周三物	八學其誰漢五更
非久弊生紅粉榜	無難賺得白頭英
吾儒分內當然職	大學工程始自明

(趙榥, 「酒老園擊壤歌」 6, 『三竹詞流』)

唐太宗 좀통 안에 天下英雄 다 늘거다
鄕三物 어듸 가고 李杜文章 늬다른고
두어라 우리 分內事가 脩身齊家 샏이로다 (811 異本)

唐帝初年計守成	文章取士制新更
貢鄕不法周三物	試律非和舜五聲
附驥無難紅粉榜	雕蟲愈若白頭英
嗟吾晩覺儒家事	手把牙籤眷後生

(趙榥, 「酒老園擊壤歌」 6, 『三竹詞流異本』)

大鵬을 칩써잡아 번기불에 쬐여 먹고
南海를 다 마시고 北海로 건너씰지
泰山이 발싯희 츳이여 왜걱제걱 ᄒ더라 (817)

手捉大鵬鳥　　　　　炙之電光喫
吸盡南溟水　　　　　北海方一躍
夫何泰山巓驕　　　　劃被足趨

(黃胤錫,「古歌新翻二十九章」12,『頤齋亂稿』)

大聖人 계실 집을 十室忠信 相議허니
不厭糟糠 原憲이요 傷貧허는 子路로다
聖門에 千古大事를 鞠躬盡瘁 아닐소냐 (582 異本)

十室寂寞鄉　　　　　晚有狂簡士
奮身簞瓢巷　　　　　棟宇遽經始
非能必有成　　　　　惟一死後已

(趙榥,「秉彛吟」10,『三竹詞流異本』)

대 심거 울을 삼고 솔 갓고와 亭子ㅣ로다
白雲 덥힌 곳에 날 잇는줄 제 뉘 알니
庭畔에 鶴 徘徊ㅎ니 긔 벗인가 ㅎ노라 (823)

種松爲亭子　　　　　養菊是藩籬
白雲深處谷　　　　　我在其誰知
庭畔鶴徘徊　　　　　知是我友斯

(丁一愼,「仍俗歌成句二首」1,『臨窩遺稿』卷2)

待人難 待人難ᄒ니 鷄三呼ᄒ고 夜五更이라

出門望 出門望ᄒ니 靑山은 萬重이오 綠水은 千回로다

이윽고 기짓ᄂ 소ᄅᆡ에 白馬遊冶郎이 넌즈시 도라드니 반가온 ᄆᆞ음이

無窮耽耽ᄒ야 오늘밤 셔로 즐거운이야 어ᄂᆡ 그지 이시리오 (827)

待人難待人難	鷄三呼夜五更
出門望出門望	靑山萬重綠水千回
少頃犬吠聲	白馬遊冶郎潛回入
喜心無窮貪貪	今夜相逢樂無涯

(鄭顯奭,「敎坊歌謠」94,『敎坊歌謠』)

待人難 엇더턴고 蜀道之難이 不難코 待人難이로다

出門重重하니 月掛山頭에 杜鵑啼羅하고 夜五更이라

아마도 百難之中에 待人難인가 (828)

百難唯有待人難	鷄唱三聲夜向殘
幾度出門人不見	碧梧枝上月團團

(權用正,「東謳」13,『東謳』)

大丈夫 되여나셔 孔孟顔曾 못ᄒ양이면

출하리 다 썰치고 太公兵法 외와ᄂ야 말만ᄒ 大將印을 허리아ᄅᆡ

빗기ᄎ고 金坮에 눕히 안즈 萬馬千兵을 指揮間에 너허 두고 坐作進

退흠이 긔아니 괘ᄒ소냐

아마도 尋章摘句ᄒᄂ 석은 션ᄇᆡᄂ 나ᄂ 아니 불우리라 (830)

男兒生世間　　　　　　所學惟孔顏
盛德與大業　　　　　　巍巍不可攀
不然且從圯橋叟　　　　太公六韜持左手
身登百尺雲壇上　　　　腰佩黃金印如斗
風雲龍蛇變現於指麾　　熊虎貔貅羅列於前後
單于頸上繫長纓　　　　黃龍堆前飮大酒
安能效尋章摘句之腐儒　碌碌塵埃老白首

(洪良浩, 「靑丘短曲」 40, 男兒, 『耳溪集』 卷1, 『靑丘短曲』)

大棗볼 붉은 柯枝에 후르혀 훌터 ᄯᅡ담고
올밤 익어 벙그러진 柯枝 휘두두려 불나 ᄯᅡ 담고
벗 모아 草堂으로 드러가니 술이 풍충청 이세라 (836)

棗頰紅娟摘取回　　　　栗房黃坼拾將來
呼朋共入茅堂裏　　　　春酒盈盈香滿杯

(鄭顯奭, 「敎坊歌謠」 26, 『敎坊歌謠』)

뎨 가는 뎌 샤공아 빈잡고 내말 들어
順風 만난 후의 가더라 아니가랴
於思臥 中流에 遇風波ᄒ면 업더딜가 ᄒ노라 (2594)

彼去舟子聽我言
順風遇後去了去
中流風波必見覆

도라보니 萬二千峰 구버보니 瑤海三千

沙鷗는 도라오고 夕陽은 빗겻는듸

엇더타 날 두릴 笙鶴은 이대도록 더듸는고 (『東遊綠』 4)

蓬山落照倚欄頭	七十翁能辦壯遊
千里行裝蒼海闊	百年身世白鷗浮
壤虫塵界多乾沒	鴻鵠雲天置匹儔
日月任他詩裏過	風烟簸哢錦囊收

道心은 惟微ᄒ고 人心은 惟危ᄒ니

惟精惟一이라사 允執厥中 ᄒ오리라

진실노 이 말슴 體得ᄒ면 聖賢同歸 ᄒ오리라 (『閒說堂遺稿』)

一心中發道人二	人是橫危道直微
倘識危微精一執	人皆可與聖同歸

徒言은 크게 ᄒ나 進就에 無實ᄒ니

反己ᄒ야 自愧ᄒ고 向人ᄒ야 嘲笑ㅣ로다

그러나 狂夫言도 聖人이 골ᄒ시니 不以人廢言일가 ᄒ노라 (『閒說堂遺稿』)

徒言過大呑三爻　　　無實堪當取笑嘲
狂士嘐嘐誰更數　　　無私閒月卽深交

(安昌後,「閒說二十五並詩歌」24, 自責徒言無實,『閒說堂遺稿』)

盜賊 오다 뉘 막으리 아니 와셔 알니로다
三百二十州의 누고 누고 힘서 흘고
아모리 애고 애고 흔들 이 人心을 어히흐리 (861)

禦敵由人　　　　　無人誰禦些
哀我列郡　　　　　無男兒些
已矣乎人心若玆　　又何爲些

(李起渤,「憂國歌二十八章飜辭」5,『漆室遺稿』卷1)

陶處士 籬下菊이 이 山中에 퓌엿시니
蕭瑟헌 落木天에 中央正色 風采로다
아마도 네 凌霜高節 닉벗신가 허노라 (862)

千古黃花愛有人　　　淵明高尙卓難親
秀莖中抱凌霜操　　　晚節方華落木辰
天賦縱多寒氣味　　　秋容猶是好風神
暮年吾亦花中逸　　　托契束籬獨也春

(趙榥,「酒老園擊壤歌」22,『三竹詞流』)

陶處士 籬下菊이 花中隱逸 네로고나
金天旺氣 稟賦ᄒ야 中央正色 風采로다
아모리 九秋霜風이나 너는 엇지 못허리라 (862 異本)

千古黃花愛有人　　　　柴桑茅屋繞芳隣
秀莖中抱凌霜操　　　　晚節方華落木辰
天賦縱多寒氣味　　　　秋容猶是好風神
世間吾亦歸來士　　　　爲惜東籬獨也春

(趙榥,「酒老園擊壤歌」24,『三竹詞流異本』)

桃花는 므스 일로 紅粧을 지혀셔셔
東風 細雨에 눈물을 먹엿는다
三春이 쉬운가 ᄒ야 글을 슬ᄒ ᄒ노라 (864)

桃花何事作紅粧　　　　細雨東風淚滿眶
應緣春色無情緒　　　　去欲忽忽多感傷

(鄭顯奭,「敎坊歌謠」54,『敎坊歌謠』)

桃花水 살진 고기 네 丙穴의 나디마라
銀鱗이 번득일제 저 漁父가 流涎헌다
허물며 口腹을 차우려고 그 밋기를 엿보는다 (866 異本)

遲日觀魚脉脉臨　　　　陽春水族感和深
口猨迎哺岩花落　　　　卵飽行遺岸柳沉

謾動銀鱗离丙穴　　　　故瞠珠眼察機心
然渠遇食斯須欲　　　　怕作漁郎貰酒金

(趙榥,「酒老園擊壤歌」14,『三竹詞流異本』)

桃花水 ᄉᆞᆯ진 고기 네 丙穴에 나지마라
銀鱗이 번듸길 졔 져 漁父가 流涎헌다
허물며 口腹을 ᄎᆡ오려고 그 밋기늘 녓보는다 (866)

遲日觀魚脉脉臨　　　　陽春水族感和深
口猥迎哺巖花落　　　　卵飽行遺岸柳沈
謾動銀鱗離丙穴　　　　故瞠珠眼察機心
然渠遇食斯須欲　　　　怕作漁郎貰酒金

(趙榥,「酒老園擊壤歌」13,『三竹詞流』)

桃花梨花 杏花芳草들아 一年春光 恨치마라
너희ᄂᆞᆫ 그려도 與天地 無窮이라
우리ᄂᆞᆫ 百歲 샌이니 그를 슬어 ᄒᆞ노라 (869)

李杏桃花百草芳　　　　春光莫恨一年忙
爾猶天地無窮在　　　　奈此人生百歲强

(鄭顯奭,「敎坊歌謠」9,『敎坊歌謠』)

梨花桃花杏花芳草等　　一年春光莫怨
爾等雖然與天地無窮　　非百歲人生吾所恨

(沈魯崇,「梨花桃花杏花」,『孝田散稿』9, 山海筆戱)

東嶺에 둘 올으고 草堂에 손니 왓다
으히야 씨돍 잡아 안쥬 밧비 쟝만ᄒ고
엇그제 쥐비져 괴온 슐을 어셔 걸어 내여라 (876)

雪晴新月上	酒熟故人來
今夕是何夕	與君同醉月下杯
直到月落鷄鳴	酒未盡君莫回

(洪良浩,「靑丘短曲」27, 雪晴,『耳溪集』卷1,『靑丘短曲』)

東西晋 百餘年에 士子氣習 怪異허다
一盃酒 生涯여니 名敎樂地 뉘 알이오
그 중에 烈丈夫 이스니 靖節先生이로고나 (886 異本)

| 晋代儒林張酒泉 | 狂如劉阮亦爲賢 |
| 淵明獨抱黃花節 | 浥露晴窓寫係年 |

(趙榥,「箕裘謠」23,『三竹詞流異本』)

東西晋 二百年에 士子氣習 怪異허다
麴蘖이 生涯여니 名敎樂地 뉘 알리오
그 중에 柴桑一士가 늬벗신가 허로라 (886)

晋代衣冠溺酒泉　　　　　　狂如劉阮亦稱賢
淵明獨抱黃花節　　　　　　洰露晴窓寫係年

(趙榥,「箕裘謠」24,『三竹詞流』)

同姓은 百代之親이요 敦睦은 傳家之風이라
이 敦睦 못니으면 子孫 잇다 ᄒᆞ올소냐
各思其親ᄒᆞ면 절노 私同홀가 ᄒᆞ노라 (『閒說堂遺稿』)

我不身修家不齊　　　　　　此無觀感彼何齊
人人倘各思先祖　　　　　　同氣相隨自睦齊

(安昌後,「閒說二十五並詩歌」15, 思先則睦族,『閒說堂遺稿』)

東園에 桃李花야 네 繁華늘 밋지마라
퓌고 퓌여 다 퓐 후에 夜來風雨 어이 허리
그졔야 어졔닐 싱각허면 南柯一夢 아닐소냐 (888)

陽園齊發易春花　　　　　　紫白和光釀彩霞
舞蝶如雲交獻媚　　　　　　垂楊耀日敦爭奢
須臾猶幸方全盛　　　　　　衰謝難如未始華
諒角空山風雨夜　　　　　　南柯夢覺去年査

(趙榥,「酒老園擊壤歌」14,『三竹詞流』)

東園의 桃李花야 네 繁華를 밋지 마라

뛰고 뛰여 다 뛴 후에 夜來風雨 어이ᄒ리

그제야 어제 닐 싱각ᄒ면 南柯一夢 아닐소냐 (888 異本)

陽園齊發易春花　　　　紫白和光釀彩霞

舞蝶如雲交獻媚　　　　垂楊耀日敢爭奢

須臾猶幸方全盛　　　　衰謝難如未始華

諒爾空山風雨夜　　　　南柯夢覺去年查

(趙榥, 「酒老園擊壤歌」 15, 『三竹詞流異本』)

冬至ㅅ돌 기나긴 밤을 한 허리를 버혀내여

春風 니불 아레 서리서리 너헛다가

어론님 오신날 밤이여든 구뷔구뷔 펴리라 (894)

冬至永夜折其腰　　　　春風暗藏枕席下

相思美人來宿日　　　　慇勤解出繼短夜

(馬聖麟, 「短歌解」, 古詩十七首 17, 『安和堂私集』)

截取冬之夜半強　　　　春風被裏屈蟠藏

燈明酒煖郎來夕　　　　曲曲鋪成折折長

(申緯, 「小樂府四十首」 40, 冬之永夜, 『小樂府四十首』 가람본)

仲冬之月長長夜　　　　折了中腰兩夜餘

春風衾下盤旋置　　　　之子□霄曲曲舒

(鄭顯奭, 「教坊歌謠」 46, 『教坊歌謠』)

東牕이 붉앗는야 노고지리 우지진다
쇼칠 아희는 至今 아니 이러는야
지 너머 스릭 긴 밧츨 언제 갈냐 ᄒᆞᄂᆞ니 (899)

東方明否　　　　　　　鸕鴣已鳴
飯牛兒胡爲眠在房
山外有田墾畝闊　　　　今猶不起何時耕

(南九萬, 「飜方曲」 5, 『藥泉集』)

東方明邪否　　　　　　布穀處處啼
牧童起耶未　　　　　　犁牛覓草去
西疇多宿草　　　　　　今夕恐不易

(李基休, 「短歌十九章」 10, 『不世堂集』)

東方欲曙未　　　　　　鶬庚已先鳴
可憎牧豎輩　　　　　　尙耽短長更
上平田畝長　　　　　　恐未趁日耕

(李衡祥, 「浩皤謳」 13, 督農課, 『瓶窩集』 卷4, 『更永錄』)

東牕漸向明　　　　　　鸕鷥亂鳴初
無心飯牛兒　　　　　　尙此不起歟
恐川邊畝長田　　　　　今日耕又餘

(金養根, 「東調」 24, 〈棲逸〉 2, 『東埜集』)

東風에 細雨 석거 太平春光 그려ᄂᆞ니

唐虞世 一度花요 漢文帝의 三月이라

바람아 저 和氣 모라다가 이 民間에 허처 주렴 (902 異本)

東風和雨洒無聲	滿地烟花餙太平
萬卉資無爲生花	百禽交感自然情
洪白普叙陽和澤	品物咸遭泰運亨
何事世間三代下	片時春不到蒼生

(趙槻, 「酒老園擊壤歌」12, 『三竹詞流異本』)

東風에 細雨 셕거 太平春光 그려ᄂᆞ니

唐虞世 一度花요 漢文帝의 三月이라

바름아 져 和氣 모라다가 이 民間에 헷쳐주렴 (902)

東風和雨灑無聲	滿地烟花飾太平
萬卉方生絪縕氣	百禽交感卵胎情
寰宇普洽乾元始	品物咸遭泰運亨
何事世間三代下	片時春不到蒼生

(趙槻, 「酒老園擊壤歌」11, 『三竹詞流』)

東風이 건듯 부러 積雪을 다 노기니

四面 靑山이 녜 얼골 나노믜라

귀밋테 히무근 서리ᄂᆞ 녹을 줄을 모른다 (904)

雪後山容忽變易	峯巒皆是銀玉

東風吹消山更碧

鬢霜雖欲掃　　　　　　　白髮恨無藥

(馬聖麟,「短歌解」, 長短詞十五首 3,『安和堂私集』)

東漢末 名節士가 嚴子陵의 餘風이라

光武帝 업는 世上 富春山이 놉흘쇼냐

차라리 一片孤魂이 首陽山에 가롤니라 (905)

明夷運泊漢東京　　　　　不幸諸公養望清

世人未解滄浪濯　　　　　錯道嚴光誤後生

(趙榥,「箕裘謠」22,『三竹詞流』)

東漢時節 義士가 保身明哲 뉘 업스리

名節은 身後事요 大義理는 目前이라

後世예 名敎中 수람 제 當허나 다롤쇼냐 (906)

明夷運泊漢東京　　　　　何事天生一代英

目下熊魚輕重判　　　　　浩然聯袂大歸情

(趙榥,「箕裘謠」21,『三竹詞流異本』)

東海上 數千里예 山川風氣 甕盎헌데

薇粟에 주린 입을 제 奢味로 달뇌오니

아마도 韓退之以下人은 뇌 모미 더허노라 (908)

沿海小邦人　　　　　　稟氣多偏性

矧爾飢渴者　　　　　　寧分味邪正

能有原道作　　　　　　吾謂學吾聖

(趙榥,「秉彝吟」7, 『三竹詞流異本』)

東海上 五峯山이 夢龍室에 降神ᄒ여

積工헌 聖學集要 西山衍義 어여게라

千載에 石潭秋月이 先生氣像이로 (909)

海嶽初鍾萬古精　　　　　英年德業已天成

自任致澤平生志　　　　　歸對空潭片月明

(趙榥,「箕裘謠」38, 『三竹詞流』)

東海上 五峯山이 烏竹軒에 降精허니

積工헌 聖學輯要 西山衍義 어여게라

千載예 石潭秋月이 先生氣像이로고나 (909 異本)

海嶽初鍾萬古精　　　　　少年德業已天成

自任致澤平生志　　　　　留作空潭片月明

(趙榥,「箕裘謠」38, 『三竹詞流異本』)

杜鵑花 어제 디고 躑躅이 오늘 픠니

山中 繁華ㅣ야 이 밧긔 ᄯᅩ 이실가

힝호나 流水에 흘러 消息 알가 ᄒᆞ노라 (『寬谷集』)

杜鵑花已開落　　　　　躑躅了繼發
山中春色孰與汝比　　　秪恐浮流水傳消息

(金起泓, 「寬谷八景歌」 3, 右山頭躑躅, 『寬谷集』)

杜門ᄒᆞ면 벗이 업고 出入ᄒᆞ면 失宜ᄒᆞᄂᆡ
벗 업스면 棄人이요 失宜ᄒᆞ면 妄人이다
ᄎᆞ랄히 棄人이 되연졍 妄人은 免ᄒᆞ오리라 (『閒說堂遺稿』)

反身未縮州難行　　　　講學無誠罕與迎
窮巷靜居宜守分　　　　何須妄擧誤平生

(安昌後, 「閒說二十五並詩歌」 23, 自歎出處難, 『閒說堂遺稿』)

뒷메희 뭉킨 구룸 압들헤 퍼지거라
ᄇᆞ람 불디 비 올지 눈이 올지 서리 올지
오리ᄂᆞᆫ 하늘 ᄯᅳᆺ 모로니 아므랄 줄 모로리라 (『水南放翁遺稿』)

後山屯結雲　　　　　延及蔽中天
風耶雨耶霜耶雪耶　　未知天意竟何然

(鄭熙鎭, 「歎北人作變歌」, 『慶州鄭氏世稿』, 放翁遺稿)

듀건 이도 聖恩이오 산 이도 聖恩이라

幽明之間에 浩蕩히 얼킨거시 聖恩이라

어즙아 結草圖報탄 말은 歇後키 萬千인가 ᄒ로라 (2653)

死者聖恩	生者聖恩
幽明之間	浩蕩縈紆者聖恩
馭什哦結草圖報語	歇後之萬千

(梁周翊, 「感聖恩歌五疊」 3, 『無極集』)

드른 말 卽時 잇고 본 일도 못본드시

닉 人事ㅣ 이러홈이 남의 是非 모를노라

다만지 손이 盛ᄒ니 盞잡기만 ᄒ리라 (935)

耳朶有聞旋旋忘	眼兒看做不看樣
右堪執盞左持螯	兩手幸吾無病恙

(申緯, 「小樂府四十首」 16, 掌中盃, 『小樂府四十首』 가람본)

燈花는 엿 비치나 眼力이 可憐허다

灯下書 書中眼이 써날 밤이 업셔더니

아모리 此身이 老廢헌들 너도 날을 버리는가 (941)

書燈親我妙齡時	四十年來目力度
歲久習成仍少睡	夜寒手澁强停披
崇於抄細仍生醫	對輒羞明便覺衰
閤眼臥聽兒子讀	望汝勤苦學爺爲

(趙榥,「酒老園擊壤歌」27,『三竹詞流異本』)

띄업슨 손이 오난놀 갓버슨 主人이 나셔

녀나무 亭子에 박장긔 버려노코

아희야 선술 걸너라 외 안쥬ㄴ들 엇더리 (942)

脫冠扉外出　　　　網巾不着友人來
牡麻亭子下　　　　匏碁局閒開
兒乎且接山蔬浸　　不妨釃出未熟酒

(金養根,「東調」31,〈閒適〉2,『東埜集』)

(ㅁ)

마누라님 어대 가오 南山 속에 松林 가오

白비단 장옷에 솔닙이 나서 靑靑하기 하월이라 하노라

마누라님 오시는 길에 거문고로 다리 노아 가야금 열두 줄에 덩긔

둥당실 나리소사 (『小樂府四十首』 가람본)

水雲渺渺神來路	琴作橋梁濟大川
十二琴絃十二柱	不知何柱降神絃

(申緯, 「小樂府四十首」 9, 神來路, 『小樂府四十首』 가람본)

마릭쇼셔 마릭쇼셔 移都 뜻 마릭쇼셔

一百적 勸ᄒ여도 마릭쇼셔 마릭쇼셔

享千年不拔鞏基를 더져 어히 ᄒ시릿가 (946)

莫移都	莫移都些
邇言兮不可信	莫移都些
享千年不拔鞏基	不可等擲些

(李起渤, 「憂國歌二十八章飜辭」 9, 『漆室遺稿』 卷1)

마릭쇼셔 마릭쇼셔 하 疑心 마릭쇼셔

得民心外예는 ᄒ올 일 업ᄂ이다

享千年 夢中傳敎는 귀예錚錚 ᄒ여이다 (947)

莫疑心	莫疑心些
民心兮不可失	莫疑心些
享千年夢中傳敎	不可忘忽些

(李起渤, 「憂國歌二十八章飜辭」10, 『漆室遺稿』 卷1)

마롤디여 마롤디여 이 ᄡᅡ홈 마롤디여

尙可更東西를 싱각ᄒ야 마롤디여

眞實로 말기옷 말면 穆穆濟濟 ᄒ리라 (948)

已而兮	已而兮些
彼東兮	此西已而兮些
苟能乎已而已而	穆穆濟濟些

(李起渤, 「憂國歌二十八章飜辭」15, 『漆室遺稿』 卷1)

마리쇼셔 마리쇼셔 이 ᄡᅡ홈 마리쇼셔

至公無私히 마리쇼셔 마리쇼셔

眞實로 마리옷 마리시면 蕩蕩平平 ᄒ리이다 (951)

戒止之	戒止之些
至公兮無私	戒止之些
能夫戒止戒止	蕩蕩平平些

(李起浡,「憂國歌二十八章飜辭」16,『漆室遺稿』卷1)

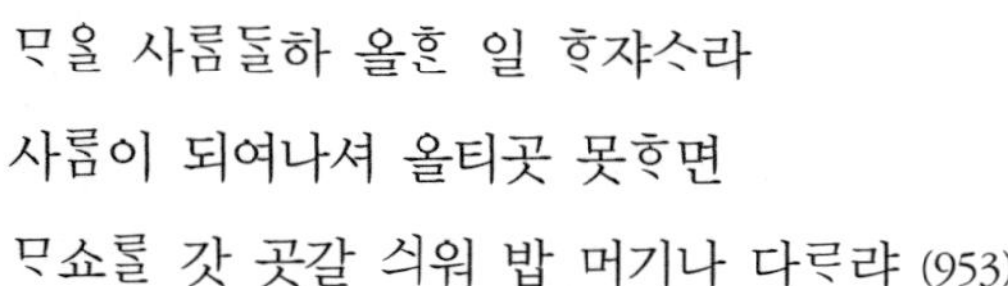

무을 사름들하 올흔 일 호쟈스라
사름이 되여나셔 올티곳 못호면
무쇼를 갓 곳갈 싀워 밥 머기나 다른랴 (953)

爲語鄕閭作善事	人而無誼奈如禮
方今晟際違風化	冠著馬牛卽一體

(李槃,「飜訓民歌十八章」8, 鄕閭有禮,『茅山亭遺稿』)

嗟嗟隣里人	勉焉爲善事
旣受人形生	所行反不義
何異馬與牛	冠巾而飮食

(宋達洙,「訓民歌飜辭」8,『守宗齋集』)

무음이 어린 後ㅣ니 호는 일이 다 어리다
萬重雲山에 어늬 님 오리마는
지는 입 부는 번람에 힝혀 건가 호노라 (956)

吾心旣云醉	事事皆成癡
月沈到三更	豈是人來時
風鳴葉落聲	猶復浪驚疑

(南九萬,「飜方曲」7,『藥泉集』)

萬頃滄波欲暮天에 穿魚換酒柳橋邊을

客來問我興亡事여늘 笑指芦花月一舡이로다

술醉코 江湖에 누어시니 節가는 줄 몰닉라 (962)

萬頃天如水　　　　　　生魚跳手柳橋邊

興亡事吾豈關　　　　　　蘆花月一船

十年江湖臥節　　　　　　去無誰傳

(金養根, 「東調」 41, 〈閒適〉 12, 『東埜集』)

萬頃滄波之水에 둥둥 쩐는 불약금이 게올이들과 비솔금성증경이

동당강상너시 두르미드라

　너 쩐는 물 깁픠를 알고 둥쩐는 모르고 둥쩐는

　우리도 남의 님 거러 두고 깁픠을 몰나 ᄒ노라 (964)

萬頃滄波之水　　　　　　鸕鷟鸂鶒鷗鷺鵝鴨共浮沈

問爾浮沈在水面　　　　　能知水淺深

嗟乎水雖深猶可測　　　　孰知世路與人心

(洪良浩, 「青丘短曲」 38, 萬頃波, 『耳溪集』 卷1, 『青丘短曲』)

滄波汎汎鳥　　　　　　汎汎鴛與鴦

莫言知深淺　　　　　　深淺誠難量

(柳得恭, 「東人之歌」 7, 『古芸堂筆記』天理大本)

滄波萬頃碧沈沈　　　　　問爾沙鳧識淺深

我亦與郞新結好　　　　　不知郞有幾重心

(權用正,「東謳」2,『東謳』)

萬頃蒼波泛水禽　　　爾曹泛泛也知深
恨吾他處情人在　　　深淺難知一寸心

(鄭顯奭,「敎坊歌謠」88,『敎坊歌謠』)

晚年에 乘桴願을 門人弟子도 몰으리라
殷父師 넛나라에 仁賢俗도 나마시며
東方에 君子國 잇다 허니 나는 鳳을 드러볼가 (970)

暮年乘桴願　　　子路猶未知
千載箕聖國　　　風韻詎無遺
且聞君子邦　　　鳳鳴朝陽枝
東人自無福　　　環轍不及斯

(趙槻,「秉彝吟」6,『三竹詞流』)

말업슨 靑山이오 態업슨 流水ㅣ로다
갑업슨 淸風과 임ᄌ업슨 明月이로다
이듕에 일업슨 ᄂᆡ몸이 分別업시 늙그리라 (989)

無言是靑山　　　無累是流水
無價淸風是　　　無主明月是
更是中無病我　　　無憂老死擬

(金養根,「東調」27,〈棲逸〉5,『東埜集』)

無語靑山汗漫水　　　　　清風明月不論錢
閒中身世渾無事　　　　　無是無非便是仙

(李裕元,「小樂府」37, 無價寶,『嘉梧藁略』)

믈은 가쟈 울고 님은 잡고 울고
夕陽은 재을 넘고 갈 길은 千里로다
져 님아 가는 날 잡지 말고 지는 히를 줍아라 (992)

征馬啼欲去　　　　　佳人啼欲留
夕陽落已盡　　　　　客路千里悠
佳人且收淚　　　　　吾魂消幾流

(南九萬,「飜方曲」10,『藥泉集』)

征馬臨路嘶　　　　　郞君摻袖泣
夕陽已踰嶺　　　　　去路千里遆
願郞勿停馬　　　　　但復麾落日

(任埅,「夜坐聞歌漫筆翻錄」2,『厖齋遺稿』)

征馬臨去嘶　　　　　情人摻袂啼
夕陽度西嶺　　　　　歸路千里餘
憑君莫挽我　　　　　且駐咸池暉

(任埅,「翻方曲」3,『厖齋遺稿』)

征馬行欲嘶　　　　　佳人相挽啼
夕陽在遙嶺　　　　　去路千里兮

佳人莫挽將行子　　　　　須繫西日低

(南肅寬,「短謠」11, 惜別行,『八灘公遺稿』)

馬則鳴欲去　　　　　君則摻手泣
夕陽山上在　　　　　去路千里恰
嗟君莫挽欲去我且去　　　夕陽長繩縶

(金養根,「東調」53,〈離別〉2,『東埜集』)

征馬蕭蕭頓碧蹄　　　　　人情揮淚手重携
請君莫挽吾行住　　　　　挽住峰頭白日西

(權用正,「東謳」24,『東謳』)

子有鐘鼓琴瑟　　　　　宜其日且歡遊
雖顧百年後　　　　　終誰入華屋
生前不盡樂　　　　　悔將何及

(權益隆,「風雅別曲」6,『校註歌曲集』)

믈이 놀나거늘 革잡고 구버보니
錦繡靑山이 물아릭 즘겨셰라
져 믈아 놀나지마라 이를 구경ᄒ미라 (995)

馬驚爾何事　　　　　控勒且俯視
漫山紅綠影　　　　　斑斑浸在水
爾馬休驚怪　　　　　光景此足喜

(金養根,「東調」57,〈景致〉3,『東埜集』)

말ᄒ면 雜類ㅣ라ᄒ고 말 아니면 어리다ᄒ네
貧寒을 남이 웃고 富貴를 싀오ᄂ니
아마도 이 하늘아릐 살을 일이 어려워라 (998)

言則謂雜類　　　　　不言以爲愚

富貴必見猜　　　　　亦笑貧而臞

嗟乎似此天下　　　　何以處此一箇軀

(金養根, 「東調」 47, 〈感傷〉 2, 『東埜集』)

梅花 녯 등걸에 春節이 도라오니
네 픠던 柯枝에 픠엄즉 ᄒ다마ᄂ
春雪이 亂紛紛ᄒ니 필똥말똥 ᄒ여라 (1009)

一樹槎枒鐵幹梅　　　　犯寒年例東風回

舊開花想又開着　　　　春雪紛紛開未開

(申緯, 「小樂府四十首」 6, 梅花訊, 『小樂府四十首』 가람본)

春風回到老楂梅　　　　端合舊枝花發來

卽看春雪紛紛下　　　　難料如今開不開

(鄭顯奭, 「敎坊歌謠」 84, 『敎坊歌謠』)

梅花 픠다커를 山中의 드러가니
봄눈 깁헌ᄂ듸 萬壑이 ᄒ빗치라
어듸셔 곳다온 香내ᄂ 골골이셔 나ᄂ니 (1011)

聞梅發山中入

春雪深萬壑一色

何處暗香自來芳

(李衡祥,「今俗行用歌曲」41, 雪梅訪,『芝嶺錄』)

政聞梅花笑	去入山中索
春雪深未消	萬壑白一色
忽何處芳香臭	風頭來撲撲

(金養根,「東調」61,〈景致〉7,『東埜集』)

孟子見梁惠王ᄒ신ᄃᆡ 첫말ᄉᆞᆷ이 仁義禮智

朱文公 註의도 긔 더욱 誠意正心

우리ᄂᆞᆫ 히울 일 업ᄉᆞ니 孝悌忠信 ᄒ리라 (1014)

孟子見梁惠王	第一言仁義
朱文公集註	眷眷乎正心誠意
我今遇聖君	何講何議

(李衡祥,「今俗行用歌曲」19, 經筵諷,『芝嶺錄』)

모시를 이리져리 삼아 두로삼아 감삼다가

가다가 ᄒᆞᆫ가온ᄃᆡ 쭉 근쳐지옵거늘 皓齒丹脣으로 홈셜며 감ᄲᅡ라 纖

纖玉手로 두 ᄭᅳᆺ 마조 잡아 뱌부쳐 이으리라 져 모시를

우리님 思郞 긋ᄎᆞ 갈ᄌᆡ 져 모시ᄀᆞᆺ치 이오리라 (1036)

鎭安白苧繅新絲　　　　　繅到中間斷絶時

香口呪來纖指扭　　　　　兩頭相續不相離

(權用正,「東謳」23,『東謳』)

苧此 彼 周 復잡去 一半中斷

丹脣皓齒 흠嚥甘嚥

纖纖玉手 執兩端 바비쳐 續彼苧

我亦愛情將絶時 如彼苧

(鄭顯奭,「敎坊歌謠」97,『敎坊歌謠』)

牧丹은 花中王이오 向日花는 忠臣이로다

蓮花는 君子ㅣ오 杏花小人이라 菊花隱逸士요 梅花寒士로다 朴곳츤

老人이오 石竹花는 少年이라 葵花巫倘이오 海棠花는 娼妓로다

이듕에 梨花詩客이오 紅桃 碧桃 三色桃는 風流郎인가 ᄒᆞ노라 (1033)

花王大闢座靑陽　　　　　向日花開露赤腸

寒士老人詩客外　　　　　桃花紅白風流郎

(李裕元,「小樂府」42, 風流子,『嘉梧藁略』)

牧丹花中王　　　　　　　向日花忠臣

蓮花君子　　　　　　　　杏花小人

菊花隱逸　　　　　　　　梅花寒士

匏花老人　　　　　　　　石竹花少年似

葵花巫黨　　　　　　　　海棠花妓娼

此中梨花詩客　　　　　　紅桃碧桃三色桃風流郎

(鄭顯奭,「敎坊歌謠」32,『敎坊歌謠』)

뫼흔 길고길고 믈흔 멀고멀고
어버이 그린 뜯은 만코만코 하고하고
어듸서 외기러기는 울고울고 가ᄂᆞ니 (1044)

月色明又明	五更夜長又長
故國思歸緒	多又多多難忘
何處失侶鴈	鳴又鳴鳴以翔

(金養根,「東調」51,〈懷想〉,『東埜集』)

뭿버들 갈히 것거 보내노라 님의손ᄃᆡ
자시는 窓밧긔 심거두고 보쇼셔
밤비예 새닙곳 나거든 날인가도 너기쇼셔 (1047)

| 折楊柳寄與千里人 | 爲我試向庭前種 |
| 須知一夜新生葉 | 憔悴愁眉是妾身 |

(崔慶昌,「飜方曲」,『孤竹集』)

무ᄅᆞ쇼셔 ᄉᆞᆯ올이다 이 말ᄉᆞᆷ 무ᄅᆞ쇼셔
仔詳히 무ᄅᆞ시면 歷歷히 ᄉᆞᆯ올이다
하늘이 놉고 먼들노 ᄉᆞᆯ올 길 업ᄉᆞ이다 (1052)

王問于玆　　　　　　　　吾有辭些

苟諄諄問　　　　　　　　請嘗試些

彼蒼兮旣高且遠　　　　　莫能呌些

(李起渤, 「憂國歌二十八章飜辭」 23, 『漆室遺稿』 卷1)

무셔리 술이 되야 萬山을 다 勸ㅎ니

어제 푸른 닙히 오날 아홈 다 붉거다

白髮도 검길줄 알면 우리님도 勸ㅎ리라 (1056)

露華爲酒勸靑楓　　　　　昨日靑靑今日紅

鬢髮亦如秋葉變　　　　　朝絲暮雪太忽忽

(權用正, 「東謳」 1, 『東謳』)

文讀春秋左氏傳ㅎ고 武使靑龍偃月刀ㅣ라

獨行千里ㅎ야 五關을 지나갈졔 쓰로는 저 將帥ㅣ야 古城 북소리를
드럿ᄂᆞ냐 못드럿ᄂᆞ냐

千古의 關公을 未信者는 翼德이런가 ㅎ노라 (1071)

文讀春秋武偃月　　　　　華容狹路阿瞞歇

薄雲鏡日公爲心　　　　　萬古英雄一卓越

(李裕元, 「小樂府」 7, 夢江南, 『嘉梧藁略』)

물네는 줄노 돌고 수릐는 박회로 돈다

山陳이 水陳이 海東蒼 보라미 두죽지 녑희·씨고 太白山 허리를 안
고 도는고나
우리도 그리던 任 만나 안고 돌까 하노라 (1079)

鳳凰飛去鳳臺空　　　　　晉代邱原吳氏宮
中分二水三山落　　　　　回首長安佳氣葱

　　　　　　(李裕元,「小樂府」43, 鳳凰臺,『嘉梧藁略』)

물 아레 그림자 지니 드리 우희 즁이 간다
져 즁아 게 서거라 너 가는듸 무러보쟈
손으로 흰구룸 マ르치고 말 아니코 간다 (1083)

橋邊白衲影過　　　　　問爾何山歸去
悠然飛錫不語　　　　　笑指白雲生處

　　　　　(洪良浩,「青丘短曲」10, 橋邊衲,『耳溪集』卷1,『青丘短曲』)

橋下影水上僧　　　　　問何山歸去處
一笻遙指白雲閒　　　　笑而不答飄飄去

　　　　　　(黃胤錫,「古歌新翻續十四章」9,『頤齋亂稿』)

水下成影子　　　　　橋上老僧去
僧乎其處立　　　　　汝去寺何許
以杖指白雲　　　　　去而不我語

　　　　　　(金養根,「東調」60,〈景致〉6,『東埜集』)

물아릭 細가랑 모릭 아모리 밥다 발즈최 나며
님이 날을 아모만 괸들 내 아옵더냐
님의 情을 狂風에 씨부친 沙工又치 깁픠을 몰나ᄒ노라 (1085)

莫踐波底沙　　　　　　　沙纖跡還沈

卿言甚愛我　　　　　　　我何知卿心

(柳得恭, 「東人之歌」6, 『古芸堂筆記』天理大本)

뭇노라 버리바회야 엇디ᄒ여 버럿는다
萬頃蒼波水를 다 마시랴 버럿는다
우리도 人間 飜覆을 못내 우서 버럿노라 (『追慕錄』 開巖十二曲)

問爾巖　　　　　　　　　開口爲甚麽

豈欲吸萬頃蒼波乎

人多翻覆　　　　　　　　吾亦笑不禁些

(鄭宗魯, 「開巖十二曲」, 『立齋集』 卷29, 開巖亭重建記)

뭇노라 저 바회야 네 일홈이 兄弟岩가
兄友弟恭은 우리도 ᄒ려니와
每日의 써날 뉘 업스니 그를 불워 ᄒ노라 (1096)

問爾兄弟巖　　　　　　　何時爾立彼

兄友與弟恭　　　　　　　吾亦庶可企

每日相守不相離　　　　　惟是羨乎爾

(金養根,「東調」13,〈友愛〉1,『東埜集』)

뭇노라 져 禪師야 關東風景 엇더터니
明沙十里에 海棠花 불것\는듸
遠浦에 兩兩白鷗\는 飛疎雨를 \한더라 (1097)

洒落關東景 　　　　　　昔聞今何如
明沙十里 　　　　　　　海棠初舒
何處白鷗飛 　　　　　　兩兩疎雨於

(李衡祥,「今俗行用歌曲」31, 關東行,『芝嶺錄』)

關東風景問何如 　　　　山僧向我說依俙
鳴沙十里棠花外 　　　　夕陽疎雨鷺雙飛

(洪良浩,「青丘短曲」30, 關東,『耳溪集』卷1,『青丘短曲』)

借問禪師何處住 　　　　風景欲探關東
明沙十里海棠紅
遠浦斜陽裏 　　　　　　白鷗細雨中

(馬聖麟,「短歌解」, 長短詞十五首 2,『安和堂私集』)

問歸僧 　　　　　　　　關東八景正甚麼
鳴沙十里遍是海棠花 　　白鷗兩兩飛疎霞
禪翁笞了飄飄去 　　　　吾亦身疑上摩訶

(黃胤錫,「古歌新翻二十九章」7,『頤齋亂稿』)

128

問師景何似　　　　　　關東行遍覩

軟沙明十里　　　　　　海棠紅無數

就中又有白鷗遙　　　　浦起兩兩飛疎雨

　　　　　　　　　（金養根,「東調」56,〈景致〉2,『東埜集』）

釋子相逢無別語　　　　關東風景也如許

明沙十里海棠花　　　　兩兩白鷗飛小雨

　　　　（申緯,「小樂府四十首」39, 十洲佳處,『小樂府四十首』가람본）

問爾禪師暫語余　　　　關東風景近何如

明沙十里海棠發　　　　遠浦白鷗飛雨疎

　　　　　　　　（鄭顯奭,「敎坊歌謠」58,『敎坊歌謠』）

민망ᄒ다 긔 爲帥ㅣ여 好勝ㄹ 專主ᄒ니 義理샹의 놈이로다

改過ᄒ랴다가 놈이 알면 부러 아니ᄒ니

아마도 好從善이라사 氣從令일가 ᄒ노라 （『閒說堂遺稿』）

閔矣人之氣作帥　　　　勝人爲主義何知

人先己意爲嫌惡　　　　初欲爲之故不爲

　　　　（安昌後,「閒說二十五並詩歌」19, 戒好勝,『閒說堂遺稿』）

(ㅂ)

바람 광풍아 네 부지 말라 송풍 락엽이 다 써러진다

　명수십리 히당화야 닙히 진다 설어 말며 꽃이 진다 설어 말라 동삼석둘을 쏙 죽엇다가 명년 삼월 다시 오면 뎐각에 싱미닝ᄒ고 훈풍이 ᄌ남늬흘제 류상잉비는 편편금이요 화간뎝무는 분분셜흘제 온갓 화쵸라ᄒᄂᆞᆫ 물건은 버들 밧헤도 님이 도ᄂᆞᆫ듸인싱 ᄒᆞᆫ번 죽어지면 다시 올길 만무로구나 황쳔이라 ᄒᄂᆞᆫ 곳은 사름 사ᄂᆞᆫ 인품범졀이 졍죠흔가 보더라 긔공 불너서 노리도 식히며 미동 다려 다리 도치며 미식 불너 슐부어 먹으며 로류장화가 막막흔 곳인지 ᄒᆞᆫ번 가면 영졀 무소식이로구나

　청춘지년을 허송치 말고 ᄆᆞ음듸로만 놉셰다 (1110)

明沙十里海棠開　　　　莫恨繁紅易落來

花到明年當再發　　　　浮生一去詎能廻

(權用正, 「東謳」10, 『東謳』)

바람아 부지을 마라 휘여진 졍ᄌ나무 입히 다 써러진다

세월아 가지마라 쟝안호걸리 다 늙는다

빅발이 네 짐작하여 더듸 늙게 하여라 (1122)

風雨兮莫吹　　　　長安花柳將盡衰

歲月兮莫逝　　　　　　　　人間志士空催老

嗟呼花柳雖衰春更發　　　　志士一老兮不復少

(洪良浩,「青丘短曲」23, 風雨,『耳溪集』卷1,『青丘短曲』)

風兮莫吹木葉落　　　　　　日月莫逝父母老

葉落猶可明春生　　　　　　父母一老不復少

(朴準源,「翻風兮謠」,『錦石集』卷3)

凉風浙浙且休吹　　　　　　落盡亭皐綠葉枝

流光冉冉且休去　　　　　　老盡長安年少兒

(權用正,「東謳」8,『東謳』)

바람이 건듯 부이 瑞石峯 몰근 긔운 雨後景이 더옥 조타

竹牖을 半開ᄒ야 終日을 默對ᄒ이

아마도 物外良朋이 너쑨인가 ᄒ로라 (『愛景堂遺稿』)

辭曰

一雨滌署　　　　　　山高氣清些

終朝竹牖　　　　　　物我忘形些

悠悠乎百年良朋　　　默然有情些

詩曰

宇宙乍凉風颯颯　　　　　　峭然瑞石氣生清

終朝竹牖忘形坐　　　　　　物外良朋默有情

(南極曄,「愛景堂十二月歌」7, 瑞石青嵐章,『愛景堂遺稿』)

바람이 불냐는지 나무꼿치 흐를긴다

밀물은 동으로 가고 혀는 물은 셔흐로 든다

사공아 넌 그물 거더 사리 담고 돗슬 놉히 (1130)

風驅驚浪拍船舷　　　細雨江南欲暮天

寄語長年催捩舵　　　洞庭山下太湖邊

(權用正,「東謳」7,『東謳』)

브름날 아뎍늘 긔엽다ᄒ고 드디마라

海波　茫茫흔듸 颶風이 뎐혀 브니

아마도 구틔여 건녀려 ᄒ면 載胥及溺 엇디흘고 (1111)

風朝莫言淺可渡

海波茫茫颶全吹

欲濟其如胥溺何

(李光庭,「操舟候風歌三章」2,『訥隱先生文集』卷20)

브름도 쉬여 넘는 고기 구름이라도 쉬여 넘는 고기

山진이 水진이 海東靑 보릭민 쉬여 넘는 高峰長城岺 고기

그 너머 님이 왓다ᄒ면 나는 아니 흔번도 쉬여 넘어 가리라 (1113)

風停雲歇海靑休　　　天半高峰嶺上頭

若道情人那邊在　　　我行應不少遲留

(權用正,「東謳」27,『東謳』)

風憩雲留嶺上頭　　　　蒼鷹欲度亦應愁
如聞嶺外君來住　　　　判不吾行一刻休

(鄭顯奭, 「敎坊歌謠」 92, 『敎坊歌謠』)

博浪沙中 쓰고 남은 鐵椎 天下壯士 項羽 달맛겨

힘까지 두러메어 깨치고자 離別 두 字

그제야 그리던 님 맛나 百年同住 하리라 (『朝鮮歌謠集成』)

當年狙擊博浪椎　　　　項羽手中一任之
破碎人間離別字　　　　情人莫使忽生離

(譯者未詳, 「小樂府五十首附十首」 2, 怨別離, 『朝鮮歌謠集成』)

半남아 늙어시니 다시 졈든 못하여도

이 後ㅣ나 늙지 말고 미양 이만 ㅎ엿고져

白髮아 네나 斟酌ㅎ여 더듸나 늙게 ㅎ여라 (1146)

半世人生已老何　　　　老年難和少年歌
白髮那曾爲我惜　　　　未聞時月與人多

(李裕元, 「小樂府」 13, 憶少年, 『嘉梧藁略』)

我老於今強過半　　　　餘生難復少年時
痴情惟願無加老　　　　敎汝丁寧白髮知

(李裕承, 「續小樂府」 9, 老將至, 『三家樂府』)

過半人生老已催　　　如今無望少年回

但要日後無添老　　　白髮爾須趂酒的來

(鄭顯奭,「敎坊歌謠」17,『敎坊歌謠』)

반되불이 되다 반되지 웨 불일소냐

돌히 별이 되다 돌이지 웨 별일소냐

불인가 별인가 ᄒᆞ니 그를 몰라 ᄒᆞ노라 (『靑丘永言』珍本 140)

螢雖爲火　　　　　螢也非火

石雖爲星　　　　　石也非星

或火或星　　　　　此未解者

(申欽,「放翁詩餘」25,『靑丘永言』珍本)

밤ᄉᆡ벽 桔槹聲에 누어신들 잠이오랴

霖雨姿 업다허고 憂國願豊 아닐소냐

엇지면 枕下泉 자아다가 人間雨을 지여볼고 (1158)

月落山窓曉氣淸　　　旱風吹徹桔槹聲

杯傾莫奈車薪熾　　　斗灌幾何涸鮒生

平日縱無拯溺力　　　彝心寧少願豊情

那當學得欒巴噴　　　普施人間上下平

(趙榥,「酒老園擊壤歌」19,『三竹詞流』)

房안에 혓눈 燭불 눌과 離別ᄒ엿관디
눈물을 흘니면셔 속타눈 줄 모로눈고
우리도 져 燭불 ᄀᆺ도다 속타눈 줄 모로노라 (1166)

可憐房中燭	不知誰與別
寸心消不已	殘淚濕未乾
觸目多所感	物我正相似

(李基休,「短歌十九章」14,『不世堂集』)

房中紅燭爲誰別	風淚汎瀾不自禁
畢竟怪伊全似我	任情灰盡寸來心

(申緯,「小樂府四十首」7, 紅燭淚,『小樂府四十首』가람본)

白鷗는 片片大同江上飛오 長松落落靑流壁上翠라
大野東頭點點山에 夕陽은 빗겻눈디 長城一面溶溶水에 一葉漁艇 흘니저어
大醉코 載妓隨波ᄒ여 錦繡綾羅에 任去來를 ᄒ리라 (1170)

白鷗扁翩羽大同江上飛	長松落落淸流壁上翠
大野東頭點點山夕陽斜	長城北面溶溶水
泛一葉漁艇載春酒	扣枻乘流任所之

(黃胤錫,「古歌新翻續十四章」1,『頤齋亂稿』)

白鷗야 놀ᄂᆡ지 마라 너 잡을 니 아니로다

聖上이 ᄇ리시니 갈 곳 업셔 예 왓노라
이ᄌ난 ᄎ즈리 업스니 너를 졷녀 놀니라 (1171)

飜飛白鳥莫疑吾　　　豈識閒翁是友于
自歎不才明主棄　　　殘年隨汝到江湖

(權用正,「東謳」21,『東謳』)

白鷗야 부럽고나 네야 무음 일 잇시리
江湖에 써 단니니 어듸어듸 景 둇터니
날ᄃ려 仔細히 닐너든 너와 함ᄭᅴ 놀니라 (1172)

取閒莫若白鷗閒　　　幾度清江與碧山
謝了功名從爾去　　　鷺鷥不必共嘲訕

(李裕元,「小樂府」19, 漁家傲,『嘉梧藁略』)

白鷗身世爾閒暇　　　何處江湖景最幽
自今謝却功名累　　　烟雨一生從汝遊

(元世洵,「續樂府引」3, 白鷗盟,『三家樂府』)

百年을 可使人人壽] 라도 憂樂中分未百年을
허믈며 百年이 밧드기 어려오니
두어라 百年前시지란 醉코 놀녀 ᄒ노라 (1175)

人生縱使百年　　　百年眞如風中烟

除却疾病與憂患　　　開口笑語能幾時

況復百年難期　　　今我不樂何爲

(洪良浩,「青丘短曲」22, 百年,『耳溪集』卷1,『青丘短曲』)

假使百年生　　　百年能幾何

計疾病憂患　　　餘日又無多

已焉哉北百世人生　　　不醉遊其怎麼

(黃胤錫,「古歌新翻續十四章」2,『頤齋亂稿』)

人生能得百年壽　　　憂樂中分未百年

三萬六千難若是　　　無如長醉此生前

(李裕元,「小樂府」39, 分憂樂,『嘉梧藁略』)

百年假使人人壽　　　憂樂中分未百年

寄蜉蝣於天地　　　渺滄海之一粟

不飲酒而何爲

(鄭顯奭,「勸酒歌」5,『教坊歌謠』)

百里外 閒曠地에 火田이나 허라 가니

怊悵타 이 山川에 다시 오기 어려왜라

그 亽이 邪黨이 還集허니 우리 影堂無事허랴 (1182)

提携百里外　　　計拙耕閒田

去就迫窮途　　　妻孥餒豊年

彼黨逞宿憾　　　稍集舊洞天

暗夜試龍斧　　　　　　　　諉之風雨顚

(趙榥, 「秉彝吟」 19, 『三竹詞流』)

白馬는 欲去長嘶ㅎ고 靑娥는 惜別牽衣ㅣ로다

夕陽은 已傾西嶺이오 去路는 長程短程이로다

아마도 이 님의 離別은 百年三萬六千日 오늘뿐인가 ㅎ노라 (1183)

白馬靑娥長短亭　　　　　　夕陽欲暮掛山局
去路悠悠望不盡　　　　　　把衫惜別約丁寧

(李裕元, 「小樂府」 44, 沅郎歸, 『嘉梧藁略』)

欲去長嘶郎馬白　　　　　　挽衫惜別少娥靑
夕陽冉冉銜西嶺　　　　　　去路長亭復短亭

(申緯, 「小樂府四十首」 5, 白馬靑娥, 『小樂府四十首』 가람본)

白髮에 섭흘 지고 願ㅎᄂ니 燧人氏를

食木實 ᄒᆞᆯ적에도 萬八千歲를 ᄉᆞ라거든

엇더타 始攢燧ㅎ야 사람 困케 ㅎᄂ니 (1186)

老翁持斧出　　　　　　　　所怨燧人氏
木實亦命延　　　　　　　　無欲最可喜
如何敎人食　　　　　　　　使我未晨起

(李衡祥, 「浩穰謳」 7, 樵翁怨, 『瓶窩集』 卷4, 『甁永錄』)

老翁負薪　　　　　　所怨燧人有巢氏
作木實亦生
何敎人火食　　　　　　使我困行

(李衡祥,「今俗行用歌曲」22, 樵翁慢,『芝嶺錄』)

老翁行負薪　　　　　　誰怨怨燧人
憶昔茹毛世　　　　　　亦各萬千歲
如何敎火食　　　　　　使我肩未息

(南夏正,「桐巢樂府」7,『桐巢遺稿』)

腰鎌山上去　　　　　　背薪雪中歸
老妻滌釜待炊　　　　　稺子候門呼饑
翻嫌燧人氏　　　　　　敎人火食眞多事
不如餐木飮水時　　　　人生百憂從此始

(洪良浩,「靑丘短曲」2, 山上去,『耳溪集』卷1,『靑丘短曲』)

白髮이 功名이런들 사름마다 두톨지니
날ス튼 愚拙은 늘거도 못볼랏다
世上에 至極호 公道는 白髮인가 호노라 (1191)

白髮如功名　　　　　　人人必爭逐
如我愚拙　　　　　　　老亦靡及
惟其爲公物也　　　　　貴人頭上何貰

(李衡祥,「今俗行用歌曲」50, 白髮囑,『芝嶺錄』)

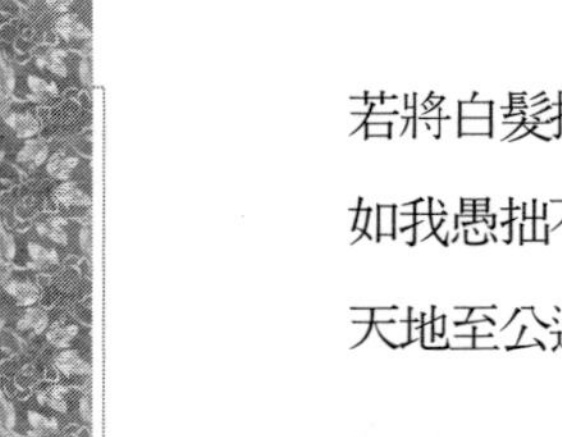

若將白髮換功名　　　　世人必也相爭
如我愚拙不敢望
天地至公道　　　　　　惟此鬢邊霜

(馬聖麟,「短歌解」, 長短詞十五首 9,『安和堂私集』)

白沙汀 紅蓼邊에 고기 엿는 白鷺들아
口腹을 못 메워 져다지 굽니는다
一身이 閒暇홀션정 슬 못진들 관계ᄒ랴 (1192)

白沙堤紅蓼邊　　　　　窺魚有白鷗
底事爲口腹　　　　　　終日苦役役
一身貴閒暇　　　　　　縱饑亦何傷

(李基休,「短歌十九章」 12,『不世堂集』)

晴沙紅蓼邊　　　　　　窺魚彼白鷺
口腹如是急　　　　　　不憚折腰步
一身若不閒　　　　　　雖飽亦何補

(李衡祥,「浩皤謳」 9, 白鷺馭,『瓶窩集』 卷4,『更永錄』)

白雪이 ᄌᆞᄌ진 골애 뵈옷애 보션 벗고
墳墓 우희 눈 쓰다ᄀ 뷔 안고 우는 뜻은
어듸셔 발시려 울니요 말ᄉᆞᆷ 아니ᄒ실ᄉᆡ 우노라 (『懈菴文集』)

雪中徒跣掃封塋　　　　停箒悵然涕亂零

非爲身寒雙足冷　　　　　　縱來親側関音形

(尹恒緒,「掃墳雪」,『懈菴文集』)

百歲늘 다 스라도 五十年이 밤이로다
十歲前 六十後가 쏘 一半이 되단말가
아마도 其間歲月에 夙興夜寐 허리로다 (1197)

人生百年間　　　　　　夜爲五十歲
童年及頹齡　　　　　　且可其半計
古來有志士　　　　　　惜短夜以繼

(趙榥,「人道行」3,『三竹詞流』)

白岳의 올나 안자 蒼海를 도라보니
구름이 노피 개고 漁舟만 즘겨 잇다
두어라 落霞孤鶩을 닐러 므슴ᄒ리오 (『寬谷集』)

登白岳　　　　　　回看蒼海
雲高捲漁舟沉
誰知道落霞孤鶩　　　　　　比並此了

(金起泓,「寬谷八景歌」4, 右白岳玩景,『寬谷集』)

白雲洞 시 影堂에 夫子睟容 揭奉허고
成均館 創設時예 禮樂器와 奴婢로다

아마도 前朝 眞儒는 晦軒인가 허노라 (1202)

勝國成均草創成	上丁儀物自先生
至今泮界千餘戶	尙抱遙遙故主誠

(趙榥,「箕裘謠」34,『三竹詞流』)

白雲洞 시 影堂에 夫子 粹容 뫼셔 잇고
成均館 創設時에 禮樂器와 奴婢로다
아마도 麗朝眞儒는 晦軒先生이로고나 (1202 異本)

篤信千秋起兩楹	東人誦法自先生
至今泮界千餘戶	盡抱遙遙故主誠

(趙榥,「箕裘謠」34,『三竹詞流異本』)

百雲山은 녯빗치요 花塘水는 無盡헌데
늬 聖人 계시든 집은 어이 져리 寂寞헌고
허물며 滿庭春草에 시쇼릭늘 어이허리 (1203)

周峰峙依舊	花塘流不窮
如何吾聖祠	鎖戶萬山中
兩楹金碧堂	山鳥哢春風
祠空以來事	不忍問樵童

(趙榥,「秉彝吟」16,『三竹詞流』)

百源山 十年燈에 性命學을 自得ᄒ여
安樂窩 一平生에 天根月窟 往來허니
아마도 英邁헌 져 氣像은 空中樓閣이로고나 (1207)

華山一派在東都　　　安樂窩深對易圖
靜裏乾坤閑日月　　　岧嶢樓閣起天衢

(趙榥,「箕裘謠」29,『三竹詞流』)

百川이 東到海ᄒ니 何日에 復西歸오
古往今來에 逆流水 업건마ᄂ
엇덧타 肝腸셕은 물은 눈으로 소ᄉ ᄂᄂ니 (1212)

百川東到海　　　何時復西歸
古往今來　　　元無逆流水
曷之乎肝腸消腐盡　　　化作淸淚却倒流

(黃胤錫,「古歌新翻二十九章」21,『頤齋亂稿』)

逝者滔滔挽不得　　　百川東倒幾時回
如何點滴肝腸水　　　却向秋波滾上來

(申緯,「小樂府四十首」32, 雙玉筋,『小樂府四十首』가람본)

百草를 다 심어도 ᄃᄂ 아니 시믈거시
져쎡 울고 살쎡 가고 그리ᄂ이 붓쎡로다
이 後에 울고 가고 그리ᄂ ᄃᄂ 시믈줄이 이시랴 (1213)

人間百卉皆堪種　　　　　惟竹生憎種不宜
箭往不來長笛怨　　　　　最難畫出筆相思

(申緯,「小樂府四十首」8, 竹謎,『小樂府四十首』가람본)

百草之中不種竹　　　　　篴鳴箭去筆塗鴉
之鳴之去之塗煞　　　　　樹有相思謾自嗟

(李裕元,「小樂府」5, 竹枝,『嘉梧藁略』)

百卉人間總可栽　　　　　最中竹樹不宜培
箭去笛鳴兼筆畫　　　　　何須此竹栽培哉

(鄭顯奭,「敎坊歌謠」86,『敎坊歌謠』)

버들은 실이 되고 꾀꼬리는 북어 되야
九十春光에 쯧닉나니 나의 시름
누구셔 綠陰芳草를 勝花時라 ᄒ든고 (1218)

鸎作金梭柳作梭　　　　　三春織出我愁思
誰謂芳草綠陰節　　　　　勝似東風花發時

(鄭顯奭,「敎坊歌謠」2,『敎坊歌謠』)

베엿도다 베엿도다 落落長松 베엿도다
됴곰 두엇던들 棟樑之材 되올너니라
吁嗟홉다 大廈 기우런진들 그 무어스로 기동홀고 (『龜巖先生集』)

伐之耳伐之耳　　　　　　落落長松伐之耳

少焉頃置之　　　　　　　棟樑之材成之耳

吁嗟大廈傾之　　　　　　式于何以柱之

(譯者未詳,「長松歌」,『龜巖先生集』卷1,『龜巖先生年譜』卷2 附錄,『大麓誌』)

伐之了　　　　　　　　　伐之了

落落長松

(譯者未詳,「長松歌」(初章),『木川邑誌』金忠甲條)

碧梧桐 시믄 쯧은 鳳凰을 보려트니

나 시믄 타신가 기드려도 아니 온다

無心흔 一片明月이 빈 가지에 걸여셰라 (1241)

庭畔植此碧梧樹　　　　　欲見鳳皇來過遊

長待鳳皇終不至　　　　　一片明月掛枝頭

(馬聖麟,「短歌解」, 古詩十七首 11,『安和堂私集』)

窓前種得碧梧柯　　　　　愛看秋宵月影多

獨奈愁人無夢處　　　　　踈踈滴滴雨聲何

(權用正,「東謳」12,『東謳』)

手種碧梧桐一樹　　　　　意中要見鳳凰遊

緣吾苦待不來到　　　　　明月空懸枝上頭

(鄭顯奭,「敎坊歌謠」42,『敎坊歌謠』)

碧海 渴流後에 모릭 모혀 셤이 되여

無情芳草은 히마다 푸르러ᄂᆞᆫ딕

엇더타 우리의 王孫는 歸不歸 하ᄂᆞ니 (1244)

碧海渴流萬事非　　　聚沙成島影依依

無情芳草年年綠　　　嗟我王孫何不歸

(元世洵,「續樂府引」1, 王孫草,『三家樂府』)

海之沱沙渺瀰

年年春漠漠草萋萋

王孫一去不復歸

(譯者未詳,「國人憐綾昌大君謠」,『樂府』高大本,『雅樂部歌集』,『歌集』)

屛風에 암니 죽근동 부러진 괴 그리고 그 괴 압희 됴고만 麝香쥐를 그려시니

잇고 요괴 숫부론양ᄒᆞ야 그림에 쥐를 믈냐고 존니ᄂᆞᆫ고나

우리도 스님 거러두고 존니러 볼가 ᄒᆞ노라 (1254)

屛間缺齒猫　　　相對小香鼠

人言猫狡獪　　　蹲蹲思捕汝

(柳得恭,「東人之歌」10,『古芸堂筆記』天理大本)

步虛子 믓츤 後에 與民樂을 이어ᄒᆞ니

羽調 界面調에 客興이 더어셰라

아히야 商聲을 마라 히 저물가 ㅎ노라 (『靑丘永言』珍本 145)

步虛子將闋　　　　　　與民樂繼奏

羽調界面調客興添　　　莫彈商聲恐歲暮

　　　　　(申欽,「放翁詩餘」30,『靑丘永言』珍本)

伏羲氏 書契後로 歷代人物 늬 아노라

日月이 도는 되로 英雄豪傑 가고 간다

두어라 늬 손에 一壺酒로 餞別千古 허리로다 (1265)

人文初闢造書時　　　　逆旅光陰世運移

來去浮生泡起滅　　　　興亡歷數月盈虧

烟嵐聘氣靑山暮　　　　螢爝偸光墨夜遲

我有平生無限酒　　　　對斟千古慰相思

　　　　　(趙榥,「酒老園擊壤歌」1,『三竹詞流』)

伏羲氏 書契後로 歷代人物 늬 아노라

日月星辰 돗는되로 英雄豪傑 가고 간다

두어라 늬 손에 한 잔 술로 千萬古를 餞送허시 (1265 異本)

人文初闢造書時　　　　宇宙如今日是移

來去浮生泡起滅　　　　興亡歷代月盈虧

煙嵐騁氣靑山暮　　　　螢爝偸光黑夜遲

酌酒爲消千古恨　　　　狂歌一闋更呼詩

(趙榥, 「酒老園擊壤歌」1, 『三竹詞流異本』)

복희 지은 삼십뉵궁 문왕 공즈 드럿더니

무명공 듕한흔 후 뷘집만 남아셰라

우리도 이집 수쇄ᄒ고 드러보랴 ᄒ노라 (1266)

伏羲開宮三十六	文王孔子此棲息
無名公重修後	管無人兮長寂寞
余欲淨灑掃	送餘年兮此樓閣

(南肅寬, 「白雲答山人歌」, 平調第一章, 『宜寧南氏家乘』卷4〈先考行錄,
弄丸齋歌詞集〉)

봄이 왔다ᄒ되 消息을 모로더니

냇ᄀ의 프른 버들 네 몬져 아도괴야

어즈버 人間離別을 쏘 엇지 ᄒᄂ다 (『靑丘永言』珍本 136)

聞道春還	未聞消息
溪邊柳爾先知	人間離別又將何

(申欽, 「放翁詩餘」21, 『靑丘永言』珍本)

蓬萊閣 빈를 타고 三山橋 디나거냐

黃雲橋翠微橋로 瀛洲榭 올나가니

方丈島 不死藥 키옵거든 님 겨신 듸 들이리라 (『郎巖遺稿』)

盡日蓬萊坐小艇　　　瀛州登處過三橋
靈芝欲獻君王壽　　　望裏美人若在霄

(申孝善,「蓬萊樂府」1,『郎巖遺稿』)

蓬萊山 남은 興을 太乙船의 시러시니
四仙 前遊가 오늘과 어엿턴고
淸湖의 雙雙白鷗 네나 알가 ᄒ노라 (『東遊綠』3)

瑤岑六六擁湖邊　　　鏡裏沿洄太乙船
三日淸遊半日繼　　　四仙佳興一仙專
丹書石面神雲護　　　碑閣波心彩翼翩
若遇氷郎同遠擧　　　仙區從此亦蹄筌

(友松,「三日浦」,『東遊綠』)

뵈나하 貢賦對苔 쓸 씨허 徭役對苔
옷버슨 赤子들이 빈곱파 셜워ᄒᄂ
願컨댄 이 쁫 아르샤 宣惠 고로 ᄒ쇼셔 (1281)

女貢絲　　　　　男貢米些
哀我赤子　　　　寒兮饑些
願吾君念玆在玆　　均宣惠些

(李起渤,「憂國歌二十八章飜辭」11,『漆室遺稿』卷1)

富貴도 驕로 일코 才能도 驕로 損失ᄒ니
션비의 仁義禮智 교만ᄒ고 불글소냐
아마도 驕字의 警戒ᄂ 天子庶人 一樣일가 ᄒ노라 (『閒說堂遺稿』)

失國人無以國待　　　亡家誰有造家呈
士驕不獨喪家國　　　儒行皆戲百病生

(安昌後, 「閒說二十五並詩歌」 21, 戒驕, 『閒說堂遺稿』)

父母ᄂ 在高堂ᄒ고 聖主ᄂ 萬萬歲라
和兄弟 樂妻子에 朋友有信 ᄒ올션졍
그밧긔 富貴功名이야 닐너 무슴ᄒ리오 (1288)

使好爵人人易　　　誰肯農事事
使醫生能已疾　　　北邙豈如彼
兒乎滿滿載爾盃　　　所好從吾意

(金養根, 「東調」 42, 〈閒適〉 13, 『東埜集』)

父母의 一生精力 子息으로 竭허거다
十朔後 成童前에 바라너니 成人이라
아마도 人子의 道理는 本性中에 잇나니라 (1295)

父兮心中仁　　　融滿劬我腹
出爲掌中珠　　　望切成人夙
居然就外傅　　　無時忘乎目

(趙榥,「人道行」2,『三竹詞流』)

夫婦라 히온거시 눔으로 되여이셔
如鼓瑟琴ᄒ면 긔 아니 즐거오냐
그러코 恭敬곳 아니면 卽同禽獸 ᄒ리라 (1296)

所以爲夫婦	異姓而齊體
如彼鼓瑟琴	和鳴家道濟
然而不解相敬道	無乃禽犢抵

(金養根,「東調」9,〈五倫〉9,『東埜集』)

扶桑에 나는 날빗 崑崙山이 몬져 바다
黃河水 맑는 듸로 天下文明 허더니라
아마도 그 산 一枝脉에 白頭山이 소삿고나 (1300)

| 崑崙元氣瀉黃河 | 千一淸時嶽降多 |
| 萬里東來成對峙 | 極天山色白嵯峨 |

(趙榥,「箕裘謠」32,『三竹詞流』)

傅巖下 暮烟屋에 夢裏君王 너도 본다
良弼을 旁求헐졔 네 自負늘 아니헌다
後王은 長夜飮허노라니 꿈 꿀 사이 업스리라 (1303)

恭默深誠遇帝知　　先教夢裏接風期
世間何代無良弼　　但少殷宗寤寐思

(趙榥, 「箕裘謠」 5, 『三竹詞流』)

傅岩下 暮烟屋에 夢裡君王 너도 본다
良弼을 旁求헐제 네 自負을 아니헌다
後王은 長夜飮허로라니 쑴 꿀 스이 업스리라 (1303 異本)

殷野遺賢帝獨知　　誠明交感不言時
世間何代無良弼　　但少高宗念在玆

(趙榥, 「箕裘謠」 5, 『三竹詞流異本』)

夫子道 一以貫을 忠恕二字 劈破ᄒ여
三綱領 八條目을 門人으로 傳述허니
아마도 聖人 大一統에 獨得其宗 허시니라 (1306)

守約眞工日省身　　傳吾一貫得其人
晚年演義三綱領　　說與門徒詔後民

(趙榥, 「箕裘謠」 11, 『三竹詞流』)

夫子의 一以貫을 忠恕二字 劈破하여
三綱領 八條目을 門人의게 傳述허시니
아마도 後生의 入德門이 大學一篇이로고나 (1306 異本)

自聞一貫得其宗　　　　　遞作師門待叩鐘

二字演來三統八　　　　　導吾前進入重重

(趙榥,「箕裘謠」11,『三竹詞流異本』)

북경가는 역관들아 당사실 한태 부부침하세

그물맺세 그물맺세 당사실로 그그물 맺세

그물치세 그그물 치세 연광정에 그물치세

걸리소서 걸리소서 잔처녀란 솔솔 다빠지고

굵은 처녀만 걸리소서 (매화타령)

譯官新自北京回　　　　　乞得眞紅絲作媒

纖纖結就風流網　　　　　網得山中處子來

(權用正,「東謳」16,『東謳』)

北斗七星 ᄒ나 둘 셋 넷 다ᄉ 여ᄉ 일곱분게 민망ᄒ온 白活所志 ᄒ
丈 알외ᄂ니다

그리던 님을 맛나 情에 말 치 못ᄒ여 날 쉬시니 글노 민망

밤듕만 三台星 差使노하 싯별 업게 ᄒ소셔 (1316)

北斗七星訴妾情　　　　　郎歡未洽曙光生

願言分付三台使　　　　　未到五更囚啓明

(鄭顯奭,「敎坊歌謠」24,『敎坊歌謠』)

북소리 들니는 절이 머다흔들 긔 얼미리

靑山之上이오 白雲之下연마난

그 곳지 白雲이 즈즈시니 아무된 줄 몰닌라 (1321)

鍾聲隱隱來何自　　　　靑山之巓白雲裏

此中有寺應不遠　　　　烟霞不辨何處是

(洪良浩,「靑丘短曲」29, 鍾聲,『耳溪集』卷1,『靑丘短曲』)

一杵霜鍾寺近遠　　　　聞聲忖寺去無深

靑山之上白雲下　　　　認且茫然何處尋

(申緯,「小樂府四十首」28, 一杵鍾,『小樂府四十首』가람본)

北窓淸風 긴긴 날에 周易一卷 압헤 노코

白羽扇 흔들면셔 太極圖늘 구경허니

아마도 灑落헌 胸襟이 羲皇上人이로고나 (1324)

人皆苦熱我恬如　　　　室有淸風案有書

松籟俱生來冉冉　　　　竹陰遞送納徐徐

生何邵叟成圖後　　　　生若羲皇未畫初

千古淵明知此樂　　　　一般氣味愛吾廬

(趙榥,「酒老園擊壤歌」16,『三竹詞流』)

北窓淸風 긴긴날에 周易一卷 압헤 노코

白羽扇 흔들면셔 太極圖를 구경ㅎ니

아마도 灑落헌 胸衿이 先天世界 안저고나 (1324 異本)

人皆苦熱我怡如　　　　室有淸風案有書

松籟俱生來冉冉　　　　竹陰遞送納徐徐

披停茂叔排圖始　　　　玩到羲皇未劃初

手搖羽扇冷然坐　　　　耐可騰身跌太虛

(趙榥,「酒老園擊壤歌」17,『三竹詞流異本』)

北海上 찬바람에 놀나 오는 저 기럭아

履霜後 堅氷헐 줄 네가 능히 아라고나

우리도 나릐곳 닛스면 네 知覺만 못헐소냐 (1330 異本)

晴空爽豁雁流初　　　　響入晨窓便起余

霜月夢驚幽幷塞　　　　罡風路順斗牛墟

將然氷沍先機作　　　　行且江湖擇地居

出處非關山野老　　　　十年能飽季鷹魚

(趙榥,「酒老園擊壤歌」22,『三竹詞流異本』)

北海上 찬바름에 울고 오는 져기럭아

履霜코 堅氷헐줄 네가 능히 아라고나

스름이 萬物靈 되야저 知覺이 업슬쇼냐 (1330)

秋空寥廓應流初　　　　喚侶聲聲可警余

八月邊風毛遇順　　　　一天霜露路憑虛

將然氷雪先機作　　　行且江湖擇地居

可惜吾人無傳翼　　　浮沉苦海未翔如

(趙榥,「酒老園擊壤歌」23,『三竹詞流』)

不老草로 비즌 술을 萬年盃에 가득 부어

줍부신 盞마다 비너니 南山壽를

이 盞 곳 줍부시면 萬壽無疆 ᄒ오리라 (1337)

不老草香仙酒醋　　　盈盈注波萬年盃

執盃齊獻南山壽　　　萬壽無疆祝聖回

(鄭顯奭,「敎坊歌謠」67,『敎坊歌謠』)

不親이면 無別이요 無別이면 不相思라

相思不見 相思懷는 不如無情 不相思라

아마도 自古英雄이 일노 白髮 (1343)

初不相親何有別　　　如其無別不相思

相思不見相思恨　　　人生强半老於斯

(元世洵,「續樂府引」15, 別離恨,『三家樂府』)

비ᄂᆞ 온다마ᄂᆞ 님은 어니 못오ᄂᆞᆫ고

물은 간다마ᄂᆞ 나ᄂᆞ 어이 못가ᄂᆞᆫ고

오거나 가거나ᄒ면 이대도록 그리랴 (1353)

雨來君豈不來留　　　　雲去吾何未去遊
何時爲雨爲雲去　　　　其去其來得自由

(鄭顯奭,「敎坊歌謠」83,『敎坊歌謠』)

毘盧峯 上上頂의 후루룩 ᄂ라올라
流霞 一盃의 彩雲의 누어시니
아마도 世外眞仙은 나 쓴인가 ᄒ노라 (『東遊綠』2)

天畔瓊岑駕鶴登　　　　冷風八月素襟氷
眼通瑤海三千里　　　　身在璇霄九萬層
頭上星辰如可摘　　　　望中銀闕幾時昇
凌雲頓覺非人界　　　　不有仙緣到未能

(友松,「登毘盧峯」,『東遊綠』)

비록 못 니버도 ᄂ믹 오슬 앗디마라
비록 못머거도 ᄂ믹 밥을 비디마라
흔적곳 ᄯᅵ시른 휘면 고텨 싯기 어려우리 (1354)

飢寒雖是切窮事　　　　他物潛圖乃爲賊
倘以累名身壹陷　　　　平生其奈難能滌

(李檗,「飜訓民歌十八章」14, 無作盜賊,『茅山亭遺稿』)

雖無卒歲資　　　　勿奪他人着
雖有空簞憂　　　　勿求他人喫

如令一汙身   亦又難洗濯

(宋達洙,「訓民歌飜辭」14,『守宗齋集』)

비즌 술 다 먹으니 먼듸셔 벗지 왓다

술집은 졔연마ᄂᆞᆫ 헌 옷셰 헌 마쥬리

아희야 셔기지 말고 쥬ᄂᆞᆫ듸로 바다라 (1364)

新釀適飲盡   久別良朋來到家

酒家不須問   弊衣將典得幾何

呼兒爾休論多少   且速沽將來過

(黃胤錫,「古歌新翻續十四章」14,『頤齋亂稿』)

琵琶를 두러메고 玉蘭干에 지혀시니

東風細雨에 쁫드ᄂᆞ니 桃花로ㅣ다

春鳥도 送春을 슬허 百般啼를 ᄒᆞ놋다 (1366)

琵琶斜抱兮   乍倚玉欄西

細雨東風兮   亂落花成泥

春鳥亦悲送春去   盡日百般啼

(南肅寬,「短謠」10, 送春詞,『八灘公遺稿』)

醉荷琵琶坐石溪   東風花落草萋萋

山鳥亦知春盡意   飛來飛去百般啼

(馬聖麟,「短歌解」, 古詩十七首 14,『安和堂私集』)

（人）

四曲은 어딘민오 松岩에 히 넘거다

潭心岩影은 온갓 빗치 줌겨셰라

林泉이 깁도록 됴흐니 興을 계워 흐노라 (1372)

四曲何處是　　　　　松崖日西沈

潭心巖影倒　　　　　色色皆蘸之

林泉深更好　　　　　幽興自難勝

(宋時烈,「高山九曲歌詩」5,『栗谷全書』卷2・「高山九曲歌飜文」5,『宋

書拾遺』卷7)

四曲奇奇白玉岩　　　古松蒼翠落甒甃

不知當年茅山下　　　能有龍吟百丈潭

(李夏朝,「高山景行之思」5, 松崖,『三秀軒稿』卷2,『樂府』高大本)

岩間側掛古松皆　　　菴廢猶稱境最佳

知有佛家無量力　　　飛甍不日煥層崖

(李夏朝,「石潭九曲用曲名中一字」6, 松崖,『三秀軒稿』卷2)

四曲松崖萬丈巖　　　日斜林影翠毿毿

怡情正在幽深處　　　雲白山靑集一潭

(李畬,「石潭第四曲」,『睡谷集』卷1)

四曲蒼蒼幾尺岩　　　　松蘿斜日與毿毿

林泉步入深猶好　　　　衆色相涵漾碧潭

(權燮,「翻栗翁高山九曲歌用武夷櫂歌韻」5, 松崖,『玉所藏呇』,『玉所集』卷1)

四曲은 어드메오 일흠도 홀난홀샤

灘聲과 岳危이 一壑을 흔드ᄂᆞᆫ듸

그 아래 깁히 자는 龍이 櫂歌聲의 씌거다 (『玉所藏呇』)

噴壑驚濤亂拍岩　　　　藤蘿楓栝又毿毿

長年已有如神手　　　　知是潛龍臥下潭

(權燮,「黃江九曲歌」5, 皇恐灘,『玉所藏呇』,『玉所集』卷1)

사람이 죽은 後에 다시 사니 보완는다

왓노라 ᄒᆞ니 업고 도라와늘 보리 업다

우리는 그런줄 알모로 사라신졔 노노라 (1392)

此身死一去　　　　廻來不廻來

旣無入見人　　　　又無人云廻

一去無廻此人生　　　不飮何爲哉

(金養根,「東調」50,〈感傷〉5,『東埜集』)

思郎을 ᄉᆞ자ᄒᆞ니 思郎 풀니 뉘 이시며

離別을 ᄑᆞᆯᄌᆞᄒᆞ니 離別 ᄉᆞ리 젼혀 업다

思郞 離別을 폴고 스리 업스니 長思郞長離別인가 ᄒ노라 (1403)

我將買愛誰能賣　　　　欲賣離情孰肯賒
了無可賣兼無買　　　　長愛永離眞可嗟

(鄭顯奭,「敎坊歌謠」90,『敎坊歌謠』)

思郞을 춘춘 얽동혀 뒤 설머지고
泰山峻嶺으로 허위허위 넘어갈제 그 모른 벗님네는 그만ᄒ야 ᄇ리
고 가라 ᄒ건마는
가다가 ᄌ즐녀 죽어도 나는 아니 ᄇ리리라 (1404)

纏情復纏情　　　　　　一擔上高嶺
寧爲情壓死　　　　　　棄之本不肯

(柳得恭,「東人之歌」13,『古芸堂筆記』天理大本)

纏束愛情擔背上　　　　踰他峻嶺苦猶甘
傍人縱勸因棄去　　　　矢死吾心不卸擔

(鄭顯奭,「敎坊歌謠」28,『敎坊歌謠』)

思郞이 거즛말이 님 날 思郞 거즛말이
움에 와 뵈단 말이 긔 더욱 거즛말이
날 갓치 즘 아니 오면 어늬 움에 뵈리오 (1405)

戀我是虛語　　　　　　疑他夢見之

如儂長不寐　　　　　　安有夢來時

(李民宬,「聞人唱俚歌韻而詩之」10,『敬亭集』卷4)

向儂恩愛非眞辭　　　　最是難憑夢見之
若使如儂眠不得　　　　更成何夢見儂時

(申緯,「小樂府四十首」2, 奉盧言,『小樂府四十首』가람본)

君言憐我恐非眞　　　　謂見夢中尤未恂
如我永宵長不寐　　　　不知何夢可相親

(鄭顯奭,「敎坊歌謠」61,『敎坊歌謠』)

司馬遷의 鳴萬古文章 王逸少의 掃千人筆法

劉伶의 嗜酒와 杜牧之好色은 百年從事ᄒ면 一身兼備 ᄒ려니와

아마도 雙全키 어려울슨 大舜曾參孝와 龍逢比干忠인가 ᄒ노라 (1412)

司馬文章萬古鳴　　　　右軍筆法千人驚
比干忠烈曾賢孝　　　　歷代英豪莫與爭

(李裕元,「小樂府」30, 浪陶沙,『嘉梧藁略』)

司馬文章右軍筆　　　　劉伶杜牧盡堪憐
最是一身難備事　　　　逢忠曾孝得雙全

(鄭顯奭,「敎坊歌謠」21,『敎坊歌謠』)

師門에 分黨後로 格言인들 公議되며

科場에 末流弊는 異端이나 다를소냐

後生이 志于學헌들 눌을 조츠 드르요 (2612 異本)

  後生已痼各吾師   最是傷心武藝規

  縱有聰明兼好學   憐渠無處見而知

                (趙榥,「箕裘謠」39,『三竹詞流異本』)

四皓ㅣ 진짓것가 留侯의 奇計로다

眞實로 四皓ㅣ면은 一定 아니 나오려니

그려도 아니냥ᄒ여 呂氏客이 되도다 (『靑丘永言』珍本 119)

  四皓眞也僞   留侯奇計

  實有四皓應不出   終爲呂氏客

            (申欽,「放翁詩餘」4,『靑丘永言』珍本)

朔風이 되오 브러 大海를 흔들티니

一葉扁舟로 갈 길히 아득ᄒ다

두어라 이 ᄇᆡ 흔번 기운 휘면 브틸 곧이 업스리라 (1422)

  朔風高吹撼大海

  一葉扁舟去路迷

  這舟傾後無泊處

      (李光庭,「操舟候風歌三章」3,『訥隱先生文集』卷20)

山 됴코 물 됴흔 곳의 바회 지혀 쒸집 짓고
들 아래 고기 낙고 구름 속의 밧츨 가니
生理야 足 흘マ마는 블을 일은 업세라 (1447)

山高水淸處　　　　月釣耕雲裡
豈云生涯足　　　　而無外羨事

(柳馨遠, 「翻俗歌」 8, 『磻溪逸稿』)

山마다 玉 잇스며 玉마다 眞品리랴
蓬萊山 第一峰에 玉眞리라 흐난 玉니
이믜도 玉中眞品은 너 쑨인가 흐노라 (1427)

山皆有玉玉皆眞　　　　我道人言摠不眞
惟有蓬山玉眞玉　　　　玉中眞品見之眞

(李裕承, 「續小樂府」 10, 蓬萊山玉眞, 『三家樂府』)

山밋히 ᄉ쟈흐니 杜鵑이도 붓그렵다
닉 집을 굽어 보고 솟젹다 우는고나
두어라 安貧樂道ㅣ니 恨흘 줄이 이시랴 (1429)

欲居山中　　　　杜鵑堪羞
俯瞰吾家　　　　鼎小也喚謳
天旣窮我　　　　尙嫌其大

(李衡祥, 「今俗行用歌曲」 32, 峽窯激, 『芝嶺錄』)

山暎樓 비기인 後에 白雲峰이 새로왜라

桃花 뜬 맑은 물이 골골이 솟아난다

아희야 武陵이 어대메뇨 나는 옌가 하노라 (『朝鮮歌謠集成』)

山映樓頭春雨歇　　　　白雲峰色不勝新

欲問武陵何處是　　　　桃花流水卽如眞

(譯者未詳, 「小樂府五十首附十首」 1, 紅雨春, 『朝鮮歌謠集成』)

山前에 有臺ᄒ고 臺下애 有水ㅣ로다

뻬 만흔 골며기는 오명가명 ᄒ거든

엇다다 皎皎白駒는 머리 마ᄉᆞ ᄒᄂᆞᆫ고 (1445)

산젼에 유ᄃᆡ ᄒ고 ᄃᆡ하에 유쉬로다

쎼 마흔 골머기는 오면 가면 ᄒ거든

엇지 교교빅구는 멀니 마음 ᄒ난고 (『海隱別稿』 陶山十二曲 5)

靑山山下臺　　　　臺下水流廻

水中有羣鷗　　　　自去還自來

白駒何皎皎　　　　遐心肯不回

(南夏正, 「桐巢樂府」 2, 『桐巢遺稿』)

山前有臺　　　　臺下有水

多羣鷗鳥　　　　來了去了

何皎皎白駒遠心爲

(姜必孝, 「陶山十二曲」 5, 『海隱別稿』 卷1)

山中에 췩曆 업셔 節 가는 줄 늬 몰닉라
곳 픠면 봄이요 입 지면 フ으리로다
아희들 헌옷 츳즈니 겨울인가 ᄒ노라 (1450)

花發爲春葉以夏　　　　秋丹楓豔冬靑松
山中只有四時景　　　　都是天根六六宮

(李裕元, 「小樂府」34, 山中曆, 『嘉梧藁略』)

산즁의 기약 두고 友鹿村에 도라 드니
黃鶴峰 仙遊洞은 일일상되 늬 버지요 鳳巖은 슐준 숨고 紫陽과 白
鹿洞은 道 싹난 마당 되어
子孫의 絃誦 쇼릭 들니난고
寒泉 말근 물의 塵心을 씨서불가 ᄒ노라 (『慕夏堂實記』)

山中有期約　　　　　　尋入友鹿村

(金忠善, 「寓興」, 『慕夏堂實記』 卷3)

山窓에 雪撲거널 濁酒三盃 御寒허고
溫堗에 轉輾허니 悠悠我思 迂濶허다
언졔나 뉙康濟 미뤼여셔 大庇寒士 ᄒ여볼고 (1453)

六花歷亂暗天衢　　　　閉戶山齋獨據梧
兒豫堗寒來爇火　　　　婦嘗酒烇坐傍爐
乍桃孟浩觀梅興　　　　却憶袁安臥雪圖

安得推吾康濟術　　　　　普溫天下讀書儒

(趙榥, 「酒老園擊壤歌」 26, 『三竹詞流』)

山膋에 雪撲써널 太和湯에 御寒허고

溫堗에 轉輾허니 悠悠我思 속졀업다

天下에 許多헌 寒士를 더여주리 전혀없다 (1453 異本)

烈風驅霰灑圭窯　　　　　歲暮山家有備虞

兒豫堗寒躬爇火　　　　　婦嘗酒煖坐傍爐

年來久謝回舟興　　　　　意到空披臥雪圖

安得推吾經濟術　　　　　普溫天下讀書儒

(趙榥, 「酒老園擊壤歌」 26, 『三竹詞流異本』)

山村에 눈이 오니 돌길이 무쳐셰라

柴扉를 여지마라 날 츠즈리 뉘 이시리

밤즁만 一片明月이 긔벗인가 ᄒ노라 (『靑丘永言』珍本 116)

一臥山中後　　　　　石逕埋蒼苔

無人更相訪　　　　　柴扉不須開

舊面唯有明月在　　　　中夜慇懃上山來

(洪良浩, 「靑丘短曲」 19, 一臥, 『耳溪集』 卷1, 『靑丘短曲』)

山村雪後　　　　　石逕埋兮

柴扉且莫開兮　　　　訪我有誰哉

中宵一片明月兮　　　　　是吾朋兮

(申欽,「放翁詩餘」1,『靑丘永言』珍本)

山村에 밤이 드니 먼듸 기 즈져 온다
柴扉를 열고 보니 하늘이 츠고 달이로다
져 기야 空山 잠든 달을 즈져 무슴 ᄒ리오 (1458)

山村夜入聞狵吠　　　　開了柴扉遙望時
知是寒天只有月　　　　空山宿月吠何爲

(鄭顯奭,「敎坊歌謠」69,『敎坊歌謠』)

山村에 秋夜長허니 擲梭聲이 凄凉허다
一時나 달게 자면 徵租索錢 어이허리
世間에 綺絶家 子弟덜리 져 勤苦늘 싱각넌가 (1459)

農家八月績燈明　　　　軋軋鳴梭徹夜聲
索乳兒啼機下立　　　　責飡翁發市中行
一生作苦非侔利　　　　八口呼寒望得贏
可惜世間輕暖子　　　　都忘蠶婦服勤情

(趙榥,「酒老園擊壤歌」25,『三竹詞流』)

슬피오 슬피쇼셔 동쳐를 슬피쇼셔
옥누에 ᄒᄂ 일와 즁듕에 나ᄂ 뜨들

원 즈를 아르시어든 다시 딩작 마르쇼셔 (1465)

察之復察之　　　　　動處須可察
屋漏事所爲　　　　　衆中情所發
纔差汝獨知　　　　　愼勿更萌作
作歌聊自警　　　　　服膺要無斁

(周世鵬,「動察吟」,『竹溪志』,『海東雜錄』)

三曲은 어디미오 翠屛에 닙 퍼젓다
綠樹에 山鳥는 下上其音 ᄒᄂ 젹의
盤松이 바름을 바드니 녀름 景이 업시라 (1470)

三曲何處是　　　　　翠屛葉已敷
綠樹有山鳥　　　　　上下其音時
盤松受淸風　　　　　頓無夏炎熱
(宋時烈,「高山九曲歌詩」4,『栗谷全書』卷2・「高山九曲歌飜文」4,『宋

書拾遺』卷7)

廣野高張雲錦屛　　　　沙頭立馬見蒼翠
春陰欲雨日將西　　　　未可溪邊成一醉

(李夏朝,「石潭九曲用曲名中一字」7, 翠屛,『三秀軒稿』卷2)

三曲搖搖不繫船　　　　錦屛蒼翠自千年
君子一點洞庭野　　　　造化奇功眞可憐

(李夏朝,「高山景行之思」4, 翠屛,『三秀軒稿』卷2,『樂府』高大本)

三曲岩平坐似船　　　　　小屛濃翠幾何年

盤松蔭拂冷風籟　　　　　下上鳴禽聽可憐

(權燮,「翻栗翁高山九曲歌用武夷櫂歌韻」4, 翠屛,『玉所藏杏』,『玉所集』卷1)

三曲曾聞詠鑿船　　　　　上游移櫂問何年

山靈解說滄桑事　　　　　下上其音正可憐

(鄭澔,「石潭二曲」,『丈巖集』)

三曲은 어드메오 黃江이 여긔로다

洋洋 絃誦이 舊齋를 니어시니

至今의 秋月亭江이 어제론 듯 ᄒ여라 (『玉所藏杏』)

泛泛烟波上下船　　　　　寒齋風物已何年

明宮儼處衿紳咏　　　　　月色秋江優可憐

(權燮,「黃江九曲歌」4, 黃江,『玉所藏杏』,『玉所集』卷1)

三冬에 뵈옷 닙고 岩穴에 눈비 마자

구름 낀 볏 뉘도 쬔적이 업건마는

西山에 히지다 ᄒ니 눈물겨워 ᄒ노라 (1478)

處士平生一褐衣　　　　　惟將巖壑樂烟霏

自由陽春寡和曲　　　　　希音長伴短筇揮

(申命圭,「次梅壑韻悼懈菴」1,『懈菴文集』卷2)

170

梅萼非關凍雪肥　　　　　寒松那復借春輝

貞姿尙有傾葵志　　　　　日樂西山淚滿衣

(申命圭,「次梅壑韻悼懈菴」2,『懈菴文集』卷2)

飮水茹蔬道不飢　　　　　誰知山玉自生輝

百年梅壑眞同調　　　　　愛把幽貞爲發揮

(申命圭,「次梅壑韻悼懈菴」3,『懈菴文集』卷2)

謫來僑得舊墟遊　　　　　處事淸風歲幾周

巖上矮松今尙在　　　　　高歌一曲自生愁

(申命圭,「次梅壑韻悼懈菴」4,『懈菴文集』卷2)

三冬無褐且無衣　　　　　巖穴多沾雨雪霏

雲掩寒暉雖未見　　　　　西山日落淚堪揮

(徐鳳翎,「檃栝懈菴金處士」1,『梅壑先生遺稿』卷1,『海菴文集』卷2)

凍臥寒巖雪砭肥　　　　　平生不識翳雲暉

西山日落猶含痛　　　　　長樂何人咤紫衣

(徐鳳翎,「檃栝懈菴金處士」2,『梅壑先生遺稿』卷1,『海菴文集』卷2「又
追悼三絶」1)

窮廬黃虀凍兼饑　　　　　巖穴平生不見暉

葵藿物性猶未奪　　　　　悲歌激烈淚堪暉

(徐鳳翎,「檃栝懈菴金處士」3,『梅壑先生遺稿』卷1,『海菴文集』卷2「又
追悼三絶」2)

葵藿微誠猶向日　　　　何心膚敏裸將周

懈菴徵士哀歌響　　　　千古箕邦志士愁

(徐鳳翎,「檃栝懈菴金處士」4,『梅壑先生遺稿』卷1,『海菴文集』卷2「又
追悼三絶」3)

巖穴三冬一布衣　　　　寒天雨雪亂霏霏

漏雲殘照雖未曝　　　　日落西山淚堪揮

(尹恒緒,「次徐梅壑檃栝歌曲韻」1,『懈菴文集』卷2)

愛君素性同葵藿　　　　持服行喪歲幾周

日落泣墳歌兩闋　　　　使人嗚咽使人愁

(尹恒緒,「次徐梅壑檃栝歌曲韻」2,『懈菴文集』卷2)

三冬衣布衣　　　　岩穴雨雪霑

蔽雲陽旭　　　　雖無所探

西山聞日落　　　　是以傷心

(李衡祥,「冶隱歌」,『樂學便稿』,『芝嶺錄』)

三冬衣短褐　　　　巖穴蒙雨雪

浮雲翳朝曦　　　　陽輝不我晞

忽聞日西落　　　　我心還惻惻

(南夏正,「桐巢樂府」6,『桐巢遺稿』)

三冬一布褐　　　　巖穴受風雪

雲間一寸暉　　　　不曾晞我褐

忽聞西山白日頹　　　　自然淚落心中哀

(南有容,「夜聞隣歌倚其聲爲新詞三関」3,『雷淵詩稿』,『雷淵集』卷8, 雜詩)

三冬衣布衣　　　　　巖穴雨雪沐
已隔雲天澤　　　　　安見春陽一曝
西山見落照　　　　　猶然普天均慟哭

(金養根,「東調」7,〈五倫〉7,『東埜集』)

吉註書　　　　　　　金烏山下杜門終
筮仕辛朝　　　　　　托隱冶工
敎授生徒　　　　　　斯門有功
惜乎牛山　　　　　　錯比揚雄
千仞高山　　　　　　百世清風

歌曰

三冬着布衣　　　　　獨居巖穴中
一番未曝朝陽紅
西山云日暮　　　　　其恨却无窮

(金壽民,「冶隱歌」,『箕東樂府』)

三冬衣布衣　　　　　巖穴霑雨雪
密雲天之下　　　　　幾年不見日
雖然西山景云落　　　是以心悲絶

(李家淳,「西山日落歌」,『霞溪集』卷5, 溪巖金先生請諡疏)

三冬衣布褐　　　　　巖下被雨雪
雲末寸暉未曾晞　　　幾年不見日

西山日云沒　　　　　　　　涕淚不勝揮

（小擊壤老人,「天休堂歌詞」,『童觀識錄』）

三冬衣葛棲岩穴　　　　　　曾未向陽晒雨雪
聞說西山日已昏　　　　　　不禁涕淚空鳴咽

（吳熹常,「樂府」6, 梁父吟,『樂府』高大本）

三月三日 李白桃花 九月九日 黃菊丹楓
金樽에 술이 익고 洞庭에 秋月인계
白玉盃 竹葉酒 다리고 翫月長醉 ᄒᆞ리라 (1485)

黃菊丹楓九月九　　　　　　桃紅李白三月三
洞庭春風　　　　　　　　　赤壁秋雨
白玉盃流霞酒　　　　　　　一盃一盃復一盃

（黃胤錫,「古歌新翻二十九章」14,『頤齋亂稿』）

三遷敎 허든 집의 큰 션빗가 成就허니
黜覇功 行王道는 時運이라 已矣로ᄃᆡ
그 時節 異端邪說은 闢之廓如 허시니라 (1489)

三遷成就啖猪兒　　　　　　仁義高談戰國時
世運縱非行道日　　　　　　邇來楊墨更無辭

（趙榥,「箕裘謠」13,『三竹詞流』）

174

三遷敎 허든 집의 큰 션빅가 成就허니
黜覇功 行王道는 時運이라 已矣로딕
그 時節 楊墨의 말은 闢之廓如 허시니라 (1489 異本)

三遷成就學而知　　　　　可柰縱橫彼一時
道大雖然行不得　　　　　伊來楊墨更無辭

(趙榥,「箕裘謠」15,『三竹詞流異本』)

삿갓셰 되롱의 입고 細雨中에 호뫼 메고
山田을 훗믹다가 綠陰에 누어시니
牧童이 牛羊을 모라다가 줌든 날을 씌와다 (1493)

靑篛笠碧簑衣　　　　　細雨飛時荷鋤歸
山田草多除未了　　　　倦臥綠陰裏
何來一聲牧笛　　　　　驚破夕陽閒睡

(洪良浩,「靑丘短曲」8, 靑篛笠,『耳溪集』卷1,『靑丘短曲』)

頭戴篛笠着簑衣　　　　細雨荷鋤出野
山田纔治綠陰臥
牧童驅牛羊　　　　　　喧覺暫睡我

(馬聖麟,「短歌解」, 長短詞十五首 7,『安和堂私集』)

上元甲一元初에 우리 聖主 御極허샤
太阿釼 揮擺處에 國內邪窟 剿滅허니

아희야 늬 餘生 不遠허다 네 前程을 바라로라 (1501)

汗漫餘歲月	天運復有時
新王按太阿	誅邪無孑遺
感歎昔年事	吾衰竟有誰
慷慨歌一篇	留與迷蛾兒

(趙榥,「秉彝吟」20,『三竹詞流』)

床前에 一点燈이 六十年來 親舊로다
秋毫末 보든 눈이 널로 하야 어두에라
아희야 늬집의 靑氈舊物 書燈 한나 쑌이로다 (1503)

書燈親我少年時	六十年來誼不移
歲月習成因竭睡	夜寒手澁强停披
崇於抄細生醫瞙	對則羞明覺老衰
闔眼臥聽兒子讀	望渠勤苦學爺爲

(趙榥,「酒老園擊壤歌」30,『三竹詞流』)

生미 잡아 깃드려둠에 쒱山行 보늬고
白馬 씻겨 바느려 뒷東山 松枝에 믹고 손죠 고기 낙가 버들움에
쒜여 돌 지질너 츳여두고
아희야 날 볼 손 오셔든 긴 여홀노 슬와라 (1529)

馴了生鷹去獵雉	洗來白馬繫松枝

釣魚穿柳沈灘水　　　　　　童子須言客到時

(鄭顯奭,「敎坊歌謠」79,『敎坊歌謠』)

샹뉵쟝긔 ᄒ디마라 숑ᄉ근월 ᄒ디마라
집배야 므슴ᄒ며 ᄂ미 원슈 될 줄 엇디
나라히 법을 셰우샤 죄 인ᄂ 줄 모로ᄂ다 (1508)

肄業不宜學賭博　　　　　　爲文況可好爭訟
請看邦有常刑在　　　　　　繫械圓門此甚恐

(李槩,「飜訓民歌十八章」15, 無學賭博無好爭訟,『茅山亭遺稿』)

毋爲樗蒲戲　　　　　　毋爲獄訟文
奈於家所敗　　　　　　奈於人所怨
邦國有明刑　　　　　　治此抵罪人

(宋達洙,「訓民歌飜辭」15,『守宗齋集』)

샹해런가 꿈이런가 白玉京의 올라가니
玉皇은 반기시나 群仙이 꺼리ᄂ다
두어라 五湖煙月이 내 分일시 올탓다 (1507)

夢耶眞耶　　　　　　一上玉京閶闔開
玉皇靑眼群仙猜
已矣乎五湖煙月閑徘徊

(尹善道,「夢天謠三首」1,『孤山遺稿』卷6)

西塞山前白鷺飛ㅎ고 桃花流水鱖魚肥라

靑蒻笠 綠簑衣도 斜風細雨에 不須歸라

이 後는 張志和 업스니 興 알니 업세라 (1545)

    西塞桃花欲暮春   鱖魚肥大鷺相親

    至今流水人何在   細雨斜風篛笠貧

              (李裕元,「小樂府」17, 武陵春,『嘉梧藁略』)

西漢朝 二百年에 彬彬文學 만타마는

屈三閭 哀怨聲에 黃老學이 셕겨고나

엇지타 眞儒의 天人策이 江都上에 늘거는고 (1547)

    西京多士學爲名   黃老其心語楚聲

    何事眞儒生此國   江都薄祿老升平

              (趙榥,「箕裘謠」18,『三竹詞流』)

西漢朝 二百年에 彬彬文學 만타마는

屈三閭 哀怨聲에 黃老學이 셕계고나

엇지타 眞儒의 天人策이 江都相에 늘거느뇨 (1547 異本)

    西京多士學爲名   黃老其心語楚聲

    宜爾眞儒無適用   江都薄祿老平生

              (趙榥,「箕裘謠」18,『三竹詞流異本』)

石榴쏫 다 盡ㅎ고 荷香이 싀로이라

波瀾에 노는 鴛鴦 네 因緣도 부럽고나

玉欄에 호올로 지여셔 시름계워 ㅎ노라 (1553)

石榴花盡荷香浮　　　　　看見鴛鴦波上遊

羨他雙鳥因緣重　　　　　獨倚欄干不勝愁

(鄭顯奭, 「敎坊歌謠」 43, 『敎坊歌謠』)

夕陽時 다 된 後에 夫子신들 어이 허리

删述코 筆削ㅎ여 垂之萬世 허신 功德

아마도 天地日月과 갓치 恒久허리로다 (1562)

聖心怊悵夕陽天　　　　　長夜從今萬八年

舒發一團光明氣　　　　　替爲日月照齊烟

(趙榥, 「箕裘謠」 9, 『三竹詞流』)

夕陽時 다 된 後에 夫子신들 어이하리

繼往聖 開來學이 雙璧中에 늬다르니

萬世에 永賴헌 功이 賢於堯舜 허시니라 (1562 異本)

聖心怊悵夕陽天　　　　　長夜從今萬八年

舒發一團光大氣　　　　　替爲日月照齊烟

(趙榥, 「箕裘謠」 9, 『三竹詞流異本』)

夕陽에 醉興을 계워 나귀 등에 실녀시니

十里 溪山이 夢裡에 지닉여다

어듸셔 數聲漁笛이 줌든 날을 씨와다 (1565)

夕陽不勝醉中興　　　　身倚蹇驢任他

十里溪山夢裡過

何人覺我睡　　　　　　漁笛數聲歌

　　　　　　　　(馬聖麟,「短歌解」, 長短詞十五首 8,『安和堂私集』)

夕陽醉興不勝盃　　　　身載青驢半是頹

十里溪山和夢過　　　　一聲漁笛嘎醒來

　　　　　　　　(李裕承,「續小樂府」1, 驢背醉興,『三家樂府』)

夕陽天 눈 간 후에 놉히 도든 솔오기야

이제날 네 模樣이 鴻鵠이나 달를쇼냐

明春에 싁씨둙 나거든 다시 볼가 ㅎ로라 (1569)

雪捲寒宵鏡面張　　　　搏風鳶翩溯蒼蒼

超然遠謝啁啾界　　　　邈矣周旋廣漢鄉

影逐孤雲相出沒　　　　鳴隨侶鶴共翱翔

戾天其性非凡鳥　　　　莫戀鷄兒啄啄場

　　　　　　　　(趙榥,「酒老園擊壤歌」27,『三竹詞流』)

夕陽天 눈 긴 후에 놉히 도는 소로기야

오늘날 네 모양이 鴻鵠이나 다를소냐
明春에 달삭기 나거든 네 心情 다시 보자 (1569 異本)

雪捲寒宵鏡面張	搏風鳶翮溯蒼蒼
超然遠謝啁啾界	邈矣周旋廣大鄉
閒似虛雲無定住	高將仙鶴共翶翔
惜爾戾天如許性	且看雞子出遊場

(趙榥,「酒老園擊壤歌」29,『三竹詞流異本』)

善繼人志도 聖人事요 不待三年改도 古訓이다
善繼는 彰前美요 改之는 盖昔非라
父兄의 올흔 뜻 못 니으면 忝厥祖ㄴ가 ᄒ노라 (『閒說堂遺稿』)

善爲繼述彰前美	不待三年改昔非
雖猶昔非猶可改	況乎前美作虛歸

(安昌後,「閒說二十五並詩歌」14, 可繼述則繼述可改則改之,『閒說堂遺稿』)

先聖의 遺風으로 齊魯文學 天性이라
焚書後 八年戰에 絃誦聲이 不絶허니
아모리 不讀書英雄인들 禮義邦에 어이 허리 (1578)

齊魯尺童解詠歌	洙壇時雨漲餘波
英雄縱有洩冠習	絃誦聲中義理何

(趙榥,「箕裘謠」16,『三竹詞流』)

先後天 理氣外예 별 하날이 잇단 말가
제 所謂 自然理는 나 보건듸 情慾이라
허물며 괴이헌 藥物이 變化心性 허단말가 (1584)

　

爾從何天來	矯誣上帝明
人心爲道心	此生視前生
未聞軒岐方	劑用純物精

(趙榥,「秉彝吟」5,『三竹詞流異本』)

雪月이 滿窓흔듸 ᄇ름아 부지마라
曳履聲 아닌 줄을 判然히 알건마는
그립고 아수은 젹이면 힝여 건가 ᄒ노라 (1587)

雪中月色滿窓明	莫遣狂風吹作聲
縱我判知非履響	思之切矣倖其行

(鄭顯奭,「敎坊歌謠」65,『敎坊歌謠』)

雪月 조타허되 져 冬日만 못허여라
千金裘 ᄂ | 업스니 寒天月色 경져게라
두어라 野老의 背上暄을 瓊樓高處 드려볼가 (1588)

昔我英年不怕寒	長安雪月照詩壇
郊園夜笛尋梅逕	市陌晨鐘訪酒竿
一入深山仍屛跡	屢經殘臘未彈冠

182

如今炙背晴窓下　　　　　自笑翁心老益丹

(趙榥,「酒老園擊壤歌」30,『三竹詞流異本』)

蟾津江 十二川을 사람마당 알것마눈

疊疊이 사인 중에 江水가 萬里라

眞面好를 찾고자ᄒ니 峯峯谷谷이 다 奇絶處로다 (『松南集』)

蟾江一帶水　　　　　流向嶺湖間

回看眞面好　　　　　萬壑復千山

(譯者未詳,「蟾津江雜詠」,『松南集』)

聖明이 臨ᄒ시니 時節이 太平이라

關東 八百里에 홀 일이 빅히 업다

두어라 黃老淸淨을 베퍼 볼가 ᄒ노라 (『郎巖遺稿』)

幸逢今世后明明　　　　時節熙熙樂太平

關東八百里無事　　　　施措不妨黃老淸

(申孝善,「蓬萊樂府」2,『郎巖遺稿』)

城 잇사되 막으랴 녜 와도 홀 일 업다

三百二十州의 엇디 엇디 딕킬게오

아모리 盡臣精卒인들 의거 업시 어이ᄒ리 (1600)

城不高　　　　　　何以禦敵些

大都兮名州　　　　蹂而躪些

縱有夫蓋臣精卒　　無奈于國些

(李起渤,「憂國歌二十八章飜辭」4,『漆室遺稿』卷1)

城津에 밤이 깁고 大海에 물껼 칠제

客店孤燈에 故鄕이 千里로다

이제는 摩天嶺 너머시니 生覺흔들 어이리 (1601)

城津夜已深　　　　渤海風雨起

寒燈明滅不成眠　　故鄕回首三千里

置之不復思　　　　摩雲摩天都已過思之亦奈何

(洪良浩,「北塞雜謠」, 城津,『耳溪集』,『靑丘短曲』)

世間에 庚戌年이 聖賢 나는 休運이라

大聖人 허신 事業 終條理을 아닐소냐

一筆노 百家語 潤色하야 經書 集註 허시니라 (1603)

天於庚戌又生賢　　任太師門秉筆權

刪述百家皈一統　　後生何力誦而專

(趙榥,「箕裘謠」30,『三竹詞流異本』)

細버들 柯枝 것거 낙己 고기 꿰여들고

酒家을 ᄎᄌ려 斷橋로 건너가니
그 골에 杏花ㅣ 날니니 아모된 줄 몰닉라 (1606)

手折細柳枝	穿得新釣魚
行將訪酒家	短橋橫淸渠
村深杏花亂	指點迷所如

(李敏輔,「余愛聽歌曲八章」5,『豐野集』)

溪上釣魚貫柳條	爲賖春酒度斷橋
千村渾是杏花	不知何處酒家

(洪良浩,「靑丘短曲」15, 溪上釣,『耳溪集』卷1,『靑丘短曲』)

手折東風細柳枝	穿魚卽是生涯
酒家何在短橋湄	
此處花如雪	不知何所之

(馬聖麟,「短歌解」, 長短詞十五首 5,『安和堂私集』)

宵鏡이 야밤 中의 두 눈 먼 말을 트고
大川을 건너다가 쌘지거다 져 宵鏡아
아이에 건너지마던들 쌘질 줄이 이실야 (海周 333)

盲人騎瞎馬	日暮西郊天
不知行近遠	何更催揮鞭
路前有深池	愼旃加愼旃

(柳馨遠,「翻俗歌」15,『磻溪逸稿』)

小溪水 젹다 말고 大堤水 크다 마라

귀흔 거시 근원이라 저러틋시 물결이다

聖人이 이른 말슴 물보기 술닛기는 긔 아이 적실흔가 (『愛景堂遺稿』)

辭曰

小溪之水　　　　　　　流而大堤些

所貴本源　　　　　　　波瀾淸且漣漣些

是知乎聖人之敎　　　　觀水有術些

詩曰

門溪流入郊堤水　　　　不擇小溪是大堤

聖敎觀瀾良有術　　　　尋原剩得散玻瓈

(南極曄,「愛景堂十二月歌」6, 大堤觀漲章,『愛景堂遺稿』)

蘇東坡 陸象山이 一種門戶 各立허니

元明間 文章士가 靡然從之 허엿고나

허믈며 徐光啓 닉다라셔 洋學倡導 허단말가 (1651)

嵋陽派別注江西　　　　後代無人覺路迷

竟致末流邪敎倡　　　　向空指點上夫梯

(趙榥,「箕裘謠」31,『三竹詞流異本』)

瀟湘江 긴 대 베혀 하늘 밋게 뷔을 미여

蔽日 浮雲을 다 쓰러 브리고져

時節이 하 殊常ᄒ니 쓸동말동 ᄒ여라 (1657)

託於蕭湘之竹

依作依天之箒

盡掃蔽日浮雲

(宋時烈, 「蕭湘之竹歌」, 『宋子大全』 卷164)

瀟湘江 細雨中에 삿갓 쓴 져 老翁아

뷘 빅를 홀노 져어 어드러로 向ᄒᄂ다

太白이 騎鯨飛上天後ㅣ민 風月 실너 가노라 (1659)

瀟湘江細雨中	簑衣篛笠一漁翁
浪頭駕扁舟	借問向何處
李白騎鯨飛上天	欲載風月采石去

(南肅寬, 「短謠」 12, 采石風月歌, 『八灘公遺稿』)

瀟湘細雨綠簑衣	一葉漁艇何處之
聞李白上天飛	滿船要載風月歸

(黃胤錫, 「古歌新翻續十四章」 8, 『頤齋亂稿』)

細細瀟湘雨	篛笠彼老翁
空船獨自棹	何向杳靄中
聞李白騎鯨飛	曾輸來月與風

(金養根, 「東調」 40, 〈閒適〉 11, 『東埜集』)

細雨瀟湘簑笠翁　　　　　扁舟一葉大江東
李白騎鯨天上去　　　　　載歸明月與淸風

(李裕元,「小樂府」32, 一葉索,『嘉梧藁略』)

小園 百草叢에 ㄴ니ㄴ 나븨들아
香너를 됴히 너겨 柯枝마다 안지마라
夕陽에 숨구든 거믜ㄴ 그물 걸고 기드린다 (1669)

小園百花艶　　　　　　　紛紜蝴蝶飛
耽英雖可樂　　　　　　　戀枝莫久依
蜘蛛巧作網　　　　　　　伺夕向爾圍

(李敏輔,「余愛聽歌曲八章」8,『豊野集』)

小園春日百花叢　　　　　寄語輕蝶與狂蜂
香氣莫貪頻來往　　　　　夕陽蜘蛛待網中

(馬聖麟,「短歌解」, 古詩十七首 15,『安和堂私集』)

小園春晩百花叢　　　　　蛺蝶雙飛任好風
切莫貪香枝上坐　　　　　蜘蛛結網夕陽中

(鄭顯奭,「敎坊歌謠」45,『敎坊歌謠』)

솔숯희 도든 들이 째끗티 쎠나도록
거문고 빗기 안고 바회 우희 안자시니
어듸셔 벗 일흔 기럭이ㄴ 혼자 우러 녜ㄴ니 (1675)

松籬兮昇月　　　　　　至竹梢兮轉離

玄琴兮橫按　　　　　　巖邊兮猶坐

何許失伴兮鴻鴈　　　　而獨鳴兮云徂

(譯者未詳,「俛仰亭短歌」3,『俛仰集』)

솔아릭에 구분 길노 셋 가는듸 민말직 듕아

人間離別 獨守空房 삼기신 부쳐 어늬 졀 法堂 卓子 우희 坎中連ᄒ

고 눈 말가ᄒ니 안ᄌ거늘 보왓는다 問노라 져 민말직 듕아

小僧은 아옵지 못ᄒ오니 上座누의야 알이니다 (1678)

松下一逕斜　　　　　　歸夢步步間

塵世別離恨　　　　　　爾其知耶不

爲言山僧縱不知　　　　聞道人間有是愁

(李基休,「短歌十九章」4,『不世堂集』)

松間 石室의 가 曉月을 보쟈ᄒ니

空山落葉의 길흘 엇지 아라볼고

아희야 白雲이 조츠오니 女蘿衣 무겁고야 (1683)

蒼凉曉月照人歸　　　　石室松關鎖翠微

落葉滿山無路入　　　　白雲肩重女蘿衣

(申緯,「小樂府四十首」13, 秋山淸曉,『小樂府四十首』가람본)

松壇에 잠든 鶴이 一陣霜風 쑴을 씨여
月下에 훌적 나니 九萬里에 길 여럿다
져 鶴아 룰이를 빌려라 六合 안에 로라보쟈 (1686)

松壇孤鶴夢三淸　　　驚立霜風警一聲
儵然半夜衝雲去　　　邈矣長空背月行
列仙誰命遨遊駕　　　大塊旁通浩蕩程
願爾借吾千歲翮　　　周流六合度平生

(趙榥,「酒老園擊壤歌」24,『三竹詞流』)

松壇에 잠든 鶴이 一陣霜風에 쑴을 씨야
月下에 훌적 나니 九萬里예 길 여럿다
저 鶴아 날릭을 빌려라 周流六合 허게시리 (1686 異本)

秋夜胎禽夢九天　　　霜風恰罷五更眠
騰時乍見衝雲去　　　唳處方知背月翩
大界端窮流顧眄　　　長空無碍任周旋
秪今最羨沖霄翼　　　願向丹廚晚學仙

(趙榥,「酒老園擊壤歌」21,『三竹詞流異本』)

松壇의 션즘 씨야 醉眼을 드러 보니
夕陽 浦口에 나드나니 白鷗ㅣ로다
아마도 이 江山 님즈는 나 쑨인가 ㅎ노라 (1685)

松壇新睡醒　　　　　望遠擡醉眸
夕陽依浦口　　　　　去來多白鷗
江山豈無主　　　　　我獨爲閑游

　　　　　(李敏輔,「余愛聽歌曲八章」2,『豐野集』)

睡罷松壇擡醉眸　　　　夕陽浦口下雙鷗
問此江山誰是主　　　　白鷗與我共分留

　　　(洪良浩,「靑丘短曲」16, 睡罷,『耳溪集』卷1,『靑丘短曲』)

門前流水　　　　　　水邊高臺
携酒獨上臺　　　　　雲水共徘徊
唯有兩兩白鷗　　　　終日飛去飛來

　　　(洪良浩,「靑丘短曲」13, 門前水,『耳溪集』卷1,『靑丘短曲』)

松壇睡罷醉眼看　　　　夕陽江邊白鷗飛
江山勝處我當主　　　　世上何人敢是非

　　　　(馬聖麟,「短歌解」, 古詩十七首 7,『安和堂私集』)

松壇悄眠覺　　　　　悠然擡醉眸
夕陽正浦口　　　　　來去自白鷗
若問江山主人　　　　非我更有疇

　　　　　(金養根,「東調」26,〈棲逸〉4,『東埜集』)

睡起松壇擡醉顏　　　　斜陽浦口白鷗還
如此江山誰是主　　　　知應惟我一人閒

　　　　　(鄭顯奭,「敎坊歌謠」15,『敎坊歌謠』)

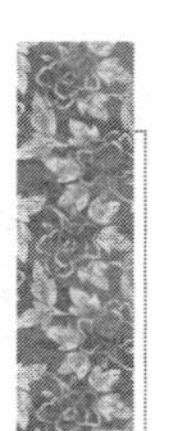

松林의 눈이 오니 가지마다 곳치로다

흔가지 것거내여 님 겨신틱 보내고져

님이 보신 후제야 노가디다 엇디리 (1688)

雪積松林樹樹花　　　　　貞姿聖質與誰賞

折寄伊人倘一看　　　　　這時消化了無妨

(吳憙常,「樂府」4, 玉壺氷,『樂府』高大本)

松山里 碧溪邊의 절로 즈란 고사리를

일 업시 노닐며서 것고 것고 다시 것거

朝夕에 비브로 먹으니 주릴 주리 이시랴 (『寬谷集』)

松山里碧溪邊　　　　　和露生軟蕨香

采采又采采　　　　　供朝夕腹

果然奈何餓死了

(金起泓,「寬谷八景歌」7, 右採薇療飢,『寬谷集』)

松下에 안즌 즁아 너 안즌지 몃 百年고

山路 險ᄒ더냐 갈길을 이젓ᄂ냐

안ᄭᆞ도 못ᄂᆞᄂᆞ 情은 나도 몰나 ᄒ노라 (1689)

松根坐憩僧　　　　　爾坐幾十年

我坐不必問　　　　　歸路杳無邊

欲去未能起　　　　　爾然我亦然

192

(任埏,「翻方曲」6,『厄齋遺稿』)

松下에 옷 버셔 걸고 물쇼릐여 누어시니
淸凉헌 이 世界에 三伏蒸炎 어듸 간고
世路에 衣冠粧束人은 져 더운 쥴 모로넌가 (1692)

繁陰不漏午暉晴	竟日忘形臥水聲
弄影足浸金鏡展	喚醒耳受玉珂鳴
自同列子冷然善	誰識三閭獨也淸
回耐世間名利窟	薰炎如鑠往來情

(趙榥,「酒老園擊壤歌」20,『三竹詞流』)

首陽山 ᄂ린 물이 夷齊의 寃淚ㅣ 되야
晝夜不息ᄒ고 여흘여흘 우는 쯧은
至今에 爲國忠誠을 못니 슬허 ᄒ노라 (1701)

首陽山下水	爲夷齊怨淚
晝夜不息	灘灘嗚咽意
至今爲國忠誠不盡鳴	

(李衡祥,「今俗行用歌曲」33, 淸聖悼,『芝嶺錄』)

樹陰에 옷 버서 걸고 물소릐여 누어시니
三伏暑 이즌 곳시 淸凉垆를 부를소냐

두어라 曝陽에 저 農夫는 病드는 줄 닉 아노라 (1692 異本)

繁陰沿水障烘陽	竟日臨流欲坐忘
足弄漣漪山影倒	神凝淅瀝澗聲凉
庚炎不到淸間界	午喝應多勢場
獨愛西疇耘耔侶	全身汗雨視爲常

(趙榥,「酒老園擊壤歌」20,『三竹詞流異本』)

수풀에 가마귀를 아히야 쯧지 마라
反哺孝養은 微物도 ᄒᆞᄂᆞᆫ고나
날又튼 孤露餘生이 져를 블워 ᄒᆞ노라 (『郞巖遺稿』)

林烏勿逐敎羣兒	微物亦知孝養慈
如我殘年孤露後	羨渠反哺不勝悲

(申孝善,「蓬萊樂府」8,『郞巖遺稿』)

叔程子 참 工夫을 中庸 一篇 네 알니라
子思 後 千餘年에 淵源 上接 허엿고나
어듸셔 才勝헌 文章 分明 樹黨 허단 말가 (1710)

體認中庸道在斯	眞源上接再傳時
門墻凍雪深三尺	笑鷃啁新集破籬

(趙榥,「箕裘謠」27,『三竹詞流異本』)

술 먹고 노는 일을 나도 왼줄 알건마는
信陵君 무덤 우희 밧가는 줄 못 보신가
百年이 亦草草ᄒ니 아니 놀고 엇지ᄒ리 (『靑丘永言』珍本 125)

飮酒遊亦知非   君不見

耕犂遍及信陵墳

百年苦草草   不遊何爲

(申欽, 「放翁詩餘」 10, 『靑丘永言』珍本)

술 먹고 비틀거름칠 제 술 먹지 말자 盟誓ᄒ엿더니
술 보고 안쥬 보니 밍세도 허ᄉ로다
아히야 술 갓득 부어라 밍세푸리 ᄒ자 (1722)

醉中側步劇迷昏   醒後深盟不把樽

及見酒肴盟亦悔   呼兒滿酌解盟言

(鄭顯奭, 「敎坊歌謠」 82, 『敎坊歌謠』)

술 먹지 마자ᄐ니 수리라셔 제 ᄯ로니
먹는 닉 왼지 ᄯ로난 술이 왼지
盞 잡고 들드려 뭇느니 뉘라 왼고 ᄒ노라 (1726)

酒兮我嗜不   酒也渠自隨

飮者我過不   隨者酒過不

且飮之且隨之   不知過者是疇

(金養根,「東調」45, 〈豪爽〉3,『東埜集』)

술아 너는 어니 흰 낫츨 붉키느니

흰 낫 붉키느니 白髮을 검기렴은

아마도 白髮 검은 약은 못엇들가 ᄒᆞ노라 (1730)

酒汝緣底事	換白面成朱顔
毋寧換白髮成黑頭	
倘能黑白髮	正長醉不醒

(黃胤錫,「古歌新翻續十四章」12,『頤齋亂稿』)

술을 醉케 먹고 두렷시 안자시니

億萬 시름이 가노라 下直ᄒᆞ다

아희야 盞 ᄀᆞ득 부어라 시름 餞送 ᄒᆞ리라 (1740)

醇醪大醉坐嵬然	億萬閒愁欲退前
敎汝山童頻擧酌	閒愁送餞去無邊

(元世洵,「續樂府引」6, 閒愁餞,『三家樂府』)

술이라 ᄒᆞᄂᆞᆫ 거시 어니 삼긴 거시완듸

一杯一杯復一杯ᄒᆞ면 恨者泄憂者樂에 扼腕者蹈舞ᄒᆞ고 呻吟者謳歌ᄒᆞ며 伯倫은 頌德ᄒᆞ고 嗣宗은 澆胸ᄒᆞ고 淵明은 葛巾素琴으로 眄庭柯而怡顔ᄒᆞ고 太白은 接䍦錦袍로 飛羽觴而醉月ᄒᆞ니

아마도 시름풀기는 술만흔 거시 업세라 (1742)

劉伶頌酒德　　　　　　淵明識酒趣

呻吟者謳歌　　　　　　憂惱者蹈舞

異哉食物中　　　　　　有此陶寫人性情

詞宗所以比聖賢　　　　太白所以同死生

就中何處最適意　　　　須向花前月下傾

(洪良浩, 「靑丘短曲」 39, 劉伶, 『耳溪集』 卷1, 『靑丘短曲』)

술이 몃 가지오 淸酒와 濁酒ㅣ로다

먹고 醉홀션정 淸濁이 관계ㅎ랴

둘 붉고 風淸한 밤이여니 아니 씬들 엇드리 (『靑丘永言』珍本 139)

酒有幾種　　　　　　淸兮又濁

得酒已矣　　　　　　淸濁何分

月白風淸　　　　　　惟醉無醒

(申欽, 「放翁詩餘」 24, 『靑丘永言』珍本)

술이 醉ㅎ거늘 松根을 벼고 누어

져근 듯 잠드러 씀씌야 도라보니

明月이 遠近芳草에 아니 비쵠 딕 업드라 (1745)

醉枕松根臥　　　　　　覺來仍忘返

忽然望江村　　　　　　明月無遠近

(李民宬,「聞人唱俚歌韻而詩之」6,『敬亭集』卷4)

슌풍이 죽다 ᄒ니 진실노 거즛마리
인셩이 지다 ᄒ니 진실노 오른 말리
쳔하 허다영ᄌᆡ을 소겨 말슴ᄒᆞᆯ가 (『海隱別稿』陶山十二曲 3)

淳風云亡	實僞言
人性云善	實是言
天下許多英材敢欺言爲	

(姜必孝,「陶山十二曲」3,『海隱別稿』卷1)

시리산 져 上峰의 반가올샤 上元들이
豊年 消息 씌여다가 내 窓압폐 전ᄒ엿다
아마도 이밤 조흔 景을 聖主ᄭᅴ 알일가 ᄒ로라 (『愛景堂遺稿』)

辭曰

節彼載山	上元好月些
喜占豊年	欲獻吾君些
樂矣乎	太平之樂感君恩些

詩曰

載山高處好看月	消息豊年夜色新
聖德太平深感祝	皇堯帝舜若相親

(南極曄,「愛景堂十二月歌」1, 載山望月章,『愛景堂遺稿』)

是非 업슨 後ㅣ라 榮辱이 다 不關타
琴書를 흐튼 後에 이 몸이 閑暇ᄒ다
白鷗ㅣ야 機事를 니즘은 너와 낸가 ᄒ노라 (『靑丘永言』珍本 129)

是非亡矣　　　　　　　榮辱何關
琴書散後此身閑
白鷗乎　　　　　　　　忘機吾與爾

(申欽,「放翁詩餘」14,『靑丘永言』珍本)

柴扉예 개 즛는다 이 山村의 긔 뉘 오리
댓닙 푸른듸 봄ㅅ새 울 소릭로다
아희야 날 推尋 오나든 採薇가다 ᄒ여라 (1767)

柴門雖有老尨吠　　　　山屋何人來尋
日午竹林鶴夢深
獨酌樽中酒　　　　　　有時撫素琴

(馬聖麟,「短歌解」, 長短詞十五首 4,『安和堂私集』)

柴桑里 五柳村에 陶處士의 몸이 되야
줄 업슨 거문고를 소릭 업시 집허시니
白鷗이 知音ᄒᄂ지 우즑우즑 ᄒ더라 (1768)

洞僻柴桑五柳村　　　　陶潛處士欲忘言
琴自無絃手自撫　　　　知音鷗鳥舞蹲蹲

(李裕元, 「小樂府」 36, 鷓鴣天, 『嘉梧藁略』)

侍下쩍 져근 고을 專城孝養 不足더니

오늘날 一道方伯 나 혼자 누리는고

三時로 食前方丈에 목 미치여 ᄒ로라 (『郎巖遺稿』)

侍下曾叨小邑時	專城不足養親時
方面今來吾獨享	滿盤哽咽對三時

(申孝善, 「蓬萊樂府」 6, 『郎巖遺稿』)

食色 雖重ᄒ나 亡身이 ᄯ 害ㅣ로쇠

言其重 不可無요 言其害 不可有ㅣ니

아마도 不厭不貪ᄒ오사 善養氣質일가 ᄒ노라 (『閒說堂遺稿』)

食色於人無亦難	因而滅性有爲難
難無難有中何得	不厭不貪是不難

(安昌後, 「閒說二十五並詩歌」 4, 食色, 『閒說堂遺稿』)

神農氏 嘗百草홀 제 萬病을 다 고치되

相思로 든 病은 百藥이 無効ㅣ로다

져 님아 널노 든 病이니 네 고칠가 ᄒ노라 (1783)

神農曾嘗百草根	廣濟天下萬人病

相思一病獨無醫　　　　　汝以妙藥活我病

(馬聖麟, 「戲贈美妓」, 古詩九首 8, 『安和堂私集』)

神仙을 보려ᄒ고 弱水를 건너가니

玉女金童이 다 나와 뭇ᄂ괴야

歲星이 어듸 나간고 긔 날인가 ᄒ노라 (『靑丘永言』珍本 126)

欲見神仙渡弱水

玉女金童來相問

歲星何所是吾身

(申欽, 「放翁詩餘」 11, 『靑丘永言』珍本)

莘野에 저 農夫야 天民先覺 네로고나

이 百姓 건지려니 三聘玉帛 마다 허랴

아마도 그 몸의 出處는 저 하날이 시기니라 (1790)

天民中有覺之先　　　　　樂處莘野百畝田

夏季蒼生時雨急　　　　　非因玉帛起幡然

(趙榥, 「箕裘謠」 4, 『三竹詞流』)

莘野에 져 農夫야 天民先覺 네로고나

이 百姓 살이려니 三聘玉帛 마다허랴

아마도 그 몸에 出處는 져 하날이 시기니라 (1790 異本)

天將降任覺之先　　　有待莘郊八口田

夏季民情時雨急　　　非因玉帛起幡然

(趙根, 「箕裘謠」 4, 『三竹詞流異本』)

心爲一身之主요 意爲有爲之臣이라

志因意而定立ᄒ고 氣得隨而發行ᄒ다

아마도 持其志오사 無暴其氣ㄹ가 ᄒ노라 (『閒說堂遺稿』)

心是一身賢主人　　　意兮萬事有謀臣

志能辨別公私立　　　氣意其直並得伸

(安昌後, 「閒說二十五並詩歌」 3, 心意志氣, 『閒說堂遺稿』)

十年 갈은 칼이 匣裡에 우노미라

關山을 ᄇ라보며 썩썩로 만져보니

丈夫의 爲國功勳을 어늬 썩에 들이올고 (1802)

十載劒磨匣裡吼　　　擧頭遙望玉關雲

丈夫爲國丹忱在　　　一戰何時定樹勳

(元世洵, 「續樂府引」 7, 丈夫劒, 『三家樂府』)

十年을 經營ᄒ야 草廬 한 間 지어닉니

半間은 淸風이요 半間은 明月이라

江山을 드릴 딕 업스니 둘너 두고 보리라 (1803)

十年經營久　　　　　　草屋一間設
半間清風在　　　　　　又半間明月
江山無置處　　　　　　屛簇左右列

(李衡祥,「浩歌謳」4, 陋巷樂,『瓶窩集』卷4,『更永錄』)

十年經營一間廬　　　　半間清風半間月
獨有江山無入處　　　　四圍置之眼前列

(馬聖麟,「短歌解」, 古詩十七首 1,『安和堂私集』)

靑山下綠水上　　　　　新成屋一間
半間淸風　　　　　　　又半間明月
江山無處貯　　　　　　環四面永相看

(黃胤錫,「古歌新翻續十四章」7,『頤齋亂稿』)

經營餘十載　　　　　　草廬一間纔成
半間藏好風　　　　　　又半間納月明
江山無入處　　　　　　左右畵屛橫

(金養根,「東調」29,〈棲逸〉7,『東埜集』)

經營兮十年　　　　　　作草堂兮三間
明月兮淸風　　　　　　咸收拾兮時完
惟江山兮無處納　　　　散而置兮觀之

(譯者未詳,「俛仰亭雜歌」2,『俛仰集』)

十五에 志于學ᄒ여 平天下늘 準的허고

鷄鳴起夜深寐ᄒ여 ᄂᆡ 道理만 ᄂᆡ 허거다
畢竟에 ᄂᆡ 道行不行은 時運所關이로고나 (1805)

宗聖萬世慮	爲傳大人學
我生三千載	篤信自總角
雖未壯而行	願言開後覺

(趙榥,「人道行」6,『三竹詞流』)

ᄲ사홈애 시비만 ᄒ고 公道是非 아닌ᄂᆞᆫ다
어이흔 時事 이ᄀᆞ티 되엿ᄂᆞᆫ고
水火도곤 깁고 더운 환이 날노 기러가노마라 (1419)

是兮非兮	競周容些
嗟嗟時事	胡至此些
以至夫如水火甚	吁可怕些

(李起渤,「憂國歌二十八章飜辭」25,『漆室遺稿』卷1)

ᄲ신남우 셜리입피 錦繡屛風 둘러 잇다
北嶽의 올나서셔 南浦을 ᄇᆞ라본이 志士悲秋 워인 말고
두어라 滿天肅氣에 늑는 거시 더옥 셥다 (『愛景堂遺稿』)

辭曰	
楓林霜葉	疑是錦繡屛些
北顧南望	志士胡然悲秋些

已矣乎　　　　　　　滿天肅氣老奈何些

詩曰

坐愛楓林霜葉晚　　　　冑峯特立錦屏中

曠懷多感登臨處　　　　志士悲秋萬古同

（南極曄,「愛景堂十二月歌」9, 北嶽丹楓章,『愛景堂遺稿』）

(ㅇ)

我東方 性理學에 鄭圃隱이 宗師로다

집집에 祠堂이요 골골마다 鄕校로다

아마도 善竹橋 千古血은 義理中에 元氣로다 (1809)

家廟鄕庠八域同	滄洲衣鉢出遼東
千秋善竹橋頭血	流出平生學力中

(趙榥,「箕裘謠」35,『三竹詞流』)

我東方 性理學에 圃隱公이 宗師로다

딥딥이 사당이오 골골마다 鄕校로다

아마도 善竹橋 千古血은 義理中에 元氣로다 (1809 異本)

家廟鄕庠八域同	滄洲衣鉢出遼東
千秋善竹橋頭血	流出平生學力中

(趙榥,「箕裘謠」35,『三竹詞流異本』)

아마도 太平홀슨 우리 君親 이 時節이야

聖主ㅣ 有德ᄒᆞ샤 國有風雲慶이오 雙親이 有福ᄒᆞ샤 家無桂玉愁ㅣ로다

億兆群生들이 年豊을 興계워 白酒黃鷄로 戲娛同樂ᄒᆞ더라 (1812)

太平時節　　　　　我君親無憂
聖主有德　　　　　國有風雲慶
兩親有福　　　　　家無桂玉愁
億兆蒼生　　　　　乘興連豊秋
白酒黃鷄　　　　　熙皡同樂遊

(鄭顯奭,「敎坊歌謠」11,『敎坊歌謠』)

峩眉山月 半輪秋와 赤壁江上 無限景을
蘇東坡 李謫仙이 놀고 남겨두온 쯧은
後世에 英雄豪傑노 놀고 가게 홈이라 (1814)

峨嵋山月壁江秋　　　無限風光不盡留
謫仙去後蘇仙又　　　付與詩人取次遊

(李裕元,「小樂府」25, 尋芳洲,『嘉梧藁略』)

峨嵋山月半輪秋　　　赤壁江中風景留
蘇老李仙遊不盡　　　長敎騷人續前遊

(鄭顯奭,「敎坊歌謠」73,『敎坊歌謠』)

아바님 날 나ᄒ시고 어마님 날 기르시니
두 분곳 아니시면 이몸이 사라실가
한늘 ᄀᄐ 　업슨 은덕을 어듸 다혀 갑스오리 (1817)

父兮生我母兮育　　　不有雙親孰止慈

嗚呼罔極如天德　　　　　其奈無緣報答爲

(李槼,「飜訓民歌十八章」1, 父義母慈,『茅山亭遺稿』)

生我者父親　　　　　育我者母親

苟非我父母　　　　　夫焉有此身

昊天難報恩　　　　　明發懷二人

(金養根,「東調」1,〈五倫〉1,『東埜集』)

父兮曰我生　　　　　母兮曰我養

如非我父母　　　　　此身豈生長

如天此恩德　　　　　於何報罍蜉

(宋達洙,「訓民歌飜辭」1,『守宗齋集』)

阿爸兮生我　　　　　阿孃兮育我

苟非兩恩德兮　　　　而此身兮生孃

如天罔極恩德　　　　于何可準兮爲報

(譯者未詳,「五倫歌」1, 父子有親,『俛仰集』)

我 聖祖積德ᄋ로 餘慶千世 ᄒᆞᆸ시니

先王도 效則ᄒᆞ샤 順天命ᄒᆞ시니다

聖主ᄂᆞᆫ 이 ᄯᅳᆺ 알ᄅᆞ샤 千萬疑心 말ᄅᆞ쇼셔 (1825)

聖祖懋德　　　　　積餘慶些

先王是則　　　　　順天命些

聖上兮其鑑于兹　　　不惷忘些

(李起渤,「憂國歌二十八章飜辭」24,『漆室遺稿』卷1)

아츰은 비 오드니 느지니는 브람이로다

千里萬里ㅅ길헤 風雨는 무스 일고

두어라 黃昏이 머럿거니 수여간들 엇드리 (『靑丘永言』珍本 130)

朝雨晩風

千里萬里　　　　　　　風雨何爲

黃昏尙遠　　　　　　　休歇歸止

(申欽,「放翁詩餘」15,『靑丘永言』珍本)

아히도 採薇가고 竹林이 뷔여셰라

헤친 碁局을 뉘라셔 주어 주리

취ᄒ여 松根을 지혀시니 날 새는 줄 몰래라 (1839)

童子採藥去　　　　　　竹亭當午空

散落彼碁局　　　　　　孰收松桂叢

巢鶴待丹成　　　　　　來報川石東

(李衡祥,「浩嘷謳」8, 邀仙檄,『甁窩集』卷4,『更永錄』)

아히야 구벅망태 어두 西山의 날 늣거다

밤 디낸 고사리 ᄒ마 아니 늘그리야

이 몸이 이 프새 아니면 됴셕 어이 디내리 (1842)

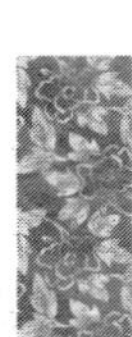

呼兒先問有無筐　　　　　回首西山晚日長

怕夜來薇蕨老只　　　　　只緣朝夕不盈腸

(趙存性,「呼兒曲四調」1, 西山採薇,『龍湖稿』,『珍本靑丘永言』)

呼兒先問有無筐　　　　　回首西山晚日長

却怕夜來薇蕨老　　　　　只緣朝夕不盈腸

(趙存性,「呼兒曲四調」1, 西山採薇,『海東歌謠』朴氏本)

아히야 되롱삿갓 출화 東澗에 비 디거다

기내 긴 낙대예 비늘 업슨 낙시 미야

뎌 고기 놀라디 마오랴 내 興 계워 ᄒ노라 (1845)

呼兒將出綠簑衣　　　　　東澗春霏灑石磯

籧篨竹竿魚自在　　　　　爲他溪老已忘機

(趙存性,「呼兒曲四調」2, 東澗觀魚,『龍湖稿』,『珍本靑丘永言』,『海東歌
謠』朴氏本)

아히야 쇼 먹여 내여 北郭의 새 술 먹쟈

大醉ᄒ 얼구를 들비치 시러 오니

어주버 羲皇上人을 오늘 다시 보와다 (1847)

呼兒騎犢過前川　　　　　北郭新醪正似泉

大醉浪吟牛背月　　　　　恍然身在伏羲天

(趙存性,「呼兒曲四調」4, 北郭醉歸,『龍湖稿』,『珍本靑丘永言』,『海東歌
謠』朴氏本)

210

아희야 네 어듸 사노 늬 말슴이요 강변 사오

강변셔 무엇ᄒ노 고기 잡아 싱익ᄒ오

네 싱익 좀두 됴쿠나 나도 함ᄭᅴ (1844)

爾何居江居且

爾何事漁魚且

吾亦汝偕且

(李衡祥, 「今俗行用歌曲」 27, 漁父約, 『芝嶺錄』)

借問爾何居	竭來江居且
又問爾何業	無事魚漁且
心精不外役	吾亦爾偕且

(李衡祥, 「浩皤謳」 6, 漁父約, 『甁窩集』 卷4, 『更永錄』)

아희야 쥭조반 다오 南畝의 일만 해라

서루룬 싸부를 눌 마조자브려뇨

두어라 聖世躬畊도 亦君恩이시니라 (1850)

呼兒曉起促盤飡	南畝春深事已殷
欲把犁鉏誰與耦	聖時農圃亦君恩

(趙存性, 「呼兒曲四調」 3, 南畝躬耕, 『龍湖稿』, 『珍本靑丘永言』, 『海東歌
謠』朴氏本)

安樂窩 老先生이 靜裏乾坤 高臥ᄒ여

太和陽 三四甌로 風花雪月 品題허니

千古에 巍巍헌 늬 벗슨 堯夫一人이로고나 (1859)

生際太平宋德隆	素心自許許由同
王金霸鐵從頭析	月窟天根到底通
身處圖書先後際	神遊元會往來中
四時佳興吾誰與	尙友千秋一邵翁

(趙榥,「酒老園擊壤歌」10,『三竹詞流』)

安樂窩 老先生이 風雨寒暑 깁히 안저
靜裡乾坤 俯仰ᄒ며 四時佳興 吟咏ᄒ니
千載예 梧桐月 楊柳風이 一般意思 늬로고나 (1860)

太平翁處小窩深	參酌乾坤造化心
靜裡起居關變理	畫前象數漫胸襟
鶯花水竹資安樂	梧月楊風供弄□
邈矣企予千載上	四時佳興續餘音

(趙榥,「酒老園擊壤歌」10,『三竹詞流異本』)

顔淵이 竊飯허며 曾子殺人 허단말가
支離헌 늬 生前에 免헐 길이 업스리라
언제나 聖靈이 도라보셔 이 魂魄을 부르실고 (1865)

竊飯譏亞聖	投杼疑孝子
遲遲吾一生	衆咻當若是

惟俟吾聖靈　　　　　　　　招魂到闕里

(趙榥,「秉彝吟」18,『三竹詞流異本』)

알고 그린는가 모로고 그린는가

아니 알오도 모로노라 그린는가

眞實로 알고 그리면 닐너 무슴 ㅎ리요 (1866)

彼人是哉　　　　　　　　子曰何些

乃如之人　　　　　　　　終莫悟些

苟使焉知而然矣　　　　　夫何言些

(李起渤,「憂國歌二十八章飜辭」22,『漆室遺稿』卷1)

謁聖試 된다 허니 夢中受教 잇씌로다

請額疏 손에 잡고 多士伏閣 經紀터니

이 時節 洋波가 汎濫허니 必敗大事 허리로다 (1869)

吾王初謁聖　　　　　　　多士例觀光

回憶昔夜夢　　　　　　　倘爲今日場

草成請額疏　　　　　　　設施已半强

那知邪魔窟　　　　　　　流言徹廟堂

(趙榥,「秉彝吟」14,『三竹詞流』)

謁聖試 된다 허니 夢中受教 이 씌로다

儒疏草 손에 잡고 當日伏地 허랴더니
오늘날 傳敎로 뫼셔가니 늬 相禮를 무엇헌고 (1869 異本)

嗣王將謁聖　　　　　　昔夢此其時
手草儒生疏　　　　　　輦路以爲期
宣麻移奉去　　　　　　我何相禮爲

(趙榥,「秉彛吟」13,『三竹詞流異本』)

岩畔 雪中孤竹 반갑고도 반가왜라
뭇노라 孤竹아 孤竹君의 네 엇던넌다
首陽山 萬古淸風에 夷齊본 듯 ᄒ여라 (1871)

岩畔彼孤竹　　　　　　有心如抱寃
我問爾世系　　　　　　孤竹君之幾代孫
首陽山萬古淸風　　　　如見二公

(李衡祥,「今俗行用歌曲」39, 孤竹誅,『芝嶺錄』)

巖上 松柏들히 草木과 섯거디여
饕風 虐雪의 속절업시 늙거간다
우리도 太平烟月의 늙는 주를 모ᄅ리라 (『寬谷集』)

巖上松柏長　　　　　　草木雜生長
饕風虐雪空自老
今余太平烟月　　　　　不知老將至

(金起泓, 「寬谷八景歌」 2, 右巖上松柏, 『寬谷集』)

압못셰 든 고기들아 네와 든다 뉘 너를 몰아다가 엿커를 잡히여 든다
北海淸소 어듸 두고 이 못싀 와 든다
들고도 못나는 情이야 네오늬오 다로랴 (1879)

魚入我池中	可憐誰驅汝
魚言無人驅	一來不復去

(柳得恭, 「東人之歌」 8, 『古芸堂筆記』天理大本)

애돌을슨 사람일다 일편단심 그 뉘 알리
위국일ᄉ는 알암즉도 ᄒ건만은
알고도 모로는 체ᄒ니 그를 셜워 ᄒ노라 (『漫錄』)

慷慨哉人兮	一片丹心誰復知
爲國一死	庶幾乎知
知而不之知	是以悲之

(李森, 「聖主鴻恩歌」 2, 『白日軒遺集』, 『漫錄』)

愛而知其惡ᄒ고 惡而知其善ᄒ면
中心이 至公ᄒ야 是非分明ᄒ오리라
엇지타 末世言論은 阿於所好ᄒ는게야 (『聞說堂遺稿』)

愛之知惡愛爲公　　　　　　惡又記賢惡亦公
今世人多阿所好　　　　　　譽惟私也毀何公

(安昌後,「閒說二十五並詩歌」7, 愛惡以公,『閒說堂遺稿』)

藥山東臺 여지러진 바위 꼿슬 썩어 籌를 노며 無盡無盡 먹수이다 人生 한 번 도라가면 다시 오기 어려워라 勸홀적에 잡으시요 百年 假使人人壽라도 憂樂을 中分未百年을 勸홀머듸 잡으시요 羽曰壯士 鴻門樊噲斗巵酒를 能飮ᄒ되 이 술 흔잔 못 먹엇네

勸홀적에 잡으시요 勸君更進一盃酒ᄒ니 西出陽關無故人을 勸홀머듸 잡으시오 (1888)

藥山東畔缺巖頭　　　　　　折得花枝作酒籌
假使人生能百歲　　　　　　一分歡樂九分憂

(權用正,「東謳」9,『東謳』)

藥山東臺缺巖　　　　　　折花爲籌
無窮無盡飮[餘不盡記]

(鄭顯奭,「勸酒歌」6,『敎坊歌謠』)

藥山銅臺虧巖上　　　　　　折花作籌飮無窮
俄忽一番瞑目後　　　　　　更無爲樂恨無終

(陸用鼎,「漢城花柳歌」10,『宜田續稿』)

兩生이 그 뉘런고 眞實로 高士ㅣ로다

秦呯의 일흠 업고 漢呯의 아니나니
엇덧타 叔孫通은 오다말라ᄒᆞᄂᆞᆫ고 (『靑丘永言』珍本 120)

兩生其誰	正是高士
秦時無名	漢時不出
是何物	叔孫通使來不來

(申欽,「放翁詩餘」5,『靑丘永言』珍本)

양ᄒᆞ고 양ᄒᆞ쇼셔 졍시예 양ᄒᆞ쇼셔
졔사ᄂᆞ 탁타홈과 알묘도 우으오니
된ᄂᆞᆫ 것 안보ᄒᆞ샤 여희디를 마ᄅᆞ쇼셔 (1900)

養之復養之	靜時須養哉
齊山濯可哀	宋苗揠堪咍
惺惺保固有	暫離便寇來
寂感致中和	聖孫爲繼開

(周世鵬,「靜養吟」,『竹溪志』,『海東雜錄』)

어버이 사라신제 셤길 일란 다 ᄒᆞ여라
디나간 휘면 애ᄃᆞ라 엇디ᄒᆞ리
평ᄉᆡᆼ애 고텨못ᄒᆞᆯ 이리 잇ᄲᅮᆫ인가 ᄒᆞ노라 (1918)

| 親年脩短有誰知 | 先事生前是謂孝 |
| 也識世人難再事 | 春輝報得寸心效 |

(李縈,「飜訓民歌十八章」4, 子孝,『茅山亭遺稿』)

迨我親在堂	謂當善事之
於焉過了後	雖悔亦何追
生平不可復	只此而已哉

(宋達洙,「訓民歌飜辭」4,『守宗齋集』)

어버이 子息ᄉ이 하늘 삼긴 至親이라
부모 곳 아니면 이 몸이 이실소냐
烏鳥도 反哺를 ᄒ니 父母孝道 ᄒ여라 (1919)

父母之於子	是爲天屬親
罔極父母恩	懇懃貽我身
反哺猶烏鳥	願言孝養人

(金養根,「東調」2,〈五倫〉2,『東埜集』)

어와 可笑로다 人間事 可笑로다
모업시 궁그러 是非을 아니ᄒ다
아모나 公道을 직킈여 모나본들 엇더ᄒ리 (1923)

笑矣乎	笑矣乎些
是非摸稜	笑矣乎些
夫孰能練要脩姱	方不圓些

(李起渤,「憂國歌二十八章飜辭」20,『漆室遺稿』卷1)

어와 거주일이 金銀玉帛 거주일이
長安百萬家의 누고 누고 딘녀는고
어즈아 壬辰年 뜻 글이되니 거즛일만 여기노라 (1924)

　　滿堂兮金玉　　　　　　揔浮漚些
　　從古而今　　　　　　　夫孰守些
　　曷觀夫壬辰兵燹　　　　蕩無有些

(李起渤,「憂國歌二十八章飜辭」27,『漆室遺稿』卷1)

어와 뎌 족해야 밥업시 엇디홀소
어와 뎌 아자바 옷 업시 엇디홀소
미흔 일 다 닐러스라 돌보고져 ㅎ노라 (1955)

　　無衣無食互爲憂　　　　叔姪親情必欲救
　　此外諸般艱苟事　　　　亦皆相恤與之佑

(李檠,「飜訓民歌十八章」11, 貧窮患難親戚相救,『茅山亭遺稿』)

　　噫彼之姪兮　　　　　　艱食何所資
　　噫彼之叔兮　　　　　　無衣且何爲
　　隨事更相告　　　　　　願言顧助之

(宋達洙,「訓民歌飜辭」11,『守宗齋集』)

어와 버힐시고 落落長松 버힐시고
져근덧 두던들 棟樑材 되리러니

어즈버 明堂이 기울거든 므서스로 바티려뇨 (1933)

【參考】1

엇그제 버힌 남기 백측장속 아니런가

져근덧 두엇들들 동량지 되리리니

이 뒤 명당이 기울면 어나 남기 밧치리 (『河西先生續集』)

【參考】2

베엿도다 베엿도다 落落長松 베엿도다

됴곰 두엇던들 棟樑之材 되올너니라

吁嗟홉다 大廈 기우런진들 그 무어스로 기동홀고 (『龜巖先生集』)

長松百尺棟樑材	斬伐那堪委草萊
大廈如傾誰作柱	長歌甚哭至今哀

(徐鳳翎, 「檃栝河西哭錦湖哀歌」1, 『梅壑先生遺稿』卷1)

宇宙棟梁誰斬伐	風顚楠樹泣詩翁
長歌哀怨聲逾哭	千載何人不淚濛

(徐鳳翎, 「檃栝河西哭錦湖哀歌」2, 『梅壑先生遺稿』卷1)

明堂若柱誰梁棟	百尺長松一夜顚
更覺長歌甚痛哭	至今哀唱似當年

(徐鳳翎, 「檃栝河西哭錦湖哀歌」3, 『梅壑先生遺稿』卷1)

昨日伐了木	百尺長松非也歟
若使小焉在	可作棟樑材

此後明堂傾矣　　　　　　于何以支之

(崔瑞琳,「悼林士遂冤死歌」,『河西先生續集』)

伐之耳伐之耳　　　　落落長松伐之耳

少焉頃置之　　　　　棟樑之材成之耳

吁嗟大廈傾之　　　　式于何以柱之

(譯者未詳,「長松歌」,『龜巖先生集』卷1,『龜巖先生年譜』卷2 附錄,『大麓誌』)

伐之了　　　　　　　　伐之了

落落長松

(譯者未詳,「長松歌」初章,『木川邑誌』金忠甲條)

어와 셜운디오 싱각거든 셜운디오

國家艱危를 알니 업서 셜운디오

아모나 이 艱危 알아 九重天의 슬오쇼셔 (1945)

心之悲矣　　　　　　思之愈悲些

國家艱危　　　　　　知無人些

夫孰能知此艱危　　　奏吾君些

(李起渤,「憂國歌二十八章飜辭」6,『漆室遺稿』卷1)

어우화 날 속여고 秋月春風이 날 속여고

節節이 도라오미 有信이 너엿써니

白髮은 날 다 맛지고 少年 좃ᄎ 니거다 (1926)

秋月春風來有期　　　　認他有信竟全欺
只將白髮傳於我　　　　從彼少年都去之

(鄭顯奭,「敎坊歌謠」71,『敎坊歌謠』)

어지 굼든 마리 ᄒ마 오늘 다 늙거다
鏡裡衰容이 이 어인 늘그니오
넘겨서 뉜다 하셔든 내 내로라 ᄒ리라 (1967)

昨日靑絲髮　　　　今朝盡成雪
借問明鏡中　　　　何處此老翁
忽憶少年事　　　　行樂夢裏似

(南夏正,「桐巢樂府」9,『桐巢遺稿』)

昨日靑雲髮　　　　未必今日皓
鏡裏一衰容　　　　不知此何老
佳人若問爾爲誰　　　　只道我是我乎而

(南肅寬,「短謠」7, 歎老詞,『八灘公遺稿』)

어지도 亂醉ᄒ고 오늘도 술이로다
그적의 ᄭ엿든지 긋그제는 뉘 몰ᄂ라
來日은 西湖에 벗 오마니 ᄭᆯ쏭말쏭 ᄒ여라 (1970)

昨日沈酣今日醉　　　　茫然大昨醉醒疑
明朝客有西湖約　　　　不醉無醒兩未知

(申緯, 「小樂府四十首」 21, 醉不願醒, 『小樂府四十首』 가람본)

어젯밤 눈온 後에 들이 조차 비최엿다

눈後 들빗치 물그미 그지업다

엇더타 天末浮雲은 오락가락ᄒᆞ노뇨 (『靑丘永言』珍本 121)

昨夜雪後　　　　　月又來照之

雪上月色兮　　　　淸光十分

底事天末　　　　　浮雲往來

(申欽, 「放翁詩餘」 6, 『靑丘永言』珍本)

어젯밤 비온 후에 石榴곳이 다 픠엿다

芙蓉塘畔에 水晶簾을 거더두고

눌 向흔 기픈 시름을 못내 프러ᄒᆞ노뇨 (『靑丘永言』珍本 133)

昨夜雨　　　　　　石榴花開

芙蓉塘畔　　　　　捲起水晶簾

等閑愁爲誰苦

(申欽, 「放翁詩餘」 18, 『靑丘永言』珍本)

前宵臥聽雨聲流　　　開盡堦邊安石榴

簾掛芙蓉堂上月　　　與誰今夕作淸遊

(鄭顯奭, 「敎坊歌謠」 39, 『敎坊歌謠』)

億萬年 俎豆所늘 鄕校舊基 更卜허니
左龍潭 右虎池며 周峰孔齋 面背로다
엇지타 져러헌 勝地가 洋徒巢窟되얏던고 (1986)

吾聖安靈地	來卜舊州庠
龍潭交虎池	有村號花堂
周峰與孔齋	名義亦相當
如何此名區	久作邪敎場

(趙槻,「秉彝吟」11,『三竹詞流』)

言約이 느져가니 碧桃花도 다 지거다
아츰에 우는 가치 有信타 ᄒ랴마는
그러나 鏡中蛾眉를 다스려나 보리라 (1989)

佳期晼晚春將暮	看看桃花已盡飛
朝鵲俄鳴雖未信	聊爲鸞鏡理蛾眉

(李裕承,「續小樂府」4, 靈鵲報喜,『三家樂府』)

與君言約晚違時	庭畔梅花盡落枝
朝日鵲鳴知有信	試將寶鏡理蛾眉

(鄭顯奭,「敎坊歌謠」53,『敎坊歌謠』)

言人過後患何늘 孟夫子의 垂訓이요
卽其新不究舊늘 韓昌藜의 至論이라

이 말숨 시힝ᄒ면 身不危俗淳厚 ᄒ오리라 (『閒說堂遺稿』)

人過耳聞口莫說　　　　聖人有訓戒招嗔
卽其新也無追舊　　　　處世無危俗亦淳

　　(安昌後, 「閒說二十五並詩歌」 6, 謹身以約接人以厚, 『閒說堂遺稿』)

얼일샤 져 鵬鳥ㅣ야 읏노라 져 鵬鳥ㅣ야
九萬里 長天에 무스 일로 올라간다
굴헝에 볍새 춤새ᄂ 못내 즐겨ᄒᄂ다 (『靑丘永言』珍本 127)

痴乎鵬鳥　　　　　　强乎鵬鳥
九萬里長天　　　　　爾胡爲
溝壑槍楡　　　　　　彼微禽兮

　　　(申欽, 「放翁詩餘」 12, 『靑丘永言』珍本)

엇그졔 버힌 남기 백측장속 아니런가
져근덧 두엇들들 동량지 되리리니
이 뒤 명당이 기울면 어나 남기 밧치리 (『河西先生續集』)

昨日伐了木　　　　　百尺長松非也歟
若使小焉在　　　　　可作棟樑材
此後明堂傾矣　　　　于何以支之

　　　(崔瑞琳, 「悼林士遂寃死歌」, 『河西先生續集』)

礪山端川 썩갈나무 입도 새로 속립 나니
쵸마섿 졸나매고 前에 ᄒ든 行實 버리자 하얏드니
밤이면 궁벅국새 우는 소릭에 바릴지 말씨 (2012)

靑靑楊柳鵁鳩鳴　　　　駘蕩韶華弱女情
束帶心盟前習棄　　　　園禽挑出兩三聲

(元世洵,「續樂府引」14, 春禽挑,『三家樂府』)

연하로 집을 삼고 풍월로 벗들 삼아
틱평셩듸예 병으로 늘거 가니
이 듕의 ᄇ라는 일 허물이 업고져 (『海隱別稿』陶山十二曲 2)

煙霞爲家　　　　　　　風月爲友
太平聖代病老去
此中望底事欲無過了

(姜必孝,「陶山十二曲」2,『海隱別稿』卷1)

五曲은 어딕믜오 隱屛이 보기 됴타
水邊精舍은 瀟灑흠도 ᄀ이업다
이 中에 講學도 ᄒ려니와 咏月吟風 ᄒ리라 (2050)

五曲何處是　　　　　　隱屛最好看
水邊精舍在　　　　　　瀟灑意無極
箇中常講學　　　　　　詠月且吟風

(宋時烈,「高山九曲歌詩」6,『栗谷全書』卷2・「高山九曲歌飜文」6,『宋
書拾遺』卷7)

古廟前頭玉作屛　　　　高臺鐵笛最堪聽
溪山亦有集成地　　　　將向沙邊更築亭

（李夏朝,「石潭九曲用曲名中一字」5, 隱屛,『三秀軒稿』卷2）

五曲丹靑古廟深　　　　庭前槐木儼成林
山高水濶徘徊地　　　　誰識先生一片心

（李夏朝,「高山景行之思」6, 隱屛,『三秀軒稿』卷2,『樂府』高大本）

五曲先生坐處深　　　　水邊精舍有斯林
風淸月白良宵永　　　　不盡先生講學心

（權燮,「翻栗翁高山九曲歌用武夷櫂歌韻」6, 隱屛,『玉所藏杏』,『玉所
集』卷1）

五曲雲煙深復深　　　　武夷精舍此山林
儵然杖屨淸溪上　　　　誰會吟風詠月心

（金壽增,「石潭第五曲」,『谷雲集』）

五曲은 어드메오 이 어인 權소ㅣ런고
일흠이 偶然ᄒᆞᆫ가 化翁이 기드린가
이 中의 左右村落의 살아볼가 ᄒᆞ노라 (『玉所藏杏』)

一江流到是湖深　　　　南北村籬處處林

地設斯區天似待　　　　　是翁長有小廬心

(權燮,「黃江九曲歌」6, 權湖,『玉所藏岾』,『玉所集』卷1)

오늘도 다 새거다 호믜 메고 가쟈스라

내 논 다 미여든 네 논 졈 미어주마

올 길혜 뽕 따다가 누에 먹겨 보쟈스라 (2052)

東嶺且看日已出　　　　　西疇爭往務農桑

乃知民事無如豫　　　　　熟讀豳風戒不忘

(李縡,「飜訓民歌十八章」13, 無惰農桑,『茅山亭遺稿』)

兒兮日之曙　　　　　荷耡南畝去

麥畦當先薅　　　　　秧田次可除

歸時採桑城南　　　　　持與少婦飼蠶

(洪良浩,「靑丘短曲」1, 日之曙,『耳溪集』卷1,『靑丘短曲』)

今日亦已明　　　　　及爾荷鋤去

我田如盡耘　　　　　爾田且相助

歸路採桑葉　　　　　聊爲養蠶具

(宋達洙,「訓民歌飜辭」13,『守宗齋集』)

오늘도 聖恩이요 뉘일도 聖恩이라

百年 三萬六千日이 날날마다 聖恩이라

아마도 向國 一片丹心은 흰날이 天中에 들련는가 ᄒ로라 (2053)

今日聖恩　　　　　　　　明日聖恩
百年三萬六千日　　　　　日日聖恩
阿嘛道向國一片丹心　　　白日天中懸

(梁周翊,「感聖恩歌五疊」2,『無極集』)

오늘도 져무러지게 졈을면은 쉬리로다 쉬면 이 님 가리로다
가면 못보려니 못보면 그리려니 그리면 應當 病들려니 病곳 들면
못 살니로다
病드러 못살 줄 알면 자고나 간들 어더리 (2054)

別後當相思　　　　　　　相思詎無病
病者所不活　　　　　　　莫如今夜竟

(柳得恭,「東人之歌」14,『古芸堂筆記』天理大本)

今又黃昏昏又曉　　　　　相思應病病應休
情知病後無醫法　　　　　那不留郎一日游

(權用正,「東謳」26,『東謳』)

今日暮暮則曉　　　　　　曉則君去
君去則不見　　　　　　　不見則思
思應生病　　　　　　　　生病則不生
若知生病不生　　　　　　則宿而去

(鄭顯奭,「教坊歌謠」96,『教坊歌謠』)

오늘이 오늘이쇼셔 每日의 오늘이쇼셔

져므려지도 새지도 마르시고

미양에 晝夜長常에 오늘이 오늘이쇼셔 (2063)

今日復今日　　　　　明朝亦今日

每日若今日　　　　　何爲愁不樂

(柳馨遠,「翻俗歌」4,『磻溪逸稿』)

今日是今日　　　　　每日如今日

日暮復日出　　　　　每日晝夜長

常爲今日

(任埏,「夜坐聞歌漫筆翻錄」7,『厄齋遺稿』)

今日是今日　　　　　明日是今日

朝朝復暮暮　　　　　今日只是一

(柳得恭,「東人之歌」5,『古芸堂筆記』天理大本)

梧桐에 雨滴ᄒ니 五絃을 잉이ᄂ는듯

竹葉에 風動ᄒ니 楚漢이 셧도ᄂ는듯

金樽에 月光明ᄒ니 李白본 듯 ᄒ여라 (2070)

梧桐雨滴　　　　　舜琴如鳴

竹林風動　　　　　楚漢如爭

金樽月白　　　　　如見李白

(李衡祥,「今俗行用歌曲」28, 夜坐興,『芝嶺錄』)

오동추야 맑은 달에 임생각이 새로워라

[중략]

일조낭군 이별후에 소식조차 영절하니

오늘이나 들어올가 내일이나 기별이 올가

일월무정 졀노가니 옥안빈공노로다

오동추야 셩긴비에 밤은 어이 더듸가고

녹양방초 졈운날에 해는 어이 슈이가노

이내 상사 알으시면 임도 나를 그리리라 (상사별곡)

<blockquote>

梧桐秋夜月明時　　　　對月依依我所思

思君君亦思吾否　　　　此夜君心未可知

(權用正,「東謳」18,『東謳』)

</blockquote>

五百年都邑地을 匹馬로 도라드니

山川은 依舊ㅎ되 人傑은 간듸 업다

어즈버 太平烟月이 꿈이런가 ㅎ노라 (2079)

<blockquote>

五百年都邑地　　　　匹馬歸來兮

山川依舊　　　　　　人傑何所之兮

已矣哉故國興亡　　　問之何爲兮

(柳夢寅,「五百年前都邑地」,『於于野談』)

</blockquote>

五星이 聚奎運에 周茂叔이 쳐음 나셔

太極通書 압희 놋고 無邊風月 吟弄헐져

하랄이 程太中 보닉여 子弟付托 ᄒ시니라 (2080)

奎華休運啓文明　　　　先覺濂翁見道精
太極圖中無盡意　　　　河南繼作兩先生

(趙榥,「箕裘謠」27,『三竹詞流』)

五星이 聚奎 後에 周茂叔이 쳐음 나셔
太極圖 거러노코 無邊風月 吟弄헐 졔
하나리 程太中 보닉여셔 子弟 부탁허시니라 (2080 異本)

五星運啓愛蓮翁　　　　無極堂深玩變通
風月隨人吟弄去　　　　至今先數太中功

(趙榥,「箕裘謠」26,『三竹詞流異本』)

五丈原 秋夜月에 어엿불슨 諸葛武侯
竭忠報國다가 將星이 써러지니
至今에 兩表忠言을 못닉 슬허 ᄒ노라 (2086)

五丈原頭秋夜月　　　　可憐諸葛武侯
竭忠報國將星流
至今魚腹浦　　　　　　風雨使人愁

(馬聖麟,「短歌解」, 長短詞十五首 1,『安和堂私集』)

玉도치 돌도치니 믜듸던지 月中桂樹나 남기니 시위도다
廣寒殿 뒷 뫼에 존다북소서리어든 아니어든 져 못ᄒ랴
이들이 기믜곳 업ᄉ면 님 뵈온 듯 ᄒ여라 (2096)

玉斧年多鈍却鋩　　　　月中桂樹韌難當
廣寒殿後聚靑葉　　　　能使繁陰翳放光

(申緯,「小樂府四十首」14, 玉斧桂樹,『小樂府四十首』가람본)

玉顔을 相對ᄒ니 如雲間之明月이요
朱脣을 半開ᄒ니 若水中之蓮花로다
두어라 雲間明月 水中蓮花을 애길새라 (『樂府』羅孫本 799)

玉顔相對月雲間　　　　出水芙蓉一點斑
肯放他人獨管領　　　　阿儂亦是意中還

(李裕元,「小樂府」2, 荷葉杯,『嘉梧藁略』)

玉을 돌이라ᄒ니 그려도 이드릭라
博物君子는 아ᄂ 法 잇건마ᄂ
알고도 모로ᄂ체ᄒ니 글노 슬허 ᄒ노라 (2115)

謂玉爲石　　　　其可惜兮
彼博物子　　　　猶或識之
識而不知　　　　我心割兮

(柳馨遠,「翻俗歌」2,『磻溪逸稿』)

喚玉爲石　　　　　　　雖然可慨

博物君子　　　　　　　識見應在

知而不知　　　　　　　是以傷之

(李衡祥,「今俗行用歌曲」29, 荊玉寃,『芝嶺錄』)

王祥의 鯉魚 잡고 孟宗의 竹筍 꺽거

검던 멀리 희도록 老萊子의 오슬 입고

一生애 養志誠孝를 曾子▽치 ᄒ리이다 (2139)

釣得王祥鯉　　　　　　寒來孟宗笋

玄髮直至白　　　　　　且着老萊裾

平生養志孝　　　　　　曾子以爲準

(金養根,「東調」3,〈五倫〉3,『東埜集』)

王祥氷鯉孟宗筍　　　　白髮萊衣昔黑鬚

百行之源天下尊　　　　一生養志事曾閔

(李裕元,「小樂府」12, 生査子,『嘉梧藁略』)

氷裏捉來王子鯉　　　　雪中折取孟宗筍

皤皤猶作斑衣舞　　　　眷眷不忘養志訓

(吳憙常,「樂府」1, 百行源,『樂府』高大本)

외야도 올타ᄒ고 올희여도 외다ᄒ니

世上人事를 아마도 모를노다

출하리 닉 외체ᄒ고 남을 올타 ᄒ리라 (2142)

非亦是　　　　　　　　是亦非

世上人事已矣哉　　　　儂不知

從此後　　　　　　　　且是他人儂自非

(黃胤錫, 「古歌新翻續十四章」 4, 『頤齋亂稿』)

요 내 가삼 썩은 피로 님의 畵像 그려내여

나 자는 머리 밑에 족자 삼아 걸어두고

밤듕만 님 생각 날 제 처다뷜가 하노라 (『朝鮮歌謠集成』)

軟腸消盡血成痕　　　　畵出金屛枕外存

月落紗窓燈欲滅　　　　相思時復使儂翻

(譯者未詳, 「小樂府五十首附十首」 4, 春風面, 『朝鮮歌謠集成』)

繞粉墻琪樹參差ᄒ고 映綠波彩閣玲瓏이라

一扁舟欲向何處오 三神山只在此中이라

아마도 關東勝景은 예 샏인가 ᄒ노라 (『郎巖遺稿』)

粉墻琪樹影參差　　　　彩閣玲瓏照綠漪

一片孤舟何處向　　　　三山勝景此中奇

(申孝善, 「蓬萊樂府」 9, 『郎巖遺稿』)

堯舜ᄀ튼 님군을 뫼와 聖代를 다시 보니
太古乾坤에 日月이 光華ㅣ로다
우리는 壽域春臺에 늙을 뉘를 모로리라 (2146)

如堯如舜侍吾君　　　　聖代昇平更見聞
太古乾坤光日月　　　　春臺壽域樂欣欣

(鄭顯奭,「敎坊歌謠」55,『敎坊歌謠』)

堯舜도 사름이요 내 역시 사름이다
사름은 흔가지나 堯舜 호자 堯舜이다
아마도 發憤力行ᄒ면 人皆可爲 堯舜일가 ᄒ노라 (『閒說堂遺稿』)

聖人之性與吾同　　　　爲聖爲吾底不同
同得倘能同不失　　　　禮同義同智仁同

(安昌後,「閒說二十五並詩歌」5, 天性賢愚同,『閒說堂遺稿』)

堯舜의 四門밧긔 오고 오는 선븨 中에
皐夔와 稷契이가 무슨 글을 닐거시리
엇지타 五車書 닑다른 後 그 世上이 다시업노 (2150)

勛華揖讓一元初　　　　元凱無多可讀書
何事漢唐文學士　　　　徒將糟粕說棼如

(趙榥,「箕裘謠」3,『三竹詞流』)

堯舜의 四門 밧씌 오고 오는 선븨 중에
皐夔와 稷契이가 무슨 글얼 일거시리
後代 文學士는 多聞博識 쓸데없다 (2150 異本)

　　勳華未遠結繩初　　　　　元凱無多可讀書
　　何事漢唐文學士　　　　　徒將糟魄說楚如

　　　　　　　　　　(趙榥,「箕裘謠」3,『三竹詞流異本』)

堯舜이 治天下헐 제 八元八凱 時節 만나
慶雲歌 景星歌로 南風詩를 和答허니
아마도 날 갓튼 田舍翁은 擊壤歌나 허리로다 (2151 異本)

　　勳華憂切得其人　　　　　需世賢良宅四隣
　　五敎對揚垂拱后　　　　　九功攸叙變雍民
　　星雲動色賡歌夜　　　　　鳥獸偕音合樂辰
　　野老不關元凱事　　　　　只堪飽啜自家身

　　　　　　　　　　(趙榥,「酒老園擊壤歌」3,『三竹詞流異本』)

堯舜이 治天下헐 제 八元八凱 時節 만나
慶雲과 景星歌로 南風詩늘 和答허니
날거튼 康衢無事人은 擊壤歌나 허리로다 (2151)

　　勳華憂切得其人　　　　　需世賢良宅四隣
　　休運生逢亭午日　　　　　仁風對颺太和春

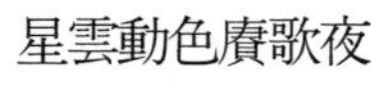

星雲動色賡歌夜　　　　　鳥獸來儀合樂辰
野老不關元凱事　　　　　只堪哺啜自家身

(趙榥,「酒老園擊壤歌」3,『三竹詞流』)

瑤池에 봄이 드니 가지마다 쏫지로다
三千年 밋친 열믹 玉盒에 다마시니
진실노 이것곳 바드시면 萬壽無疆 ᄒᆞ오리라 (2157)

瑤池春入碧桃花　　　　　三過千年結實嘉
玉盤滿盛雙擎獻　　　　　聖壽無疆萬歲遐

(鄭顯奭,「敎坊歌謠」85,『敎坊歌謠』)

蓼花에 줌든 白鷗 션잠 씌야 ᄂᆞ지 마라
나도 일 업셔 江湖客이 되엿노라
이후ᄂᆞᆫ 츠즈리 업스니 널를 조츠 놀니라 (2159)

蘆花深處白鷗眠　　　　　見我休驚飛去翩
我亦江湖無事在　　　　　閒情爾與我同然

(鄭顯奭,「敎坊歌謠」49,『敎坊歌謠』)

용도릭 물 푸는 곳에 저 農夫야 말들어라
네 勤苦 저러커널 늭 遊食이 무슴 일고
언제나 山人의 枕下泉을 人間霖雨 지여볼고 (2165)

拮楫功大旱田焦　　　　撼我籬尨吠達朝

水性失途低仰力　　　　人謀能雨煤乾苗

徒勞疇昔鍬鋤日　　　　餘事皆眞虎豹雪

縱有山泉鳴夜枕　　　　難爲一霈灑長宵

(趙榥,「酒老園擊壤歌」19,『三竹詞流異本』)

龍樓에 祥雲이요 鳳閣에 瑞靄ㅣ로다

甘雨는 太液에 듯고 和風은 御柳에 둘닌져

美哉라 祥雲瑞靄와 甘雨和風은 聖世子의 時節인져 (2167)

鳴者布穀歟　　　　　　青者柳林歟

兩三漁父村　　　　　　此中出沒疎

兒乎春江生新水　　　　補弊網且莫徐

(金養根,「東調」58,〈景致〉4,『東埜集』)

용타ᄒ고 업슈오며 가난흔들 보챌손냐

네 가음 네 모질기 나는 아니 무셔웨라

진실노 범에 곳 걸니면 뉘우츤들 므슴ᄅ리 (2173)

世態人情不甚美　　　　惡能慢善富吞貧

我於貧暴將何畏　　　　爾犯常刑悔必臻

(李縡,「飜訓民歌十八章」17, 無以惡凌善無以富吞貧,『陶庵亭遺稿』)

우는 거시 벅구기가 프른 거시 버들숩가

漁村 두어집이 내 속의 날낙들낙

두어라 말가흔 깁흔 소의 온갖 고기 쮜노는다 (2176)

鳴者鵯鳩靑者柳　　　　漁村烟淡有無疑

山妻補網纔完未　　　　正是江魚欲上時

(申緯, 「小樂府四十首」 19, 漁樂, 『小樂府四十首』 가람본)

우리 두리 後生ᄒ여 네 나되고 늬 너되야

늬 너 그려 긋던 이를 너도 날 그려 긋쳐보렴

平生에 늬 셜워ᄒ던 줄을 돌녀볼가 ᄒ노라 (2180)

人若死而有還生　　　　汝化爲我我爲汝

平生因汝斷腸事　　　　沒數輪回付汝許

(馬聖麟, 「戲贈美妓」, 古詩九首 4, 『安和堂私集』)

兩人來世又生幷　　　　君我我君相換生

恨我平生斷腸苦　　　　敎君替我戀君情

(鄭顯奭, 「敎坊歌謠」 77, 『敎坊歌謠』)

우리집 모든 익을 네 혼자 맛다이셔

人間의 디디마오 野樹의 걸렷다가

비오고 ᄇ람분 날이어든 自然消滅 ᄒ여라 (2184)

我家諸厄爾帶去　　　　不落人家掛野樹
只應春天風雨時　　　　自然消滅無尋處

(權鞸,「飜俗傳紙鳶歌」,『石洲集』卷7,『松江別集追錄遺詞』)

우부도 알며 ㅎ거니 그 아니 쉬운가

셩인도 못다 ㅎ시니 그 아니 어려운가

쉽거나 어렵거낫 즁에 늙는 쥴 몰래라 (『海隱別稿』陶山十二曲 12)

愚夫亦知　　　　　　　而爲其非易歟
聖人亦未盡　　　　　　爲其非難歟
易與難中　　　　　　　不知老了

(姜必孝,「陶山十二曲」 12,『海隱別稿』卷1)

偶然히 興을 겨워 시내로 나려가니

水流上魚躍도 좋거니와 層巖絶壁에 長松이 더욱 좋다

그 곳제 반가리 업으니 다만 杜鵑花 ㅣ가 하노라 (『朝鮮歌謠集成』)

短筇携出賞春興　　　　松倒絶崖魚泳溪
次第看過悄獨往　　　　忽有鵑花爛熳堤

(譯者未詳,「小樂府五十首附十首」 9, 第一春,『朝鮮歌謠集成』)

淸溪魚躍興堪誇　　　　好是岩松柳更斜
見我欣然誰復有　　　　無情花作有情花

(譯者未詳,「小樂府五十首附十首」 10, 其二 圓超,『朝鮮歌謠集成』)

울며 잡은 사매 썰치고 가지마소
草原 長程에 히 다 져무런늬
客愁에 殘燈 도도고 식와보면 알니라 (2209)

莫拂挽衫輕別離　　　　　長堤昏草日西時
客窓輾轉愁滋味　　　　　孤剔殘燈到自知

(申緯, 「小樂府四十首」 12, 公莫拂衣, 『小樂府四十首』 가람본)

渭水上 一漁翁이 天下事늘 經綸허고
支離헌 八十年을 낙시딕로 이져고나
아모리 文王이신들 못 만나고 어이 허리 (2238)

心上經綸手裏竿　　　　　支離歲月渭之干
風期已自先君望　　　　　只是相逢一日難

(趙榥, 「箕裘謠」 6, 『三竹詞流』)

渭水上 一漁翁이 天下事을 經綸허고
支離헌 八十年을 낙씨로 이져고나
아모리 文王이신들 못난나고 어이허리 (2238 異本)

心上經綸手裡竿　　　　　支離歲月渭之干
風期已自先君望　　　　　只是相逢一日難

(趙榥, 「箕裘謠」 6, 『三竹詞流異本』)

위의도 거룩ᄒ고 녜모도 너를시고

희학을 됴하ᄒ나 학ᄒ미 되올소냐

아마도 셩덕지션을 못니즐가 ᄒ노라 (2243)

威儀盛大　　　　　　禮貌寬兮

善戲謔兮　　　　　　不爲虐兮

盛德至善　　　　　　終不可諼兮

(權益隆,「風雅別曲」3,『校註歌曲集』)

幽蘭이 在谷ᄒ니 自然이 듣디 됴해

白雲이 在山ᄒ니 自然이 보디 됴해

이듕에 彼美一人를 더옥 닛디 못ᄒ애 (2246)

유란이 진곡ᄒ니 자연이 듯기 됴히

박운이 진산ᄒ니 자연이 보기 됴히

이 중에 피기일인을 더욱 잇지 못ᄒᄂᆡ (『海隱別稿』 陶山十二曲 4)

幽蘭在空谷　　　　　白雲在高山

蘭有香兮可掇　　　　雲有影兮可攀

彼美一人獨不見　　　欲往從之道路艱

(洪良浩,「北塞雜謠」, 幽蘭,『耳溪集』,『靑丘短曲』)

幽蘭在谷　　　　　　自然聞了好

白雲在山　　　　　　自然見了好

此中彼美一人　　　　益不忘了

(姜必孝,「陶山十二曲」4,『海隱別稿』卷1)

劉伶이 嗜酒ᄒ다 술조ᄎ 가져가며
太白이 愛月ᄒ다 ᄃᆞᆯ조ᄎ 가져가랴
나ᄆᆞᆫ 술 나ᄆᆞᆫ ᄃᆞᆯ 가지고 翫月長醉 ᄒ리라 (2248)

劉伶縱嗜酒	豈盡携酒去
太白雖愛月	亦豈鞭月御
吾將收所遺	酩酊皓月觀

(李衡祥,「今俗行用歌曲」37, 月樽皎,『芝嶺錄』)

劉伶入地酒不去	李白上天月不隨
天有餘月樽有酒	對月長醉百年期

(馬聖麟,「短歌解」, 古詩十七首 6,『安和堂私集』)

柚子ᄂᆞᆫ 根源이 重ᄒ야 ᄒᆞᆫ 쏙지에 둘식 셋식
狂風大雨라도 ᄲᅥ러질쥴 모로ᄂᆞᆫ고
우리도 저 柚子갓치 ᄲᅥ러질쥴 모로리라 (2253)

一蔕二三柚子結	狂風大雨不曾隳
願我因緣如彼重	一生同處不相離

(鄭顯奭,「敎坊歌謠」89,『敎坊歌謠』)

六曲은 어디미오 釣峽에 물이 넓다
나와 고기와 뉘야 더옥 즐기는고
黃昏에 낙디를 메고 帶月歸를 ㅎ노라 (2256)

六曲何處是　　　　　釣峽水邊闊
不知人與魚　　　　　其樂孰爲多
黃昏荷竹竿　　　　　聊且帶月歸

(宋時烈,「高山九曲歌詩」7,『栗谷全書』卷2·「高山九曲歌飜文」7,『宋
書拾遺』卷7)

丹書字古在危岩　　　　岩上楓林岩下潭
欲識四時奇絶景　　　　九秋紅葉帶霜酣

(李夏朝,「石潭九曲用曲名中一字」4, 楓岩,『三秀軒稿』卷2)

六曲楓林烟雨灣　　　　綠楊春色也非關
登臨不賦騷人怨　　　　緬想當時杖屨閒

(李夏朝,「高山景行之思」7, 楓岩,『三秀軒稿』卷2,『樂府』高大本)

六曲煙磯浸綠灣　　　　一竿隨意出松關
從容坐到潭心月　　　　魚躍人歌上下閒

(金昌翕,「石潭六曲次朱子武夷棹歌韻」,『三淵集』卷9)

六曲春深釣綠灣　　　　歸時溪月照松關
濠梁上下天機活　　　　魚我相忘果孰閑

(金昌翕,「石潭六曲」,『三淵集拾遺』卷7)

六曲垂綸坐廣灣　　　魚游我樂與相關

終然取適非猜爾　　　帶月歸來意亦閑

(權燮, 「翻栗翁高山九曲歌用武夷櫂歌韻」 7, 釣溪, 『玉所藏杏』, 『玉所集』 卷1)

六曲은 어드메오 屛山이 錦繡로다

白雲 明月이 玉京이 여긔로다

뎌 우희 太守神仙이 네 뉘신줄 몰내라 (『玉所藏杏』)

短短屛山幾曲彎　　　玉京遙指白雲關

三分太守神仙似　　　塞壁樓臺早暮閑

(權燮, 「黃江九曲歌」 7, 錦屛, 『玉所藏杏』, 『玉所集』 卷1)

銀瓶에 찬물 쓰라 玉頰을 다스리고

金爐에 香을 퓌고 雪月 對ᄒ여셔

비는 말 傳ᄒ리 잇시면 님도 슬허ᄒ리라 (2268)

銀瓶傾水理紅粧　　　又向金爐爇異香

暗祝心中無限事　　　君如聞此感應長

(鄭顯奭, 「敎坊歌謠」 38, 『敎坊歌謠』)

銀河에 물이 지니 烏鵲橋 쯔단말가

쇼 잇근 仙郎이 못 거너 오단말가

織女의 寸만흔 肝腸이 봄눈 스듯 ᄒ여라 (2271)

　　銀河水勢接天湧　　　　烏鵲不能作橋
　　騎牛仙子不相邀
　　可憐織女意　　　　　　寸寸肝腸消

(馬聖麟, 「短歌解」, 長短詞十五首 6, 『安和堂私集』)

　　聞道銀河秋水漲　　　　鵲橋中斷兩迢迢
　　牽牛仙子無消息　　　　織女肝腸寸寸銷

(吳憙常, 「樂府」 2, 長生思, 『樂府』高大本)

銀釭에 불 붉고 獸爐에 香이 진지
芙蓉 기픈 帳에 혼자 ᄭㅣ야 안자시니
엇더타 헌스흔 져 更點아 줌 못 드러 ᄒ노라 (『靑丘永言』珍本 135)

　　銀釭焰獸爐燼
　　芙蓉深帳獨覺
　　遲遲更漏夢未成

(申欽, 「放翁詩餘」 20, 『靑丘永言』珍本)

義理 알기 어렵다 ᄒ나 良知良能 뉘 업스리
절노 아ᄂ 義理 推明ᄒ면 모ᄅ던 義理 漸漸 ᄭㅣ리
엇지타 私欲 마글 줄 모ᄅ고 下愚自處 ᄒᄂ게야 (『聞說堂遺稿』)

義理不須高遠知　　　　反身人盡有良知

良知都喪於私欲　　　　甘作下愚故未知

(安昌後,「聞說二十五並詩歌」 10, 知義理, 『聞說堂遺稿』)

이고 진 뎌 늘그니 짐 프러 나를 주오

나는 졈엇 쩌니 돌히라 므거올가

늘거도 셜웨라커든 지믈조차 지실가 (2277)

半白黑頭彼老人　　　　背何堪負首何戴

相看不覺哀矜至　　　　請以吾身身自代

(李槼,「飜訓民歌十八章」 16, 斑白者不負戴, 『茅山亭遺稿』)

負戴彼何老　　　　請我代勞之

我則年光少　　　　道理悌長宜

衰老已可憐　　　　又何負重爲

(宋達洙,「訓民歌飜辭」 16, 『守宗齋集』)

二曲은 어듸민오 花岩에 春晚커다

碧波에 곳을 씌워 野外로 보닌노라

사람이 勝地을 모로니 알게 흔들 엇더리 (2278)

二曲何處是　　　　花巖春景晚

碧波泛山花　　　　野外流出去

勝地人不知　　　　使人知如何

(宋時烈,「高山九曲歌詩」3,『栗谷全書』卷2・「高山九曲歌飜文」3,『宋
書拾遺』卷7)

二曲仙巖花映峰　　　　　　碧溪流水漾春容
落紅解使漁郞識　　　　　　休說桃源隔萬重

(宋奎濂,「石潭二曲」,『霽月堂集』卷3)

落落蒼松夾水多　　　　　　松間隱暎兩三家
遊人莫道春猶早　　　　　　岩上辛夷盡發花

(李夏朝,「石潭九曲用曲名中一字」8, 花岩,『三秀軒稿』卷2)

二曲蹲蹲列衆峰　　　　　　雨餘林木作春容
漁人欲逐桃花浪　　　　　　借問仙源路幾重

(李夏朝,「高山景行之思」3, 花岩,『三秀軒稿』卷2,『樂府』高大本)

二曲花岩聳數峰　　　　　　千紅齊發與誰容
無人解道春風面　　　　　　泛出千重又萬重

(權燮,「翻栗翁高山九曲歌用武夷櫂歌韻」3, 花巖,『玉所藏杏』,『玉所
集』卷1)

二曲은 어드메오 花岩도 됴흘시고
千峰이 合沓ᄒᆞᆫ딕 限업슨 烟花로다
어딕셔 犬吠鷄鳴이 골골이 들니ᄂᆞ니 (『玉所藏杏』)

靑山合杏列千峯　　　　　　風物烟花未自容

水外長川連野色　　　　數村鷄狗小林重

(權燮,「黃江九曲歌」3, 花岩,『玉所藏呇』,『玉所集』卷1)

이는 져 외다 ᄒ고 져는 이 외다 ᄒᄂᆡ
每日의 ᄒᄂᆫ 일이 이 싸홈 ᄯᆞᆫ이로다
이 즁의 孤立無助는 님이신가 ᄒ노라 (2280)

彼烏之雌　　　　　　誰知之些
霄晝所爭　　　　　　惟是焉些
哀哀乎孤立無助　　　莫我君些

(李起渤,「憂國歌二十八章飜辭」14,『漆室遺稿』卷1)

이라다 올ᄒ며 제라다 글을랴
두편이 ᄀᆞᆮᄐᆞ여 이 싸홈 아니마ᄂᆡ
聖君이 準則이 되시면 절노 말가 ᄒ노라 (2284)

彼一是　　　　　　　此一是些
俱曰予是　　　　　　曷有已些
聖上兮苟建其極　　　自爾止些

(李起渤,「憂國歌二十八章飜辭」19,『漆室遺稿』卷1)

이런들 엇더ᄒ며 저런들 엇더ᄒ리
萬壽山 드렁츩이 얼거진들 긔 엇더ᄒ리

우리도 이ᄀᆞ치 얼거저 百年신지 누리이라 (2291)

이런들 엇디ᄒᆞ며 져런들 엇지 ᄒᆞ료
쵸야우싱이 이러타 엇지
ᄒᆞ믈며 쳐셕고황을 고쳐 무슴 ᄒᆞᆯ (『海隱別稿』陶山十二曲 1)

此亦何如　　　　　　彼亦何如
城隍堂後垣　　　　　頹落亦何如
我輩若此爲　　　　　不死亦何如

(沈光世,「何如歌」,『海東樂府』「風色惡」)

如此亦何如　　　　　如彼亦何如
萬壽山葛藟　　　　　纏綿亦何如
我輩亦何如　　　　　此百年享如何

(洪萬宗,「何如歌」,『旬五志』)

如此也如何　　　　　如彼也如何
城隍堂後垣　　　　　頹落也如何
我輩若是兮　　　　　不死也如何

(李衡祥,「何如歌」,『瓶窩隨筆』)

如此亦何如　　　　　如彼亦何如
城隍堂後垣　　　　　頹圯亦何如
我輩若此爲　　　　　不死了何如

(李肯翊,「何如歌」,『燃藜室記述』, 高麗守節諸臣附 鄭夢周條)

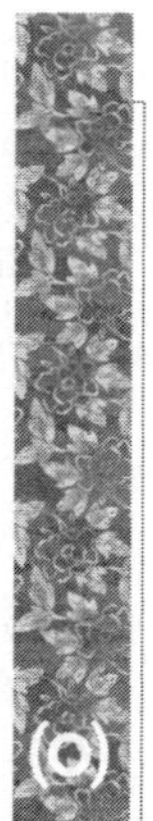

如此如何

萬壽山蔓葛

君徒亦如何

如彼如何

紫糾如賀

在百年生何如

(李令翊, 「何如歌」, 『朝鮮樂府』 百死歌)

如此何　　　　　　　如彼何

草野愚生如此何

況泉石膏肓改何爲

(姜必孝, 「陶山十二曲」 1, 『海隱別稿』 卷1)

萬樹山中葛藟生　　　　相縈交結復縱橫

縱敎白骨爲塵土　　　　一片丹心肯變更

(鄭顯奭, 「敎坊歌謠」 81, 『敎坊歌謠』)

如此亦何如　　　　　　彼亦何如

万壽山葛藟　　　　　　亦何如

我輩亦如此　　　　　　百年享何如

(譯者未詳, 「何如歌」, 『見睫錄』 卷3, 附歌調)

此亦如何　　　　　　　彼亦如何

萬壽山藤葛　　　　　　籠了蟠了如何

吾輩亦如此　　　　　　度百年那

(譯者未詳, 「何如歌」, 『東國名賢抄』〈六臣錄, 參判朴彭年條〉)

此亦何如　　　　　　　彼亦何如

城隍堂後垣　　　　　　頹落亦何如

我輩若此爲   不死亦何如

　　　　　　　　　(譯者未詳,「何如歌」,『東國名賢抄』)

此亦如何   彼亦如何

城隍堂後垣   頹落亦如何

我輩若此爲   不死亦如何

　　　　　　　(譯者未詳,「何如歌」, 李長演 『朝野輯要』)

此亦何如   彼亦何如

城隍堂後垣   頹落亦何如

我輩若此爲   不死亦何如

　　　(譯者未詳,「何如歌」,『冶隱先生言行續』卷3, 邊大隱安烈遺事)

此亦何如   彼亦何如

萬壽山城隍堂後垣   頹落亦何如

我輩若此   不死亦何如

　　　(譯者未詳,「何如歌」,『大隱先生實記』卷1,「不屈歌」註釋)

이려도 太平聖代 져려도 聖代太平

堯之日月이오 舜之乾坤이로다

우리도 太平聖代에 놀고간들 엇더리 (2295)

皇矣聖代   太平無痕

堯之日月   舜之乾坤

如吾老病   樂此丘園

(李衡祥,「今俗行用歌曲」1, 村居樂,『芝嶺錄』)

如此太平聖代　　　　如彼聖代太平

堯乾坤蕩蕩　　　　　舜日月明明

吾輩且待聖主　　　　同樂太平成

(金養根,「東調」20,〈喜慶〉2,『東埜集』)

於此聖代回　　　　　於彼聖代來

堯日月舜乾坤

値太平盛時　　　　　遊哉遊哉

(鄭顯奭,「敎坊歌謠」33,『敎坊歌謠』)

이 몸 나던 히가 聖人 나신 히올너니

尊高年 三字恩言 어제론듯 ᄒ것마ᄂᆞᆫ

엇지타 이 몸만 사라 이셔 쏘 흔 설을 디내ᄂᆞᆫ고 (『郎巖遺稿』)

緬憶吾生誕聖年　　　　恩言如昨尊高年

如何獨活臣身在　　　　歲暮又添送一年

(申孝善,「蓬萊樂府」7,『郎巖遺稿』)

이몸 싀여져셔 졉동시 넉시 되야

梨花 픤 柯枝 속닙헤 쏫혓다가

밤中만 슬하져 우리님의 귀에 들니리라 (2318)

此身化爲鵑　　　　　梨花深處藏
夜半苦苦叫　　　　　必能斷君腸

(柳得恭,「東人之歌」11,『古芸堂筆記』天理大本)

此身化作巴禽魂　　　　藏在梨花密處遷
夜深啼近君家月　　　　願得聲聲到耳邊

(吳憙常,「樂府」13, 綿裏針,『樂府』高大本)

이 몸에 一生精力 心中으로 소사 나니
老僧의 舍利珠늘 어늬 샹지 젼허리요
아희야 네 입에 너어 藏之中心 ᄒ여라 (2309)

聞道觀心釋　　　　　老吐珠一枚
異哉吾舍利　　　　　一串貫出來
呼兒箇箇呑　　　　　藏之爾靈臺

(趙榥,「人道行」10,『三竹詞流』)

이 몸이 어셔 업셔 一片孤魂 써돌다가
闕里祠 엔담 안에 衛卒이나 되야 볼가
허물며 怪鬼輩 揶揄笑는 一時라도 못보리라 (2322)

有限吾天下　　　　　須臾亦支離
但願飄揚魂　　　　　去遊闕里祠
過望束脩弟　　　　　猶榮奉盥兒

一時現在鄉　　　　　　　揶揄鬼相隨

(趙榥,「秉彝吟」17,『三竹詞流』)

이 몸이 장성 되야 萬里邊塞 칼을 븨고 누어스니

鳳凰城 山海關은 말발의 씍글리요 十萬胡兵馬는 칼 싯히 풀닙피라

大丈夫千秋事業을 일은 씌에 못일우고 그 언제 일워보랴

진실노 皇天이 늬 뜻 알으시면 우리 聖上 근심 풀가 ᄒ노라

(『慕夏堂實記』)

一身作長城	枕戈塞北風
鳳凰城上月	山海關下風
十萬胡兵馬	劍頭草木風
大丈夫事業	千秋傳後風

(金忠善,「仍防詩」,『慕夏堂實記』卷3)

이 몸이 죽어가셔 무어시 될고ᄒ니

蓬萊山 第一峰에 落落長松 되야이셔

白雪이 滿乾坤ᄒ졔 獨也靑靑 ᄒ리라 (2323)

이 몸이 죽어져서 무엇이 될고 하니

蓬萊山 第一峰에 落落長松 되엿다가

白雪이 滿乾坤할졔 獨也靑靑 하리라 (『朝鮮歌謠集成』)

此身若化物　　　　　　　將化爲何物

崑崙第一峯　　　　　　　　落落參天栢

(柳馨遠,「翻俗歌」5,『磻溪逸稿』)

此身雖一死　　　　　　　　餘氣想不蟄
蓬萊第一峯　　　　　　　　願作長松立
風雪滿乾坤　　　　　　　　獨也靑以直

(李衡祥,「浩皞謳」16, 節操祝,『瓶窩集』卷4,『更永錄』)

大丈夫一死後　　　　　　　成底物
崑崙山第一峰頭　　　　　　且願做落落長松
白雪滿乾坤　　　　　　　　獨也亭亭

(黃胤錫,「古歌新翻二十九章」11,『頤齋亂稿』)

此身仙去欲何爲　　　　　　松立蓬萊第一奇
傲到乾坤蕭瑟後　　　　　　靑靑獨也雪霜時

(譯者未詳,「小樂府五十首附十首」8, 不移節,『朝鮮歌謠集成』)

이 몸이 죽어 죽어 一百番 고쳐 죽어
白骨이 塵土되여 넉시라도 잇고 업고
님向흔 一片丹心이야 가싈 줄이 이시랴 (2325)

此身死復死　　　　　　　　復死一百回
白骨化塵土　　　　　　　　魂魄縱有無
向君一片丹心　　　　　　　那有磨滅理

(邊希李,「丹心歌」,『原州邊氏世譜』卷1, 雜錄附)

今日風色雖甚惡　　　　　　階上含盃舞亦樂

全裝武夫衝馬過　　　　　　愼莫詰問知能那

五百年綱常　　　　　　　　一身都自任

白骨委塵土　　　　　　　　未改向主心

相公一死分內事　　　　　　彼祿事誰氏子

生從相公生　　　　　　　　死從相公死

吾不見聖朝開國策勳臣　　　盡是麗時食祿人

（沈光世，「丹心歌」，『海東樂府』「風色惡」）

此身死了死了　　　　　　　一百番更死了

白骨爲塵土　　　　　　　　魂魄有也無

向主一片丹心　　　　　　　寧有改理也歟

（沈光世，「何如歌」，『海東樂府』）

此身死復死　　　　　　　　一百回復死

白骨魂有無　　　　　　　　丹心寧改已

（柳馨遠，「翻俗歌」 12，『磻溪逸稿』）

此身千百死還死　　　　　　骨化爲塵魂有無

嗟我愛君心一片　　　　　　肯隨魂骨敢同枯

（徐鳳翎，「檃栝圃隱和絶三峰短歌」 其1，『梅塢先生遺稿』 卷1）

更識哀歌甚痛哭　　　　　　至今餘響感人心

可憐麥秀吾箕範　　　　　　千載相傳一片心

（徐鳳翎，「檃栝圃隱和絶三峰短歌」 其2，『梅塢先生遺稿』 卷1）

太師圃隱忠貞脉　　　嗟我重峰是嫡傳
千載一心何處托　　　氷壺秋月照溪邊

(徐鳳翎,「檃栝圃隱和絶三峰短歌」其3,『梅壑先生遺稿』卷1)

傷心無路籲天問　　　欲和哀歌更斷魂
一心未傳三疊□　　　千秋愧負隱峯門

(徐鳳翎,「檃栝圃隱和絶三峰短歌」其4,『梅壑先生遺稿』卷1)

善竹橋邊月幾圓　　　采薇遺響至今傳
隱峯晚節傳心訣　　　爲報神交千里邊

(徐鳳翎,「檃栝圃隱和絶三峰短歌」其5,『梅壑先生遺稿』卷1)

此身千百死還死　　　骨化爲塵魂有無
嗟我愛君心一片　　　肯隨魂骨敢同枯

(徐鳳翎,「檃栝圃隱先生和絶三峰鄭道傳短歌一関」其1,『梅壑先生遺稿』卷1)

此身死復死　　　百死又千死
白骨爲塵土　　　魂魄復何有
向君一片丹心　　　到此猶未已

(南九萬,「飜方曲」1,『藥泉集』)

此身死復死　　　百番更死了
白骨化塵土　　　不論魂有無
向主一片心　　　寧有變改理

(洪萬宗,「丹心歌」,『旬五志』)

此身死復死　　　一百番更死
白骨爲塵土　　　魂兮有也無
向主一片丹心　　寧有更改理

　　　　　　　　（李衡祥,「圃隱歌」,『樂學便稿』,『芝嶺錄』）

此身死兮死　　　一百番更死
白骨爲塵土　　　魂兮有也無
向主一片丹心　　寧有更改理

　　　　　　　　（李衡祥,「丹心歌」,『瓶窩隨筆』）

此身死復死百廻死　　白骨塵沉復灰飄
魂兮有也無　　　　　向君一片丹心那可銷
可憐天壽門前水　　　千古東流善竹橋

　　　　　　　　（吳光運,「百死歌」,『海東樂府』）

此身死復死　　　一百番又復死
白骨爲塵土　　　魂雖或在否
曷之乎　　　　　一片丹心有銷鑠

　　　　　　　　（黃胤錫,「古歌新翻二十九章」24,『頤齋亂稿』）

此身死又死　　　百番死不還
白骨化塵土　　　魂魄有無間
惟向君一片心　　暫時可能刪

　　　　　　　　（金養根,「東調」8,〈五倫〉8,『東埜集』）

此身死了死了　　　一百番更死了

白骨爲塵土	魂魄有也無
向主一片丹心	寧有改理也歟

(李肯翊, 「丹心歌」, 『燃藜室記述』, 高麗守節諸臣附 鄭夢周條)

此身死死	一百番死更死
白骨爲塵土	魂魄有也未
嚮主一片丹心	寧有變改所

(李令翊, 「丹心歌」, 『朝鮮樂府』, 百死歌)

公身死復死	千萬劫輪廻
不泐有方寸	相隨豈壒埃
日月名有挂	山河氣美摧
成仁非護已	旋起聖朝哀

(成海應, 「書鄭圃隱丹心歌」, 『研經齋全集』 卷2)

萬壽山南北	綿綿葛之生
吾願如此葛	莖葉榮復榮
由玆度百年	得不尊且榮
吾身死復死	死了至百死
魂魄漸滅盡	白骨塵土委
向主一片丹	寧或有改理
不願去看江南花	只願不得城隍堂
後墻墻頹扶不得	善竹橋上事堪傷

(成海應, 「百死歌」, 『研經齋全集』 卷1)

此身死復死百回死	白骨塵沉復灰飄

向君一片丹心那可銷

可憐天壽門前水　　　　　　千古東流善竹橋

(譯者未詳, 「尤翁所翻圃翁歌」, 『箕東樂府』)

此身死死復死　　　　　　百番更死了

白玉化塵土　　　　　　不論魂有無

向君一片心　　　　　　寧有變改理

(譯者未詳, 「丹心歌」, 『見睫錄』 卷3, 附歌調)

此身死了　　　　　　一百番更死了

白骨爲塵土　　　　　　魂魄有也無

向主一片丹心　　　　　　寧有改理也歟

(譯者未詳, 「丹心歌」, 『冶隱先生言行續』 卷3, 邊大隱安烈遺事)

此身死了死了　　　　　　一百番更死了

白骨爲塵土　　　　　　魂魄有也無

向爲主一片丹心　　　　　　寧有改理也歟

(譯者未詳, 「丹心歌」, 李長演 『朝野輯要』)

此身死了死了　　　　　　一百番更死了

白骨爲塵土　　　　　　魂魄有也無

向主一片丹心　　　　　　寧有改理歟

(譯者未詳, 「丹心歌」, 『益陽誌』 卷3, 人物 儒賢條, 鄭夢周)

此身死了死了　　　　　　一百番更死了

白骨爲塵土　　　　　　魂魄有也無

向主一片丹心　　　　改也否

(譯者未詳,「圃隱歌」,『東國名賢抄』, 六臣錄, 參判朴彭年條)

此身死了死了　　　　一百番更死了

白骨爲塵土　　　　　　魂魄有也無也

向主一片丹心　　　　寧有改理也歟

(譯者未詳,「丹心歌」,『東國名賢抄』, 文忠鄭夢周條)

此身死了死了　　　　一百番更死了

白骨爲塵土　　　　　　魂魄有也無

向主一片丹心　　　　寧有改理也與

(譯者未詳,「丹心歌」,『大隱先生實記』卷1,「不屈歌」註釋)

이 몸 져머신 제 녀 되놈 나고라쟈

崑崙山 므니 불아 씨 업시 버힐거슬

一長劍 골아쥔 ᄆ음이 가고 아니 오노왜라 (『水南放翁遺稿』)

此身少壯時　　　　　　彼虜若出來

平踏崑崙山　　　　　　斬之無餘腮

磨持一長釖　　　　　　此心去不回

(鄭熙鎭,「歎江都陷沒大駕出城歌」,『慶州鄭氏世稿』, 放翁遺稿)

이 외다 져 외나 즁의 그만 져만 더져두고

ᄒ올 일 ᄒ오면 그 아니 죠홀손가

ᄒ올 일 ᄒ디 아니ᄒ니 그를 셜워 ᄒ노라 (2361)

彼可兮此否	姑舍是些
不亦乎樂	當爲爲些
獨惜乎怠忽不勤	維是之嘻些

(李起渤,「憂國歌二十八章飜辭」18,『漆室遺稿』卷1)

이 이귄들 즐거오며 져 디다 셜울쇼냐
이긔나 디나 즁의 젼혜 不關ᄒ다만은
아모도 싀듯디 못ᄒ니 그를 셜워 ᄒ노라 (2362)

這輸兮那失	何憂喜些
而敗而勝	都不係些
無人兮莫之能悟	若玆無已些

(李起渤,「憂國歌二十八章飜辭」17,『漆室遺稿』卷1)

이제야 싱각과라 모로고 ᄒᄂ도다
國家의 害로온 줄 혈마 알면 그러ᄒ랴
반ᄃ시 모로고 ᄒ면 일너볼가 ᄒ노라 (2369)

我知之	我知之些
人之爲言	我知之些
苟知夫害于而國	可與言些

(李起渤,「憂國歌二十八章飜辭」21,『漆室遺稿』卷1)

伊川에 비를 쓰여 濂溪로 건너가니
明道게 길흘 무러 가는되로 비 시겨라
가다가 져무러지거든 晦菴에 드러 즈리라 (2372)

泛舟兮伊川　　　　　問路兮明道

行行日且暮　　　　　須向晦庵宿

正濂溪霽月一團白　　閑興自不耐

(黃胤錫,「古歌新翻二十九章」23,『頤齋亂稿』)

이 히 져므러시니 아니 놀고 어이ᄒ리
즐기믈 됴하ᄒ나 황음을 말지어다
아마도 직ᄉ기우야 긔 냥신가 ᄒ노라 (2374)

歲云暮矣　　　　　不遊何爲

縱好其樂　　　　　且無荒兮

職思其憂　　　　　是爲良士

(權益隆,「風雅別曲」5,『校註歌曲集』)

梨花에 月白ᄒ고 銀漢이 三更인지
一枝春心을 子規야 알냐마는
多情도 病인양ᄒ여 줌 못일워 ᄒ노라 (2376)

梨花月白五更天　　　　啼血聲聲怨杜鵑

儘覺多情原是病　　　　不關人事不成眠

(申緯,「小樂府四十首」10, 子規啼前腔,『小樂府四十首』가람본)

人間을 써나니는 이 몸이 閑暇ㅎ다
簑衣를 니믜 츠고 釣磯로 올라가니
운노라 太公望은 나간 줄을 몰래라 (『靑丘永言』珍本 137)

離了人間此身閑
簑上釣磯
却笑太公望　　　　　　　底事去無還

　　　　　　(申欽,「放翁詩餘」22,『靑丘永言』珍本)

人間의 사름이 한들 五倫 알리 긔 며티리
攀龍附鳳ㅎ야 願卜隣 ㅎ거마는
百年이 하 쉬이 가니 될동말동ㅎ여라 (『水南放翁遺稿』)

世間雖多人　　　　　　　五倫知幾人
攀龍附鳳願卜隣
百年何容易　　　　　　　難可所願伸

　　　　　　(鄭熙鎭,「寄友人」,『慶州鄭氏世稿』, 放翁遺稿)

人間이 꿈이런가 꿈 아니 人間이런가
됴흔 일 구즌 일 어주션 된졔이고
人間에 씌이 업스니 꿈이런가 ㅎ노라 (2387)

夢是人間耶　　　　　　　人間是夢耶
蘧然一瞥間　　　　　　　好惡何紛紛
人間大夢無先覺　　　　　疑是人間夢中夢

(李基休,「短歌十九章」18,『不世堂集』)

人間是夢歟　　　　　　　非夢而人間歟
可喜可悲事　　　　　　　何爲其紛如
噫竟無先覺者　　　　　　只是一夢且

(金養根,「東調」62,〈諷諭〉1,『東埜集』)

인간이별만사중에 독숙공방 더욱셜다
상사불견 이닌진정 그늬알니 민친셔름
이령져렁 헛튼근심 다후리쳐 던져두고
자나씨나 씨나 님못보니 가삼답답 (상사별곡)

人間離別萬般事　　　　　獨宿空房最可悲
相思不見此情緖　　　　　一日纏綿十二時

(權用正,「東謳」4,『東謳』)

人生이 可憐ᄒ다 물우희 萍草ᄀ치
偶然히 만나셔 덧업시 여희거다
이 後에 다시 만나면 緣分인가 ᄒ리라 (2397)

人生正可憐　　　　　　　水上浮萍草

偶然逢此友　　　　　　悠然又分手
倘此後重邂逅　　　　　　也應緣分有

(黃胤錫,「古歌新翻續十四章」6,『頤齋亂稿』)

人生이 긔 언마오 白駒之過隙이라

어려셔 헴 못나고 헴이 나쟈 다 늙거다

어즈버 中間光景이 씌 업슨가 ᄒ노라 (2399)

人生復幾何　　　　　　微陽草頭露
一別人間後　　　　　　幾日復還歸
知是此生歸不歸　　　　不如長醉不歸前

(李基休,「短歌十九章」17,『不世堂集』)

人生이 둘가 솃가 이몸이 네닷솟가

비러온 人生이 꿈에 몸 가지고셔

平生에 살을 일만ᄒ고 언제 놀녀 ᄒᆞ니 (2401)

人生不滿百　　　　　　此身寧有二
元是假形來　　　　　　偶然寄在此
胡爲漫營營　　　　　　所貴惟適意

(洪良浩,「靑丘短曲」24, 人生,『耳溪集』卷1,『靑丘短曲』)

人生不二又不三　　　　此身非四亦非五
借來人世夢中身　　　　何以不樂長憂苦

(馬聖麟,「短歌解」, 古詩十七首 8,『安和堂私集』)

非二非三生　　　　　無四無五身
生借身是夢　　　　　遊戲在何辰

(柳得恭,「東人之歌」4,『古芸堂筆記』天理大本)

一度人生還再否　　　　此身能有幾多身
借來若夢浮生世　　　　可作區區做活人

(申緯,「小樂府四十首」38, 人生行樂耳,『小樂府四十首』가람본)

人生非二身非四　　　　借寄人間夢裡身
役役平生爲産業　　　　何時欲作勝遊辰

(鄭顯奭,「敎坊歌謠」74,『敎坊歌謠』)

人이 人이라 흔들 人마다 人이랴
人이 人이라사 人이 人이니라
진실노 人노릇 ᄒ랴 ᄒ면 反求諸己ᄒ여스라 (『閒說堂遺稿』)

人世人多豈盡人　　　　人能人道乃爲人
求諸己也備人道　　　　不必勞勞遠訪人

(安昌後,「閒說二十五並詩歌」1, 人道,『閒說堂遺稿』)

仁風이 부는 날 밤의 鳳凰이 우단말ㄱ
滿城桃李는 지는이 곳시로다

置之하라 山林애 굽고 젼 솔이아 곳지 잇사지라 (『海菴文集』)

仁風이 부는 날에 鳳凰이 來儀ㅎ니

滿城 桃李는 지느니 곳지로다

山林에 굽젼 솔이야 곳지니 사려보라 (2420)

仁風一夜淨朝暉　　　　桃李殘花滿地飛

獨有巖向老松樹　　　　榮枯元不管春暉

(申命圭,「和桃李曲」1,『海菴文集』)

生平不作不平鳴　　　　此日那聞舊日聲

唯有鳳凰歌一曲　　　　至今淸絶響瑤京

(申命圭,「和桃李曲」2,『海菴文集』)

滿城桃李蕩春暉　　　　那意隨風一夜飛

巖壑矮松容不改　　　　凜然蒼翠射寒暉

(徐鳳翎,「檃栝鳳鳴一関 二首」1,『梅壑先生遺稿』卷1)

剛賀朝陽彩鳳鳴　　　　昏鴉驚散滿林聲

可憐老鶴心猶壯　　　　淸唳中宵動玉京

(徐鳳翎,「檃栝鳳鳴一関 二首」2,『梅壑先生遺稿』卷1)

向榮群物媚春暉　　　　一遇秋風落盡飛

惟有矮松終保節　　　　亭亭獨立傲多暉

(尹恒緖,「檃栝鳳鳴一関」3,『懈菴文集』卷2)

崑邱彩鳳海東鳴　　　　驚散千林衆鳥聲
日落西山歌一闋　　　　也應嘶得上玉京

(尹恒緒,「檜栝鳳鳴一闋」4,『解菴文集』卷2)

一刻이 三秋라ᄒ니 열흘이면 몃 三秋ㅣ오
제 ᄆᆞ음 즐겁거니 남의 시름 生覺ᄒ랴
ᄀᆞ득에 다 셕은 肝腸이 봄눈스듯 ᄒ여라 (2421)

一日如三秋　　　　　一月當幾秋
徒知眼前樂　　　　　不念閨中愁
爾雖不我思　　　　　我思那能休

(洪良浩,「靑丘短曲」5, 一日,『耳溪集』卷1,『靑丘短曲』)

思君一刻抵三秋　　　　若到一旬秋幾周
肝腸銷盡如春雪　　　　渠自樂心忘我愁

(鄭顯奭,「敎坊歌謠」8,『敎坊歌謠』)

一曲은 어듸ᄆᆡ오 冠岩에 ᄒᆡ 비쵠다
平蕪에 ᄂᆡ 거드니 遠山이 그림이로다
松間에 綠罇을 노코 벗오ᄂᆞᆫ 양 보노라 (2424)

一曲何處是　　　　　冠巖日色照
平蕪煙斂後　　　　　遠山眞如畵
松間置綠樽　　　　　延佇友人來

(宋時烈,「高山九曲歌詩」2,『栗谷全書』卷2·「高山九曲歌飜文」2,『宋

書拾遺』卷7)

一曲松間漾玉船　　　　冠巖初日映前川

携筇坐待佳朋至　　　　遠岫平蕪卷夕烟

(金壽恒,「高山一曲次朱子武夷一曲韻」,『文谷集』卷6)

一曲冠岩最後看　　　　玆行知是幾童冠

莫將曲曲論高下　　　　大抵溪山此亦難

(李夏朝,「石潭九曲用曲名中一字」9, 冠岩,『三秀軒稿』卷2)

一曲深深可泛船　　　　海門咫尺受長川

武夷山勢如方帽　　　　今有冠岩立紫烟

(李夏朝,「高山景行之思」2, 冠岩,『三秀軒稿』卷2,『樂府』高大本)

一曲泓深可泛船　　　　冠岩出日野連川

松間置酒印須友　　　　欲捲春山滿壑烟

(權燮,「翻栗翁高山九曲歌用武夷櫂歌韻」2, 冠巖,『玉所藏杏』,『玉所

集』卷1)

一曲은 어드메오 花岩이 奇異홀샤

仙源의 깁흔 믈이 十里의 長湖로다

엇더타 一陣帆風이 갈듸 아라 가ᄂᆞ니 (『玉所藏杏』)

終歲欹危溯峽船　　　　東南蒼翠好山川

平岩伏在澄澄畔　　　　十里長湖淡淡烟

(權燮,「黃江九曲歌」2, 對岩,『玉所藏呇』,『玉所集』卷1)

일뎡빅년 산들 긔 아니 초초혼가
초초혼 부싱이 무ᄉ 일을 ᄒ랴ᄒ야
내 자바 권ᄒᄂ 잔을 덜 먹으려 ᄒᄂ다 (2444)

定使百年住　　　　豈非草草過
草草百年內　　　　君今不飮何

(李民宬,「聞人唱俚歌韻而詩之」2,『敬亭集』卷4)

一定百年壽　　　　草草了生平
草草此浮生　　　　底事謾經營
而我把勸盃　　　　胡爲不盡傾

(宋達洙,「酒問答飜辭」3,『守宗齋集』)

일 모로기 흔치 말고 일마다 持公ᄒ면
七情이 절노 트여 모를 일 업스리라
진실노 萬事無惑ᄒ면 隨處能安 ᄒ오리라 (『閒說堂遺稿』)

臨事莫歎事不知　　　　是非先定去吾私
心權度處情錘運　　　　左應右酬事事宜

(安昌後,「閒說二十五並詩歌」9, 知事,『閒說堂遺稿』)

一生의 願ᄒ기를 義皇時節 못난줄이
草衣를 무릅고 木實을 먹을만정
人心이 淳厚ᄒ던줄 못닉 부러 ᄒ노라 (2431)

誰恨人生生不辰　　　　義皇時節未生身
草衣木食寧爲也　　　　只羨人心厚且淳

(鄭顯奭,「敎坊歌謠」75,『敎坊歌謠』)

一笑百媚生이 太眞의 麗質이라
明皇도 이러무로 萬里行蜀 ᄒ시도다
馬嵬에 馬前死ᄒ니 그를 슬허ᄒ노라 (2434)

一笑百媚生　　　　　　太眞麗質
明皇所以幸蜀
可憐馬嵬坡下馬前死　　千古女娘悲

(譯者未詳,「一笑百媚生」,『石北集』卷10,『關西樂府』15 補註)

一笑百媚楊太眞　　　　明皇萬里竟蒙塵
至今馬驛芳魂在　　　　空使行人欲損神

(鄭顯奭,「敎坊歌謠」6,『敎坊歌謠』)

日月星辰도 天皇氏ㅅ적 日月星辰 山河土地도 地皇氏ㅅ적 山河土地
日月星辰 山河土地 다 天皇氏 地皇氏적과 ᄒᆫ가지로되
사름은 므슴 緣故로 人皇氏적 사름이 업는고 (2440)

天皇日月至今明　　　　　丑會山河從古淸

人生始自人皇世　　　　　底事今無一箇生

(鄭顯奭,「敎坊歌謠」27,『敎坊歌謠』)

일이나 일우려ᄒ면 처엄의 사괴실가

보면 반기실ᄉ 나도 조차 ᄃ니더니

진실로 외다옷ᄒ시면 마ᄅ신들 엇디리 (2442)

始君欲成事　　　　　交我托深盟

見我便欣然　　　　　我且隨君行

君如謂我非　　　　　曷不且休停

(宋達洙,「酒問答飜辭」1,『守宗齋集』)

일이ᄒ야도 聖恩이요 뎌리ᄒ야도 聖恩이라

엇지ᄒ야 갑프녀뇨 與天地無窮ᄒ 聖恩이라

두어라 世世生生ᄒ야 萬之一이나 갑파볼가 ᄒ로라 (2303)

此也聖恩　　　　　彼也聖恩

何以也報之　　　　　與天地無窮聖恩

逗語囉世世生生　　　　　萬之一圖報云

(梁周翊,「感聖恩歌五疊」1,『無極集』)

一定百年 산들 百年이 긔 언미며

疾病憂患 더니 남는 날 아조 젹다

두어라 非百歲人生이 아니 놀고 어이리 (2445)

假令百年生　　　　　　百年眞須臾

疾病憂患除　　　　　　餘日全無

又况非百歲人生　　　　不樂何須

(李衡祥, 「今俗行用歌曲」 42, 歎逝詠, 『芝嶺錄』)

分明生百年　　　　　　百年其幾何

除却疾與憂　　　　　　中間餘日元無多

况人生非百年　　　　　不樂其如飛光俄

(金養根, 「東調」 46, 〈感傷〉 1, 『東埜集』)

일조낭군 이별후에 소식조차 돈졀허냐 지허즌 죠흘시고

웃지웃지 못오시뇨 일졍즌네 못오시나 지허즌 죠흘시고

슈운니 젹막허여 물이 막켜 못오시나 지허즌 죠흘시고

병풍에 그린 황계 짜른목 길겟비고

ᄉ경일졈에 날ᄉ라고 쏙기요 울건 오려시나 지허즌 죠흘시고 (상사별곡)

一自情郎遠別離　　　　天涯消息也難知

相思何日重相見　　　　畵裡黃鷄報曉遲

(權用正, 「東謳」 28, 『東謳』)

日中 三足烏 l 야 가지 말고 닉말 드러

너희는 反哺鳥ㅣ라 鳥中之曾參이로다
北堂에 鶴髮雙親을 더듸 늙게 ᄒ여라 (2449)

　　語汝日中鳥　　　　　勿去且聽吾
　　汝是反哺鳥　　　　　鳥中參之徒
　　羲輪爲我駐　　　　　駐我堂北隅

(南夏正,「桐巢樂府」5,『桐巢遺稿』)

壬戌之秋 七月旣望에 비를 틱고 金陵에 ᄂ려
손조 고기 낙가 고기 주고셔 술을 ᄉ니
오늘은 蘇東坡 업스니 놀니 업셔 ᄒ노라 (2456)

　　七月正當旣望秋　　　　泛舟流下金陵洲
　　手自釣魚魚換酒　　　　蘇仙不見共誰遊

(鄭顯奭,「教坊歌謠」18,『教坊歌謠』)

壬辰年 淸和月의 大駕西巡 ᄒ실 날의
郭子儀 李光弼 되오려 盟誓러니
이몸이 不才론들노 알니 업서 ᄒ노라 (2457)

　　黑龍之暑　　　　　王在野些
　　慕昔賢忠　　　　　矢不移些
　　噫吁乎才非可用　　國無人我知些

(李起浡,「憂國歌二十八章飜辭」2,『漆室遺稿』卷1)

林泉을 집을 삼고 石枕에 누어시니
松風은 거문고요 杜鵑聲이 노릭로다
千古에 事無閑身은 나 쑨인가 ᄒ노라 (2458)

藤蘿繞屋　　　　　水石爲座

松風颯吹　　　　　鶯歌自和

物外豪權　　　　　亦足來賀

(李衡祥, 「今俗行用歌曲」 3, 自況誇, 『芝嶺錄』)

林泉爲草堂　　　　高枕石頭眠

琴是松風　　　　　歌是鵑

定知無事閑人　　　獨吾身

(黃胤錫, 「古歌新翻二十九章」 16, 『頤齋亂稿』)

잇버도 잇분 줄 모릭고 괴로와도 괴로운 줄 모르니
養子ᄒᆯ 至誠은 愚夫愚婦 ᄒᆫ가지다
아마도 父母心 爲心者ㅣ아 率性之孝ㄴ가 ᄒ노라 (『閒說堂遺稿』)

呴勞何日不深誠　　　保護無時減至情

知是吾人能率性　　　事親何不此心行

(安昌後, 「閒說二十五並詩歌」 13, 子以父母心爲心則率性而爲孝, 『閒說堂
遺稿』)

(ㅈ)

子規야 우지마라 울어도 俗節업다
울거든 너만 우지 날은 어이 울니는다
아마도 네 소리 드를 제면 가슴 알파 ㅎ노라 (2469)

寄語子規休且哭　　　哭之無益到如今
云何只管渠心事　　　我淚翻教又不禁

(申緯, 「小樂府四十首」 11, 子規啼後腔, 『小樂府四十首』 가람본)

주뇌 집의 술 익거든 부듸 날을 부로시소
草堂에 곳 피거든 나도 자뇌를 請ㅎ옴ᄉᆡ
百年 덧 시름업슬 일을 議論코져 ㅎ노라 (2474)

君家酒初熟　　　邀我樽前醉
花發草堂下　　　吾亦招子至
悠哉百年內　　　共破憂患事

(李敏輔, 「余愛聽歌曲八章」 6, 『豐野集』)

君家酒熟否　　　何不喚我去
東園花發後　　　我亦當邀汝
人生百年幾何　　　莫如對酒看花

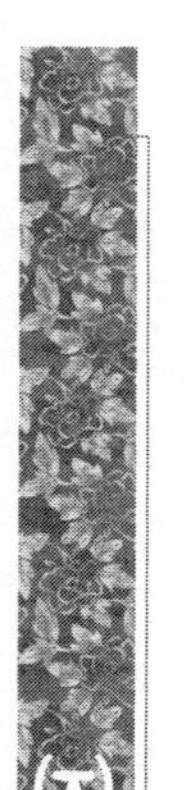

(洪良浩,「靑丘短曲」6, 君家酒,『耳溪集』卷1,『靑丘短曲』)

君家酒倘熟　　　　　珎重我必速
草堂花倘發　　　　　我亦君必告
百年中無愁若箇事　　將欲議績績

(金養根,「東調」33,〈閒適〉4,『東埜集』)

君家酒熟我須招　　　花發草堂我亦邀
只把無憂百年事　　　與君隨處議相饒

(鄭顯奭,「敎坊歌謠」78,『敎坊歌謠』)

자다가 씌야본이 님의게셔 片紙왓다
百番남아 펴보고 가슴 우희 언저 둔이
各別이 묵업쓴 안이되 가슴 답답ᄒ여라 (2477)

情書一紙坼看頻　　　疊在胸前壓在身
紙中不知能幾何　　　敎儂終夜氣悶悶

(權用正,「東謳」15,『東謳』)

子路의 鷄冠豚佩 升堂高弟 되얏고나
南方强 北方强은 變化氣質 허려니와
아마도 糞墻朽木은 彫飾허기 어려왜라 (2480)

子路初年性過剛　　　薰陶日久却升堂

縱然有道裁狂簡　　　　　畢竟無功圬糞墻

(趙榥,「箕裘謠」15,『三竹詞流』)

子路의　鷄冠豚佩　聖門高弟　되여고나

南方强　北方强은　變化氣質　허려니와

아마도　糞墻朽木은　彫飾헐　길　업스니라 (2480 異本)

子路初年質過强　　　　　束脩日久便升堂

人皆可化諄諄誘　　　　　最是難朽糞土墻

(趙榥,「箕裘謠」13,『三竹詞流異本』)

ㅈ룡아 말 노코 칼 쓰지 마라

죠됴의 십만틱병이 슐넝슐넝 물쓸텃흔다 쟝창은 어듸 두고 두루나니

룡광검만 후쥬 품속의 드러 줌쐬쥴 몰ᄂ (2481)

子龍息馬休花槍　　　　　百萬曹兵沸一場

隻手青釭無不敵　　　　　着眠阿斗過當陽

(李裕元,「小樂府」8, 八拍蠻,『嘉梧藁略』)

잘 새ᄂ ᄂ라들고 새 들은 도다온다

외나모 두리에 혼자 가ᄂ 뎌 듕아

네 졀이 언머나 흐관듸 먼 북소뤼 들리ᄂ니 (2495)

宿鳥兮飛入　　新月兮漸昇
時獨木兮橋上　　獨去兮彼僧
爾寺兮何許　　遠鐘聲兮入聆

（譯者未詳,「俛仰亭短歌」5,『俛仰集』）

林際棲禽定　　天邊新月高
危橋僧獨去　　雲寺暮鍾遙

（陳景文,「山下謠」,『剡湖集』卷2）

宿鳥投林栖　　新月上樹掛
前溪小橋危　　歸僧獨杖閒
有寺知不遠　　鍾聲來入耳

（李基休,「短歌十九章」1,『不世堂集』）

宿鳥飛入　　新月升之
獨矼上　　獨去彼禪師
爾寺何許　　遠遠鐘聲聞

（李衡祥,「今俗行用歌曲」18, 夕眺歡,『芝嶺錄』）

宿鳥投林山日暮　　天邊月出光明
忽逢橋上老僧行
問爾何寺住　　雲外指鐘聲

（馬聖麟,「短歌解」, 長短詞十五首 13,『安和堂私集』）

宿鳥翩翩　　飛入北靑樓
新月稍稍輾　　上神雪樓

瞻彼獨木橋　　　　　獨歸僧獨歸僧
招提隔幾里　　　　　暮鐘聲傳白雲悠

(黃胤錫,「古歌新翻二十九章」6,『頤齋亂稿』)

宿鳥投林初月輝　　　　溪邊約畧一僧歸
伽藍從此路多少　　　　風送遠鍾聲轉微

(吳憙常,「樂府」8, 失題,『樂府』高大本)

長白山에 旗를 곶고 豆滿江에 믈을 씻겨
셕은 져 션빅야 우리 아니 스나희냐
엇더타 凌烟閣上 뉘 얼골을 그릴고 (2505)

掛劍白頭山石　　　　　飮馬黑龍江水
東家腐儒莫笑我　　　　男兒事業當如此
他日麟閣圖形後　　　　角巾騎牛去訪爾

(洪良浩,「北塞雜謠」, 掛劍,『耳溪集』,『靑丘短曲』)

長生術 거즛말이 不死藥을 제 뉘 본고
秦皇塚 漢武陵에 暮煙秋草 쑨이로다
人生이 一場春夢이라 안이 놀고 어이리 (2513)

長生妙訣摠吾欺　　　　採藥神仙誰見之
須識人生朝露似　　　　漢陵秦塚草離離

(權用正,「東謳」30,『東謳』)

世上元無不死藥　　　何人能得敢延年

秦皇之塚漢皇墓　　　秋草黃時鎖暮烟

(李裕元,「小樂府」28, 誤佳期,『嘉梧藁略』)

長生之術說荒唐　　　仙藥人間誰得嘗

請看驪山武陵上　　　暮烟秋草至今荒

(鄭顯奭,「敎坊歌謠」72,『敎坊歌謠』)

長楊賦 大文章이 逢時不幸 허거니와
草太玄헐졔붓터 네 工夫가 詭異터니
畢竟에 出處不明ᄒᆞ여 白首投閣 ᄒᆞ여고나 (2525)

長楊賦出世知名　　　不幸文章假以鳴

白首草玄非踏實　　　一朝失脚誤平生

(趙榥,「箕裘謠」21,『三竹詞流』)

長風이 건듯 부러 浮雲을 헷쳐ᄂᆞ니
華表千年에 둘빗치 어졔론듯
뭇노라 丁令威 어듸 가뇨 너ᄂᆞᆫ 알가 ᄒᆞ노라 (2528)

長風颯然吹　　　陰翳自擁篲

華表千年後　　　月色明如晝

借問丁令威　　　爾亦知此否

(李衡祥,「浩瀚謳」15, 月色探,『瓶窩集』卷4,『甁永錄』)

張橫渠 談兵時에 勸讀中庸 그 뉘시며

孫秀才 索遊日에 春秋一部 뉘 쥬신고

아마도 宋朝 眞宰相은 范文正公이로고나 (2530)

少年落拓兩先生　　　　　指導搏鵬萬里程

後人縱有憂天下　　　　　奈乏龍圖藻鑑明

(趙榥,「箕裘謠」30,『三竹詞流』)

재너머 成勸農 집의 술닉닷말 어제 듯고

누은 쇼 발로 박차 언치 노하 지즐트고

아희야 네 勸農 겨시냐 鄭座首 왓다 ᄒ여라 (2532)

嶺北成勸農　　　　　　　昨聞其家酒正熟

蹴使臥牛起　　　　　　　弊韉加背仍垂脚

在否汝勸農　　　　　　　鄭座首來兒且告

(金養根,「東調」37,〈間適〉8,『東埜集』)

越岡成勸農宅　　　　　　昨聞新酒熟

足蹴臥牛起　　　　　　　置薦鞍跨着

童子汝家勸農在　　　　　爲報鄭座首來此

(李令翊,「翻文淸騎牛訪牛溪歌」,『信齋集』)

저 집이 傾頹前에 늬 목숨이 잠간 업셔

闕里祠 紅箭門에 魂魄이나 뫼셔볼걸

此生에 무엇슬 못 이져 凡然獨坐 허엿는고 (2562)

此宇未頹日　　　　　生吾願須臾
有魂當飛去　　　　　金石堂下趨
陽界何所戀　　　　　朝夕對盤盂

　　　　　　　　　　(趙榥,「秉彝吟」16,『三竹詞流異本』)

赤島에 비를 미고 陶穴을 츳자보니
當時 遺跡이 完然 모흔뎌이고
우리도 豊沛 赤子로 沒世不忘 ᄒ리 (『寬谷集』)

艤舟乎赤島　　　　　探討其陶穴
當時遺跡尙完然
我亦豊沛遺民　　　　自謂沒世不忘

　　　　　(金起泓,「寬谷八景歌」5, 右赤島懷古,『寬谷集』)

寂無人掩重門ᄒ듸 滿庭花落月明時라
獨倚紗窓ᄒ여 長歎息 ᄒ는 츠의
遠村에 一鷄鳴ᄒ니 이 긋는 듯 ᄒ여라 (2566)

寂無人掩柴扉　　　　滿庭花落月明時
獨倚紗窓長歎息
遠村一鷄鳴　　　　　輾轉反朝暉

　　　　　(黃胤錫,「古歌新翻二十九章」10,『頤齋亂稿』)

寂寂無人重掩門　　　　滿庭花落月明軒

獨倚紗窓長歎息　　　　一聲鷄唱五更村

(鄭顯奭,「敎坊歌謠」44,『敎坊歌謠』)

積雪이 다 녹아지되 봄소식을 모르드니

歸鴻은 得意天空闊이요 臥柳는 生心水動搖ㅣ로다

아희야 식 술 걸러라 식 봄마지 ㅎ리라 (2568)

積雪已消暖律遲　　　　男兒到此感年時

臥柳動心歸鴈喜　　　　醉餘欲唱迎春詞

(李裕元,「小樂府」24, 春光好,『嘉梧藁略』)

雪盡不知春消息　　　　雲鴻得意柳生心

呼兒申囑開葯甕　　　　滿眼韶光次第尋

(元世洵,「續樂府引」8, 迎春曲,『三家樂府』)

前山에 노던 사슴 쏼 간 후로 못보거다

世間에 네 죄 업시 藏蹤秘跡 무슴 일고

아마도 秋風에 쏼 굿거든 다시 볼가 ㅎ노라 (2575 異本)

芳草前園鹿養兒　　　　薰風一到遽何之

純陽積內英華發　　　　至寶藏身禍害隨

人或使財能續命　　　　天何與角謾爲儀

涼颸驅下千山獵　　　　知爾林間發跡時

前山에 노든 스슴 쑬 간 후로 못보거다
世間에 네 罪 업시 藏蹤秘跡 무슴 닐고
아마도 秋風에 쑬 싯거든 다시 볼가 ㅎ노라 (2575)

芳草前園鹿養兒　　　　薰風一到遽何之
純陽積丙英華發　　　　至寶藏身禍害隨
人或使財能續命　　　　天何與角謾爲儀
凉飈駈下千山獵　　　　知爾林間出脚時

前言은 戱之耳라 늬 말슴 허물마오
文武一體ㄴ줄 나도 暫間 아옵거니
두어라 赳赳武夫를 아니 좃고 어이라 (2577)

前言戱之耳　　　　吾言乃誤也
赳赳武夫公侯干城　　　　那可不從也

田園에 봄이 오니 이몸이 일이 하다
곳남근 뉘 옴김여 藥밧츤 언제 갈리
아희야 대븨여 오나라 삿갓 몬져 결을이라 (2580)

春日田園我事紛　　　　藥畦花圃有誰耘
分付山童先斸竹　　　　雨中擡笠織成紋

(李裕元,「小樂府」22, 探春令,『嘉梧藁略』)

前朝 뫼혼 銀을 功臣아 다 써슨다
더러 明鏡을 지어 大闕 모희 거러두고
殷鑑 머지 아닌 줄을 비쵠들 엇더ᄒ리 (『水南放翁遺稿』)

前朝所聚銀　　　　功臣應不盡用麼
除之作明鏡　　　　掛之大闕阿
不遠殷鑑藻　　　　常照更如何

(鄭熙鎭,「癸亥反正後戒功臣歌」,『慶州鄭氏世稿』, 放翁遺稿)

前漢書 儒林傳에 可憐 인물 楊雄이라
草太玄 헐 제부터 工夫가 詭異터니
畢竟에 失其身하여 白首投閣 허여고나 (2525 異本)

玄牝門深白首低　　　　虛名致得蜀商齋
縱敎生處歸然閣　　　　堪愧窮閭烈女閨

(趙榥,「箕裘謠」19,『三竹詞流異本』)

諸葛亮은 七縱七擒ᄒ고 張翼德은 義釋嚴顔 ᄒ단말가
섬겁다 華容道 조븐 길에 曹孟德이가 사라가단말가

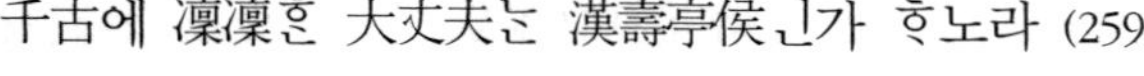

千古에 凜凜흔 大丈夫는 漢壽亭侯ㄴ가 ㅎ노라 (2595)

千古凜凜大丈夫　　　　獨有漢代壽亭侯
桃園不負弟兄義　　　　風雨五關匹馬由

　　　　　　(馬聖麟,「短歌解」, 古詩十七首 3,『安和堂私集』)

智似孔明縱蠻獲　　　　義如翼德釋嚴顏
千古關公眞凜凜　　　　華容小道放操還

　　　　　　　(鄭顯奭,「敎坊歌謠」25,『敎坊歌謠』)

帝王家 百神祀를 魔鬼外예 업다 허고
洋人쎄 허는 졀를 大聖前에 아니 허니
우리의 綱常中 人物共載一天 어인 일고 (2601)

先王聖幣地　　　　　　視同叢林祠
最爾眼中釘　　　　　　惟吾萬世師
我生禮義國　　　　　　羞與爾共之

　　　　　　　(趙槻,「秉彝吟」6,『三竹詞流異本』)

져 건너 일편셕은 강퇴공의 조퇴로다
문왕은 어딘 가고 빈비 홀노 믜여는고
셕양에 물츤 저비 오락가락 (2548)

瞻彼前山片石塊　　　　太公昔日釣魚臺

聖人已矣水空在　　　　　燕掠斜陽去復來

(李裕元,「小樂府」6, 天仙子,『嘉梧藁略』)

져 日月 所照處에 天生蒸民 만코 만타

頂天코 立地허여 秉彛之心 뉘 업스리

두어라 海隅偏邦에 我歌且謠 뉘 알리오 (2560)

寰宇日所照　　　　　在在産黎黔

均爲萬物灵　　　　　孰無秉彛心

何吾一蒼生　　　　　以是獨謳吟

(趙榥,「秉彛吟」3,『三竹詞流異本』)

졋소릐 반겨 듯고 竹窓을 밧비 여니

細雨 長堤에 쇠등에 아희로다

아희야 江湖에 봄 들거든 낙되 推尋 ᄒ여라 (2586)

鐵笛聲樂聞　　　　　竹窓忙開

細雨長堤　　　　　牛背上牧孩

兒兮理釣竹　　　　　江湖春入

(李衡祥,「今俗行用歌曲」38, 野眺憑,『芝嶺錄』)

조오다가 낙시되를 일코 츔츄다가 되롱의를 일허고나

늘그늬 妄伶으란 웃지마라 저 白鷗드라

十里에 桃花發하니 春興을 계워 ᄒ노라 (2609)

講畢忘書帙	睡了失釣竹
老我昏耗象	兒曹勿深督
少年雄豪氣	吾亦緬如昨

(李衡祥,「浩瀚謳」12, 老妄歎,『瓶窩集』卷4,『更永錄』)

睡起忘釣竿	舞罷失簑衣
嗟爾小兒曹	莫笑老夫狂且癡
春江十里桃花發	少日豪興未全衰

(洪良浩,「靑丘短曲」11, 睡起,『耳溪集』卷1,『靑丘短曲』)

| 睡裏見偸釣魚竿 | 醉舞又失綠簑衣 |
| 白鷗莫笑我老妄 | 十里花香興欲飛 |

(馬聖麟,「短歌解」, 古詩十七首 9,『安和堂私集』)

睡失在手竿	舞忘荷肩簑
老人荒妄象	白鷗且莫呵
十里桃花發	閒興一婆娑

(金養根,「東調」44,〈豪爽〉2,『東埜集』)

| 睡失漁竿舞失簑 | 白鷗休笑老人家 |
| 溶溶綠浪春江水 | 泛泛紅桃水上花 |

(申緯,「小樂府四十首」27, 落花流水,『小樂府四十首』가람본)

朝廷에 朋黨論이 人才업슬 張本이요
科場에 末流弊는 션비 업고 말리로다
後生이 志于學헌들 눌을 조ᄎ 드르리오 (2612)

黨論縱橫世道衰　　　　科場埋沒士趍卑
後生縱有摳衣願　　　　環顧寥寥可學師

(趙榥,「箕裘謠」39,『三竹詞流』)

朝天路 보믜단 말가 玉河關이 뷔단 말가
大明 崇禎이 어듸러로 가시건고
三百年 事大誠信을 못늬 슬허 ᄒ노라 (2615)

朝天路草塞　　　　玉河舘人空
大明崇禎今何在
三百年事大　　　　至誠如夢中

(南九萬,「鵩方曲」4,『藥泉集』)

天朝路阻兮　　　　玉河舘己虛
大明夷舊耀　　　　崇禎更誰書
追懷壬辰恩　　　　潸然淚添裾

(譯者未詳,「朝天路歌」,『見睫錄』卷3, 附歌調)

좌샹의 손이 잇고 준중의 술이 ᄀ득
듕심을 즐길지니 외모를 위홀소냐

덤음이 공쇼ᄒ시니 시측시효 ᄒ리라 (2620)

座有賓　　　　　　　樽有酒
只樂其心　　　　　　奚爲其外
德音孔昭　　　　　　惟當是則是傚

(權益隆, 「風雅別曲」 4, 『校註歌曲集』)

周公도 聖人이숫다 世上ᄉ름 드러스라
文王의 아들이오 武王의 아이로되
平生에 一毫驕氣를 ᄂ여 뵈미 업ᄂ니 (2622)

周公天下大聖賢　　　　後世之人可以師
文王之子武王弟　　　　平生驕氣一不爲

(馬聖麟, 「短歌解」, 古詩十七首 5, 『安和堂私集』)

周公 보신 숨이 窮鄕賤士 ᄂ 當허냐
國王이 오시나니 네 相禮을 헐디여다
아마도 聖灵이 洋洋하사 ᄂ 誠心을 아르신가 (2623 異本)

聖人能夢聖　　　　　　小子吾何當
命我衣章甫　　　　　　草儀儌見王
覺來因感泣　　　　　　夙夜瞻洋洋

(趙榥, 「秉彝吟」 11, 『三竹詞流異本』)

周公을 보시든 숨이 窮鄕賤士 뇌 當헌가
國王이 오신다니 賓主相禮 네가 허라
小子아 章甫늘 쥬라 時刻內여 오시리라 (2623)

精誠發宵寐   山庭設農壇

國王來報急   汝作相禮官

命抄袖出書   卽賜章甫冠

促敎惶怖甚   覺來涕闌干

(趙榥, 「秉彝吟」 9, 『三竹詞流』)

周公이 三吐哺ᄒ여 天下士늘 禮待허니
丹穴에 나는 鳳이 朝陽梧桐 마다허랴
엇지타 五十年刑措後는 그 션비가 다시 업노 (2624)

明堂吐握動時風   吉士來如鳳集桐

繼述無人刑措後   惜乎文考作人功

(趙榥, 「箕裘謠」 7, 『三竹詞流』)

周公이 三握髮하여 天下을 禮待허니
丹穴에 나는 鳳이 朝陽梧桐 마다허랴
아모도 四十年刑措後는 그 션비가 盡허니라 (2624 異本)

明堂吐握動時風   吉士來如鳳集桐

後四十年賢在野   聖人得位止於公

(趙榥,「箕裘謠」7,『三竹詞流異本』)

周靈王 千五百年 後庚戌에 나신 先生

生民來 聖人事業 終條理늘 허시니라

우리도 朱夫子 아닐어면 冥行摘埴 허리로다 (2634)

氤氲氣毓後先庚	一統師門繼集成
訓誥斯文功浩大	爲開來學指南程

(趙榥,「箕裘謠」31,『三竹詞流』)

周峯下 花塘上에 鄕校旧基 차자닉니

左龍潭 右虎池에 武夷九曲 예로고나

허물며 이 집의 오신 날이 庚戌十月이로고나 (2636)

白雲山盡處	大堤旧釁址
周峰淸淑氣	蓄以交襟水
矧玆雨盈奠	尼山降精禩
四十七庚戌	愀如聖復作
任他尺鷃笑	勞心廣營度
萋菲日聒耳	惟信心無怍

(趙榥,「秉彛吟」12,『三竹詞流異本』)

酒色을 삼가ㅎ란 말이 녯 사름의 警誡로되

踏青登高節에 벗님닉 다리고 詩句를 읇플 지 滿樽香醪를 아니 醉
키 어려왜라

旅舘에 殘燈을 對ᄒ야 獨不眠홀지 玉人을 맛나 아니 자고 어니ᄒ리

(2637)

<table>
<tr><td>愼酒色古人攸訓戒</td><td>踏青登高節</td></tr>
<tr><td>與友詠詩句</td><td>滿樽香醪不醉何</td></tr>
<tr><td>旅舘寒燈獨不眠</td><td>對絶代佳人不遊何</td></tr>
</table>

(鄭顯奭,「敎坊歌謠」95,『敎坊歌謠』)

罇中에 술이 잇고 座上에 손이 ᄀ득

大兒孔文擧를 고쳐 어더볼쎠이고

어즈버 世間餘子를 닐러 무슴ᄒ리 (『靑丘永言』珍本 143)

樽中酒座上客

大兒孔文擧那復見

世間餘子何復道

(申欽,「放翁詩餘」28,『靑丘永言』珍本)

中書堂 白玉杯를 十年만의 고려보니

묽고 흰 비츤 어제론 듯 ᄒ다마ᄂᆞᆫ

엇더타 사름의 ᄆᆞ음은 朝夕變ᄒᄂᆞᆫ고 (2661)

中書堂裏玉爲盃　　　　十載歸來復見開

清白光輝渾似舊　　所嗟人事變更回

(鄭顯奭, 「教坊歌謠」 37, 『教坊歌謠』)

中天에 雪後月이 少年時에 돗터이라
梅花퓐 故人家에 셔로 차쟈 賦詩터니
至今에 山牕이 晃白허니 月色인가 허노라 (2662)

昔我英年不怕寒　　長安雪月滿詩壇
郊園夜笛尋梅逕　　市陌晨鍾訪酒竿
一落空山因掃跡　　三餘勝日未彈冠
黃昏虛室微生白　　臥倩書童出戶看

(趙榥, 「酒老園擊壤歌」 29, 『三竹詞流』)

쥬려 죽으려ᄒᆞ고 首陽山에 들엇거니
현마 고ᄉᆞ리를 먹으려 ᄏᆡ야시랴
物性이 구분줄 익ᄃᆞ라 펴보려 ᄏᆡ미라 (2627)

初意欲死　　已入首陽餒
寧爲口腹計　　而以薇蕨採
却嫌周雨露　　更欲商鼎漑

(李衡祥, 「今俗行用歌曲」 43, 採薇解, 『芝嶺錄』)

曾思門 嫡傳統을 表章ᄒᆞ여 詔後ᄒᆞ니

이 先生 繼開功이 孟子 後에 흔아여널
어듸셔 才勝헌 文章輩가 分朋攻擊 허단 말가 (2669)

無邊風月弄吟還　　　　　正路開荒夢覺關
斥鷃未知鵬萬里　　　　　啁啾一陳集籬間

(趙榥,「箕裘謠」28,『三竹詞流』)

陳處士 數理學을 道義門에 부처두고
安樂窩 一平生에 生老太平 조흘시고
아마도 豪邁헌 져 긔상은 空中樓閣이로고나 (1207 異本)

華山一派在東都　　　　　道體同皈太極圖
月窟天根來往際　　　　　峥嶸樓閣起雲衢

(趙榥,「箕裘謠」28,『三竹詞流異本』)

집方席 내지 마라 落葉엔들 못 안즈랴
솔불 혀지마라 어졔 진 달 도다 온다
아희야 薄酒山菜ᄅ그만졍 업다 말고 내여라 (2701)

客來勿布茵　　　　　落葉亦可藉
何必吹松火　　　　　月回如昨夜
蔬醪誠薄劣　　　　　續具母俓罷

(李敏輔,「余愛聽歌曲八章」1,『豐野集』)

莫燃松	明月上前峰
莫設席	紅葉滿溪石
兒兮急速取酒來	山肴野蔌聊以娛今夕

(洪良浩, 「靑丘短曲」 3, 莫燃松, 『耳溪集』 卷1, 『靑丘短曲』)

兒休撥松火	昨落月還復出東山
且休設竹簟	草坐亦足容吾身
一杯酒兒酌	我方欲席地而衾天

(黃胤錫, 「古歌新翻二十九章」 19, 『頤齋亂稿』)

勿出藁方席	落葉宜且坐
松燈勿用擧	昨夜落月又山左
村醪澗蔬勿言薄	兒乎稱家無不可

(金養根, 「東調」 30, 〈閒適〉 1, 『東埜集』)

休煩款待黃茅薦	且坐何妨紅葉堆
豈必松明燃照室	前宵落月又浮來

(申緯, 「小樂府四十首」 22, 慣看賓, 『小樂府四十首』 가람본)

落葉眞堪隨處坐	松燈亦復不須燃
分明前夜下山月	又向東山高處圓

(權用正, 「東謳」 17, 『東謳』)

집을 지을딘딘 材木을 求ᄒᄂ니
天生 도돈 남글 어이ᄒ여 ᄇ렷ᄂ고

두어라 棟樑을 삼으면 기울 주리 이시랴 (『水南放翁遺稿』)

作家宜求材　　　　　天生直木何以棄

苟以作棟樑　　　　　豈有傾側理

　　(鄭熙鎭, 「歎鰲城漢陰完平竄謫歌」, 『慶州鄭氏世稿』, 放翁遺稿)

(ㅊ)

窓밧긔 菊花를 심거 菊花밋틔 술을 비저
술닉쟈 菊花 픠자 벗님 오쟈 들 도다 온다
아희야 검은고 淸쳐라 밤새도록 놀리라 (2718)

窓外有黃菊　　　　　菊裏釀白酒
酒熟菊初開　　　　　故人帶月來
童子持瓢子　　　　　夜酌亂無巡

（李基休, 「短歌十九章」 7, 『不世堂集』）

창 밧긔 워석버석 님이신가 니러 보니
蕙蘭蹊經에 落葉은 므스일고
어즈버 有恨혼 肝腸이 다 긋츨가 ᄒ노라 (『靑丘永言』珍本 134)

窓外窸窣認郎來　　　　蕙蘭蹊徑
落葉又何　　　　　　　有限肝腸盡斷

（申欽, 「放翁詩餘」 19, 『靑丘永言』珍本）

蒼梧山 聖帝魂이 구름조ᄎ 瀟湘에 ᄂ려
夜半에 흘너들어 竹間雨 되온 ᄯᆺ은

二妃의 千年淚痕을 못닉 씨셔 홈이라 (2731)

蒼梧聖帝魂　　　　　夜半雨紛紛
竹裏蕭蕭意　　　　　要將洗淚痕

(林億齡,「飜李後白瀟湘夜雨之曲」1,『石川集』)

何處暗消魂　　　　　寒聲入夜紛
平江添作浪　　　　　已沒舊時痕

(林億齡,「飜李後白瀟湘夜雨之曲」2,『石川集』)

已斷楚臣魂　　　　　還隨木葉紛
舟人眠不省　　　　　舡閣漏垂痕

(林億齡,「飜李後白瀟湘夜雨之曲」3,『石川集』)

誰招去國魂　　　　　千里不禁紛
忽返三更響　　　　　孤襟帶血痕

(林億齡,「飜李後白瀟湘夜雨之曲」4,『石川集』)

今古有沈魂　　　　　天陰鬼語紛
孤舟嫠婦在　　　　　滿面是啼痕

(林億齡,「飜李後白瀟湘夜雨之曲」5,『石川集』)

魚腹葬忠魂　　　　　千秋向國紛
江深招不得　　　　　天水合無痕

(林億齡,「飜李後白瀟湘夜雨之曲」6,『石川集』)

祠下二妃魂　　　　　　　驚鴉噪自紛
曉看沾濕處　　　　　　　汀草沒燒痕

(林億齡,「飜李後白瀟湘夜雨之曲」7,『石川集』)

一夜九驚魂　　　　　　　天何又送紛
三年寄江上　　　　　　　爲困覓瘢痕

(林億齡,「飜李後白瀟湘夜雨之曲」8,『石川集』)

此地本傷魂　　　　　　　寒宵百慮紛
平生已三刖　　　　　　　陰氣痛瘡痕

(林億齡,「飜李後白瀟湘夜雨之曲」9,『石川集』)

蒼梧山聖帝魂　　　　　　雲物並瀟湘之寄
夜半流入　　　　　　　　竹間相化意
至今二妃寃淚不盡洗

(李衡祥,「今俗行用歌曲」47, 瀟湘斑,『芝嶺錄』)

蒼梧山聖帝魂　　　　　　雲中出兮下瀟湘
化爲竹間雨蕭蕭　　　　　滴夜涼聲繞枝意
如何欲洗　　　　　　　　千年淚痕香

(南肅寬,「短謠」1, 瀟湘夜雨歌,『八灘公遺稿』)

蒼梧山 어듸메오 白雲鄕이 머러젓ᄂᆡ
已往恩寵이 꿈 속의 봄이로다
白首에 호을노 사라 이셔 눈물겨워 ᄒ로라 (『郞巖遺稿』)

梧山何處雲鄕遠　　　已往君恩夢裏深

只恨此身今獨在　　　白頭中夜淚難禁

（申孝善,「蓬萊樂府」5,『郞巖遺稿』）

蒼梧山 히진 후에 二妃는 어듸 간고

흠쯰 못 주근들 셔름이 엇더튼고

千古에 이 뜻 알니는 댓숩핀가 ᄒ노라 (『靑丘永言』珍本 124)

蒼梧日落　　　　二妃何所

死不同時　　　　恨何極

千古知心　　　　是竹林

（申欽,「放翁詩餘」9,『靑丘永言』珍本）

窓前에 풀은 山아 네 緣分을 늬 모로며

枕下에 말근 물아 늬 心情을 네 알니라

아마도 이 몸에 一動一靜 져 山川에 비오리랴 (2738)

幽居事事愜吾情　　　最是靈臺二樂幷

白髮蒼顔忘已老　　　靑山綠水托餘生

鍊形突兀窓前色　　　洗髓淸凉枕下聲

所處無關桑海劫　　　永將行止與君盟

（趙榥,「酒老園擊壤歌」9,『三竹詞流』）

昌平里 詩禮庭에 述聖公이 이여 나셔
費而隱 發未發로 大本達道 闡明허니
아마도 生花一枝에 쏘 흔 가지 퓌여고나 (2741)

    詩禮家庭嶽降神   生花繼發一枝春
    發前未發中和字   夫子文章潤色新

          (趙楎,「箕裘謠」12,『三竹詞流』)

昌平里 詩禮庭에 述聖公이 이여 나셔
發未發 費而隱을 一統으로 傳述허니
아마도 生花一枝여 쏘 한 가지 퓌여고나 (2741 異本)

    中和二字立綱維   百慮同皈一統辭
    夫子文章何處見   生花不老又柯枝

          (趙楎,「箕裘謠」14,『三竹詞流異本』)

倉頡이 作字홀 지 此生怨讐 離別 두 字
秦始皇 焚書에 어늬 틈어 드러다가
至今에 在人間ᄒ야 남의 이을 싯ᄂ니 (2742)

    倉頡許多作字時   離別二字奈何爲
    秦帝焚時能得免   至今在世使人悲

          (馬聖麟,「戲贈美妓」, 古詩九首 7,『安和堂私集』)

冊덥고 창을 여니 江上의 白鷗셰라
口腹을 爲ᄒ여 뎌다지 굽니ᄂ다
一身만 주릴양이면 굽닐줄이 이시랴 (2744)

掩卷而推窓　　　　　清江白鷗浮
偶爾唾涎兮　　　　　漬濡乎白鷗背
白鷗兮莫怒　　　　　汚彼世人而唾也

(譯者未詳,「絶命歌」,『李評事集』卷1)

冊덥고 牕을 여니 江湖에 白鷗ᄯ다
往來ᄒ면서 무슴 뜻 먹어ᄂ고
앗구려 功名도 말고 너를 좃녀 놀니라 (2745)

讀書窓爲倦書拓　　　　滿地江湖雙白鷗
摒却浮名身外事　　　　一生堪與汝同遊

(申緯,「小樂府四十首」34, 鷗盟,『小樂府四十首』가람본)

千萬里 머나먼 길희 고은 님 여희옵고
ᄂ 모음 둘ᄃ 업셔 냇ᄀ의 안자시니
뎌 물도 ᄂ 은 ᄀᆺᄒ여 우러 밤길 녜놋다 (2762)

千里遠遠道　　　　　美人離別秋
此心無所着　　　　　下馬臨川流
川流亦如我　　　　　嗚咽去不休

(金止男,「美人詞」,『莊陵誌』卷1)

千里遲程別美人　　　　此心無着俯川濱
波聲入夜還如我　　　　流去烏烏更愴神

(黃胤錫,「改翻金龍溪止南美人詞一絶」,『頤齋亂藁』卷7)

天上에 日月星辰 開闢後에 버러잇고
世間에 三綱五常 千萬古에 새쳐고나
아마도 우리 聖人 져 日月과 갓트니라 (2771)

天於開物初　　　　懸象以示人
宇宙首出聖　　　　垂敎牖後民
並命而合德　　　　同久萬萬春

(趙槐,「秉彝吟」 2,『三竹詞流異本』)

天性은 흔가지나 氣稟은 다르도다
先覺이 覺後覺은 하늘의 쓰지니 元無識은 불이고 知而不言 괴이ᄒ다
아마도 敎人不倦은 好學者의 道理인가 ᄒ노라 (『閒說堂遺稿』)

先覺固宜覺後覺　　　　智人所以擇仁居
不知非義元無責　　　　識者不言不識如

(安昌後,「閒說二十五並詩歌」 22,〈有知不教不知同〉,『閒說堂遺稿』)

千歲를 누리소셔 萬歲를 누리소셔
무쇠기동에 쏫픠여 여름이 여러 짜드리도록 누리소셔
그지아 億萬歲 밧긔 쏘 萬歲를 누리소셔 (2773)

千千萬萬萬千千　　　　又享千千萬萬年
鐵柱開花花結子　　　　殷紅子熟獻宮筵

(申緯, 「小樂府四十首」 25, 祝聖壽, 『小樂府四十首』 가람본)

享年享歲享綿綿　　　　但願吾君萬壽延
鐵樹花開終結子　　　　萬年之外萬餘年

(鄭顯奭, 「敎坊歌謠」 64, 『敎坊歌謠』)

天地間 도는 氣數 白頭山에 도라드니
싀 天子 나고 난다 儒宗인들 아니 나랴
허물며 小華 禮義俗이 箕聖旧國이로고나 (3069 異本)

天步周行到白頭　　　　眞人再度走神州
矧吾箕封仁賢俗　　　　地運寧遲亞聖鄒

(趙榥, 「箕裘謠」 33, 『三竹詞流異本』)

天地間 生民初에 各授其職 허여시니
士農과 工商外여 遊衣食은 못허리라
우리도 제 職業 잇스니 父作子述 허리로다 (2785)

靈於萬物職於天　　　　　勞力勞心爾各專
我有儒家功未就　　　　　暮年留作一靑氈

(趙榥,「箕裘謠」 1,『三竹詞流』)

天地間　生民初에　各授其職　허여시니
士農과　工商外여　遊衣遊허　못허리라
우리도　제　職業　이스니　父作子述　허리로다 (2785 異本)

靈於萬物職於天　　　　　勞心勞力爾各專
自我有生知有受　　　　　暮年留作一靑錢

(趙榥,「箕裘謠」 1,『三竹詞流異本』)

天地間　蠢動物이　口服外예　닐　업거널
藐然헌　此一身에　졔　헐　닐이　하고　만타
第一에　人道　곳　업스면　저　禽獸나　다를소냐 (2786)

凡有血氣物　　　　　所重惟口腹
獨玆躶而皡　　　　　天賦五常足
中無道義充　　　　　人貌粧六畜

(趙榥,「人道行」 1,『三竹詞流』)

天地는　萬物之逆旅] 요　光陰은　百代之過客이라
人生을　헤아리니　杳滄海之一粟이라

두어라 若夢浮生이 아니 놀고 어이리 (2791)

天地元來如逆旅　　　　光陰百代客之過
世事渺然滄海粟　　　　生非百歲不遊何

(鄭顯奭,「敎坊歌謠」20,『敎坊歌謠』)

天地는 언제 나며 興亡을 뉘 아더니
萬古英雄이 몃치나 지나거니
아마도 一片明月이 네나 알가 ᄒ노라 (2793)

天地起底時　　　　興亡又孰知
古今英雄　　　　又已經幾箇
誰獨無心一片松月　　　　也須知不知

(黃胤錫,「古歌新翻二十九章」28,『頤齋亂稿』)

天地何時生　　　　興亡又誰知
萬古英雄　　　　幾箇來斯
無心一片明月　　　　爾或知之

(李衡祥,「今俗行用歌曲」36, 浩氣関,『芝嶺錄』)

天地德合ᄒ고 日月이 幷明이라
三宗 默佑ᄒ샤 百靈이 共護ㅣ로다
兩聖侯 一時平復ᄒ시니 歡均八域 ᄒ여라 (『郎巖遺稿』)

德合乾坤明日月　　　　　三宗默佑陟降靈
試看八域歡均處　　　　　兩聖一時玉候寧

(申孝善,「蓬萊樂府」3,『郞巖遺稿』)

天地도 愛酒ᄒ샤 酒星酒泉 상기시고
古昔 聖賢도 다 즑여 먹엇거든
허물며 ᄇ리인 이몸이 안이 먹쓰 어이리 (2801)

天地愛酒　　　　　　出酒星酒泉
聖賢愛酒　　　　　　飮千鍾百榼
人間美祿非此麼

(鄭顯奭,「勸酒歌」2,『敎坊歌謠』)

天地도 좁고 좁고 河海라도 엿고 엿다
文武兼啣 六十字은 四百年來 처음이라
忠壯公 感泣ᄒᄂ 느물이 九泉下의 ᄯ 흔 숨이 솟ᄂ가 ᄒ노라 (2802)

天地窄窄　　　　　　河海淺淺
文武兼啣六十字　　　四百年來初恩典
忠壯公感泣淚　　　　九泉之下又一泉濺

(梁周翊,「又感恩曲五疊」1,『無極集』)

天地로 將幕 삼고 日月노 燈燭 삼아

北海를 휘여다가 酒罇에 다혀 두고
南極에 老人星 對ᄒ여 늙글 뉘를 모로리라 (2803)

  天地兮帳幕   日月兮燈燭
  傾彼北海兮   海樽兮是漑作
  南極老人星兮   將不知兮有晦

(譯者未詳,「俛仰亭短歌」7,『俛仰集』)

天地 몃변직며 英雄은 누고 누고
萬古興亡이 슈우줌의 쑴이로다
어듸셔 망녕엣거슨 노지 말나 ᄒᄂ니 (2807)

  天地幾番開且闢   英雄不知幾何
  萬古興亡一南柯
  何處鄕暗客   笑我醉中歌

(馬聖麟,「短歌解」, 長短詞十五首 12,『安和堂私集』)

天地 成冬ᄒ니 万物이 閉藏이라
草木이 脫落ᄒ고 蜂蝶이 모로ᄂᄃ 엇디ᄒ 봄빗치 흔 柯枝梅花ㅣ런고
아마도 貞則復元ᄒᄂ 검은 造化를 져 꼿츠로 보리라 (『郎巖遺稿』)

  天地成冬蝶不知   何來春色着梅枝
  花開已驗貞元復   造化玄玄理可推

(申孝善,「蓬萊樂府」10,『郎巖遺稿』)

千秋前 尊貴키야 孟嘗君만 홀가마는 千秋後 冤痛흠이 孟嘗君이 더

옥 셥다

食客이 젹돗든가 名聲이 괴요튼가 개盜賊 둙의 우름 人力으로 사

라나셔 말이야 주거지여 무덤 우희 가싀나니 樵童牧豎들이 그 우흐

로 것니며셔 슬픈 노래 흔 曲調를 부르리라 혜여실가 雍門調 一曲

琴에 孟嘗君의 한숨이 오로는 듯 느리는 듯

아희야 거문고 쳥쳐라 사라신제 놀리라 (2810)

千秋前所貴艷	孟嘗君孰尊
千秋後所悲恨	孟嘗君尤冤
食客何曾小	名聲寧寂寥
鷄鳴及狗盜	人力爲榮戕
及到身死後	荊棘生幽壙
樵童牧豎輩	躑躅行其上
悲歌一曲調	豈料於斯唱
雍門周一曲琴	孟嘗君噓唏如下復如上
兒兮須擊淸	及生且遊賞

(李衡祥,「雍門周」,『芝嶺錄』長歌)

天下憂 허든 宰相 師門에도 有功허다

張橫渠 泰山先生 一變至道 뉘 힘인고

아마도 作成人才가 廊廟事業이로고나 (2817 異本)

名敎關吾進退憂	談兵士去學而優
英才副我菁莪樂	玉帛徵來旧索遊

(趙楗,「箕裘謠」29,『三竹詞流異本』)

天皇氏 지으신 집을 堯舜에 와 灑掃ㅣ러니
漢唐宋 風雨에 다 기우러지거고나
우리도 聖主 뫼셔 重修ᄒ려 ᄒ노라 (2821)

天皇氏所㓮屋　　　　　禹湯文武勤
灑掃風雨　　　　　　　漢唐宋歲已久頹欲倒
何時陪我聖明主　　　　此屋能再造
(金養根,「東調」15,〈道學〉1,『東埜集』)

天皇宇宙㓮爲開　　　　爰及唐虞掃洒來
風雨漢唐傾圮久　　　　願陪聖主重修回
(鄭顯奭,「教坊歌謠」1,『教坊歌謠』)

天皇堂構正綢繆　　　　堯舜方周灑掃猷
頹久漢唐宋風雨　　　　如今願戴好重修
(吳憙常,「樂府」5, 康衢吟,『樂府』高大本)

鐵嶺 노푼 峯에 쉬여 넘는 져 구름아
孤臣寃淚를 비 삼아 씌여다가
님 겨신 九重深處에 쑤려볼가 ᄒ노라 (2823)

鐵嶺高處宿雲飛　　　　飛飛何處歸

315

願帶孤臣數行淚　　　　作雨去向終南白嶽間

沾灑瓊樓玉欄干

　　(宋時烈,「翻鐵嶺歌」,『宋子大全』卷148,『白沙先生北遷日錄』,『金石

　　　　　　　　　　　　　　　　　　　　錄』卷11)

咸關嶺高復高　　　　　夜宿曉去寒雲飛

孤臣寃淚欲附汝　　　　願帶爲雨長安歸

長安宮闕九重裏　　　　儻向君前一霏霏

　　　　　　　　　　　(南九萬,「飜方曲」2,『藥泉集』)

咸關嶺高復高　　　　　夜宿曉去寒雲飛

孤臣寃淚欲附汝　　　　願帶爲雨長安歸

長安宮闕九重裏　　　　儻向君前一霏霏

(南九萬,「鐵嶺歌」,『藥泉集』卷27, 白沙獻議手草跋,『白沙先生北遷日錄』註)

磨天嶺第一峰　　　　　宿雲猶未散

願帶孤臣淚　　　　　　添作沛然雨

九重有美人　　　　　　歸灑鳳闕下

　　　　　　　　　　　(李基休,「短歌十九章」9,『不世堂集』)

鐵嶺山高巍　　　　　　彼雲宿而歸

帶得孤臣怨淚　　　　　和雨飛和雨飛

飛入靈修　　　　　　　九重宮闕灑霏霏

　　　　　　　　　　　(李福休,「鐵嶺歌」1,『海東樂府』)

何年玉几[肌]托遺孤　　　穆陵松栢靑依依

西宮火砲夜夜發　　　金墉城裡秋蕭瑟
孤臣一死不足惜　　　但恐天綱從此滅
悲風夜吼鐵塔椎　　　延興之獄尤堪噫
鳴呼仙軿往往白雲中　　一片臣心知不知

(李福休,「鐵嶺歌」2,『海東樂府』)

鐵嶺復鐵嶺　　　　　鐵嶺正嵯峨
吁嗟白雲一何多　　　不能飛度嶺栖在
山之阿白雲尙如此　　行人那得過
鐵嶺之險復堪論　　　得非鬼關與朱厓
渺渺女眞界　　　　　茫茫滄海波
鰲城老相荷作衣　　　心丹髮白人共嗟
當時奮筆扶大義　　　靑州一謫非轗軻
上東門外不忍去　　　回首穆陵寒日斜
欲訴君門門九重　　　猖狺虎豹恣怒訶
淸晨秣馬向朔方　　　北風雨雪迷盤陁
孤臣涕淚盡成血　　　天高日暮愁滂沱
不能帶去灑向五雲闕　雲兮雲兮奈汝何

(成海應,「鐵嶺雲歌」,『研經齋全集』卷2)

鐵伊嶺高復高　　　　登臨遙望九重天
願將孤臣雙淚化爲雨　灑向瓊樓玉宇前

(徐有英,「鐵嶺歌」,『錦溪筆談』上)

崔嵬鐵嶺揷天中　　　其上宿雲常冥濛
帶得孤臣冤淚去　　　霏霙飛洒九重宮

(元世洵,「續樂府引」5, 鐵嶺雲,『三家樂府』)

鐵岑最高峯	飛去彼白雲
孤臣怨君淚	爲雨帶將去
沾洒君在處	九重宮闕裡

(譯者未詳,「鐵嶺歌」,『見睫錄』卷3, 附歌調)

轍環時 못헌 길을 二千年後 오신 쓰즌

箕聖後 小中華에 아름답다 禮義러니

엇디타 三百年 塵埃中에 支離허다 長夜로다 (2825)

平昔乘桴願	天風借鶴駕
爲是殷聖國	遺風絃誦舍
如何三百年	塵箱度長夜

(趙榥,「秉彛吟」9,『三竹詞流異本』)

瞻彼淇澳혼듸 綠竹이 猗猗로다

有斐君子ㅣ여 낙듸을 빌이려문

우리도 至善明德을 낙가볼가 ᄒ노라 (2827)

瞻彼淇澳	綠竹猗猗密如簀
有斐君子徒	須借一竿竹
三綱領八條目	吾欲釣之次第得

(南肅寬,「短謠」13, 淇澳綠竹歌,『八灘公遺稿』)

淸溪上 草堂外에 봄은 어이 느젓ᄂᆞ니
梨花 白雪香에 柳色 黃金嫩이로다
滿壑雲 蜀魄聲中에 春事ㅣ 茫然ᄒᆞ여라 (2837)

淸溪上草堂邊	春何晚
梨花白雪香	柳色黃金嫩
滿壑雲蜀魄聲中	春思更茫然

(黃胤錫, 「古歌新翻二十九章」 15, 『頤齋亂稿』)

春晚淸溪草閣深	梨花白雪柳黃金
滿壑歸雲蜀魄怨	思君不見淚難禁

(李裕元, 「小樂府」 31, 浣溪紗, 『嘉梧藁略』)

春晚淸溪一草堂	梨花雪白柳金黃
雲深萬壑千峯裡	蜀魄聲中春思茫

(鄭顯奭, 「敎坊歌謠」 36, 『敎坊歌謠』)

淸泠浦 ᄃᆞᆯ 불근제 슬피우는 뎌 杜鵑아
六臣冤恨을 아는다 모로는다
天地ㅣ 아득ᄒᆞ니 아모된졸 모로노라 (『頤齋亂藁』)

淸泠浦上明月時	徹夜哀鳴有子規
能解六臣冤恨否	冥冥天地已難知

(黃胤錫, 「翻淸泠浦歌」, 『頤齋亂藁』 卷8)

靑凉山 六六峯을 아ᄂ니 나와 白鷗

白鷗야 獻辭ᄒ랴 못미들슨 桃花ㅣ로다

桃花야 ᄯ써나지 마로렴 漁舟子 알가 ᄒ노라 (2844)

清凉山最高丘　　　　　知者吾與白鷗

白鷗勿誇　　　　　　　所不信者桃花

桃花且勿移　　　　　　恐爲舟子知

(李衡祥,「今俗行用歌曲」52, 清凉秘,『芝嶺錄』)

清凉山六六峯　　　　　惟有白鷗知我家

白鷗淸愼豈負吾　　　　輕薄難信是桃花

桃花桃花更莫出洞去　　恐引外客來經過

(南有容,「夜聞隣歌倚其聲爲新詞三関」1,『雷淵詩稿』,『雷淵集』卷8, 雜詩)

清凉山六六峯　　　　　知者白鷗與儂

白鷗寧敗事　　　　　　難信是桃花

桃花莫浪逐水去　　　　怕有漁舟覓儂家

(金景泌,「翻老先生清凉山歌」,『聞韶世稿』卷27, 鶴陰遺稿 上)

清凉山六六峰　　　　　知者惟吾與白鷗

白鷗元自不虛疎　　　　最難信桃花流

桃花莫浪浮水去　　　　門前絶怕來漁舟

(黄胤錫,「古歌新翻二十九章」1,『頤齋亂稿』)

清凉山何有　　　　　　白鷗與桃花

白鷗忘機　　　　　　　桃花不言

理我初服　　　　　　　　與爾同婆娑
白鷗可信盟不寒　　　　桃花奈汝輕盈姿
東流之水日千里　　　　恐漏春消息世人知

(朴致福,「戒桃花」,『晚醒集』卷3, 大東續樂府)

清凉六六春消息　　　　知者自家與爾鷗
鷗爾肯從人走洩　　　　桃花或恐引漁舟

(吳憙常,「樂府」10, 桃花引,『樂府』高大本)

靑藜杖 드더지며 石逕으로 도라드니
兩三 仙庄이 구름ㅁ속에 잠겨제라
오늘은 塵緣을 다 썰치고 赤松子를 좃초리라 (2845)

昂莊石逕松　　　　　　自謂超塵寰
何不更踰山　　　　　　立於深谷間
喧囂邈不到　　　　　　只許幽人攀

(李衡祥,「浩皤謳」2, 路松屭,『甁窩集』卷4,『更永錄』)

淸明時節 雨紛紛ᄒ저 나귀 목에 돈을 걸고
酒家ㅣ 何處오 뭇노라 牧童드라
저 건너 杏花ㅣ 늘이니 게 가 무러 보소셔 (2853)

行人魂斷雨淸明　　　　何處靑帘夕照橫
短笛牧童遙指點　　　　杏花如雪一城傾

(李裕元,「小樂府」14, 酒泉子,『嘉梧藁略』)

靑山도 절노 절노 綠水ㅣ라도 절노 절노

山 절노 절노 水 절노 절노 山水間에 나도 절노 절노

그 中에 절노 ㅈ린 몸이 늙기도 절노 절노 늙으리다 (2857)

靑山自在自在　　　　　　綠水自在自在

山自在水自在　　　　　　吾亦自在渠亦自在

旣自在自在　　　　　　　吾將自在自在

(李衡祥,「今俗行用歌曲」51, 自在吟,『芝嶺錄』)

山是自然水自然　　　　　山水之間我自然

自然生長此身世　　　　　老了昇平亦自然

(李裕元,「小樂府」40, 小重山,『嘉梧藁略』)

靑山終古自然然　　　　　綠水如今亦自然

山水中間吾自在　　　　　此生老亦自然然

(鄭顯奭,「敎坊歌謠」30,『敎坊歌謠』)

靑山裡 碧溪水야 수이 감을 ㅈ랑마라

一到 滄海ᄒ면 다시 오기 어려오니

明月이 滿空山ᄒ니 쉬여 간들 엇더리 (2858)

靑山裏碧溪水　　　　　　誰令日夜奔流

一到滄海無歸日　　　　明月滿山兮何不少淹留

　　　　(洪良浩,「靑丘短曲」33, 靑山裏,『耳溪集』卷1,『靑丘短曲』)

靑山影裏碧溪水　　　　容易東流爾莫誇
一到滄江難再見　　　　且留明月暎婆娑

　　　　(申緯,「小樂府四十首」23, 碧溪水,『小樂府四十首』가람본)

靑山裏碧溪水　　　　莫誇去未休
一到滄海難再見　　　　那得不少留
明月滿空山　　　　臨去願一游

　　　　(徐有英,「靑山裏碧溪水」,『錦溪筆談』)

碧溪流水響潺潺　　　　一到東溟不復還
寄語浮生須盡樂　　　　夜深明月滿空山

　　　　(權用正,「東謳」6,『東謳』)

靑山瀉出碧溪水　　　　影入流雲去莫止
一到滄溟難復回　　　　滿空明月古今是

　　　　(李裕元,「小樂府」21, 鶩山溪,『嘉梧藁略』)

靑山影裡碧溪水　　　　容易休詑去不休
一到滄溟回不得　　　　滿山明月且逗遊

　　　　(鄭顯奭,「敎坊歌謠」29,『敎坊歌謠』)

靑山아 말 무러보쟈 古今일을 네 알니라

英雄豪傑이 누고누고 지나더니

이 後에 뭇ᄂ니 잇거든 흠긔 닐너라 (2859)

靑天一片月	我今問一言
萬古幾英雄	吾輩亦何人

(柳馨遠,「翻俗歌」7,『磻溪逸稿』)

靑山應識古今事	我欲言之爾莫秘
今古英雄幾劫過	後人問我我無異

(李裕元,「小樂府」18, 問靑山,『嘉梧藁略』)

知爾靑山閱歷多	英雄從古幾人過
後來有客如相問	並數農家說與他

(鄭顯奭,「敎坊歌謠」70,『敎坊歌謠』)

靑山에 쑴이 자져 野花啼鳥 츠ᄌ오니

斑衣는 出門歡迎 布裙擧案齊眉로다

허물며 글닐고 뵈ᄶᄂ 소릭 人間樂聲이로고나 (2861 異本)

紅塵十載夢頻驚	花鳥林泉踐旧盟
蔥竹供歡陶令秩	酒漿宜口伯鸞卿
如今忠孝俱孤願	從此妻孥更有情
最樂空山幽寂裡	鳴梭和擲讀書聲

(趙榥,「酒老園擊壤歌」7,『三竹詞流異本』)

靑山에 꿈이 ㅈ져 野花啼鳥 츳쟈오니

斑衣는 出門歡迎 布裙은 擧案齊眉로다

허물며 글닐고 뵈쓴는 쇼릭 人間樂聲이로고나 (2861)

紅塵十載夢頻驚	歸老林泉晚計成
葱竹供歡陶令稺	酒漿宜口伯鸞卿
如今忠孝俱孤願	從此妻孥更有情
最樂空山幽寂裏	鳴梭和擲讀書聲

(趙榥,「酒老園擊壤歌」7,『三竹詞流』)

靑石嶺 지나거냐 草河溝ㅣ 어듸메오

胡風도 춤도 출샤 구즌 비는 무슴 일고

뉘라셔 내 行色 그려내여 님 겨신듸 드릴고 (2875)

靑石嶺已過	九連城何許
胡風寒又寒	陰雨苦復苦
誰能畫我此行李	遠寄君王處

(南九萬,「飜方曲」3,『藥泉集』)

靑山自然自然	綠水自然自然
山自然水自然	山水間我亦自然
已矣哉自然生來人生	將自然自然老

(崔瑞琳,「自然歌」,『河西先生續集』)

靑石嶺已過乎	草河溝何處是

時
調
漢
譯
歌

原
歌

對
照
篇

胡風寒且寒　　　　　　　陰雨又何以
其誰畫此行色　　　　　　予美在處一獻只

(金養根,「東調」54,〈行役〉,『東埜集』)

青石嶺頭玉河畔　　　　　　胡風慘憺雨聲寒
誰能盡出此行色　　　　　　寄與閨人仔細看

(權用正,「東謳」29,『東謳』)

青石岺已過兮　　　　　　　河口何處是
胡風悽復冷兮　　　　　　　陰雨亦何事
誰畫此形像兮　　　　　　　獻之金殿裡

(譯者未詳,「青石嶺歌」,『見睫錄』卷3, 附 歌調, 柳鼎東『東雅隨錄』
卷1, 時調)

靑鳥야 오노고야 반갑다 님의 消息
弱水 三千里를 네 어니 건너온다
우리님 萬端情懷를 네 다 알가 ㅎ노라 (2885)

靑鳥飛來傳信奇　　　　　　君邊消息喜聞之
三千弱水爾何渡　　　　　　萬段情懷應盡知

(鄭顯奭,「敎坊歌謠」48,『敎坊歌謠』)

青天에 써셔 울고 가는 져 기러기 너 가는 길히로다
漢陽城內 줌간 들너 웨웨쳐 불너 이로기를 月黃昏 계워갈 제 님그

려 춤아 못슬너라 ᄒ고 흔 말만 傳ᄒ여주렴

우리도 西洲에 期約을 두고 밧비 가는 길히미 傳ᄒᆯ동말동 ᄒ여라

(2893)

青天失群雁　　　　　幾日過長安

願借雲外翮　　　　　要寄一封書

萬里歸思催　　　　　六翮未肯休

(李基休,「短歌十九章」8,『不世堂集』)

青天飛飛雁一雙

歸過漢陽城東麼　　　　少住叫傳一言麼

答云我亦忽忙底行色　　未料得過不過

(黃胤錫,「古歌新翻續十四章」3,『頤齋亂稿』)

青天의 발근 달은 임의 얼골 보련마는

나는 엇지ᄒ여 져 달과 갓치 못가는고

님도 져 달 보고 날 싱각 ᄒ넌지 (2897)

青天一半明明月　　　　也照情人玉似容

此地此身雖不去　　　　人應看月亦思儂

(元世洵,「續樂府引」11, 青川月,『三家樂府』)

青草 욱어진 골에 시내는 울어 녠다

歌臺舞殿이 어듸 어듸 어드미오

夕陽에 물츠는 졉이야 네나 알까 ᄒ노라 (2898)

春草綿芊谷	溪流嗚咽去
歌臺舞殿	何處何處何處
夕陽掠水玄鳥	爾或知道

(李衡祥, 「今俗行用歌曲」 17, 懷古噫, 『芝嶺錄』)

芳草萋萋溪瀜瀜	故宮風景使人悲
歌臺舞殿云云處	掠水夕陽燕子知

(吳憲常, 「樂府」 9, 滿月臺, 『樂府』高大本)

靑驄馬 타고 보라미 밧고 白羽長箭 千斤角弓 허리에 츠고
山 너머 구름 밧긔 꿩山行 ᄒᄂ 져 閑暇ᄒ 사름
우리도 聖恩을 갑흔 後의 너를 좃ᄎ 놀니라 (2902)

鐵驄背上臂蒼鷹	羽箭角弓豪自矜
聖恩報了從君去	踏遍雲山我亦能

(鄭顯奭, 「敎坊歌謠」 23, 『敎坊歌謠』)

靑春少年드라 白髮老人 웃지마라
공번된 하늘 아릐 녠들 얼마 져머시리
우리도 少年行樂이 어졔론 듯 ᄒ여라 (2904)

靑春莫笑白頭翁	公道人間貴賤同

少年那得靑春駐　　　　今白頭翁伊昔紅

(李裕元, 「小樂府」 38, 笑白髮, 『嘉梧藁略』)

靑春은 언제 가면 白髮은 언제 온고

오고 가는 길을 아던들 막을낫다

알고도 못막을 길히니 그를 슬허ㅎ노라 (2909)

問誰持我靑春去　　　　何處搜將白髮來

去去來來知未防　　　　祇應此路太公恢

(李裕承, 「續小樂府」 8, 靑春去, 『三家樂府』)

我把靑春去贈誰　　　　誰將白髮送來之

其去其來應有路　　　　此路難遮堪一嘻

(鄭顯奭, 「敎坊歌謠」 35, 『敎坊歌謠』)

靑荷애 바블 빳고 綠柳에 고기 쎄여

蘆荻花叢애 빗 미야 두고

一般淸意味를 어늬 부니 아ᄅ실고 (2917)

裹飯靑荷葉　　　　掛壺綠柳枝

扁舟隨波任所之

不知行遠近　　　　但見前山移

(洪良浩, 「靑丘短曲」 17, 裹飯, 『耳溪集』 卷1, 『靑丘短曲』)

쳐운딕 도라 드러 완락딕 소쇄흔대

만궈승애로 낙사무궁흐야

이중에 왕닉풍뉴를 닐너 무슴흘고 (『海隱別稿』陶山十二曲 7)

天雲臺還入	玩樂齋蕭灑
萬卷生涯	樂事無窮了
此中往來	風流云如何

(姜必孝,「陶山十二曲」7,『海隱別稿』卷1)

청산 엇더흐야 만고애 프르며

뉴슈는 엇더흐야 쥬야애 긋지 아닌는고

우리도 그치지 마라 만고장청호리라 (『海隱別稿』陶山十二曲 11)

靑山何爲	萬古靑了
流水何爲	晝夜不舍了
吾輩亦不舍	萬古長靑了

(姜必孝,「陶山十二曲」11,『海隱別稿』卷1)

楚江 漁父들아 고기 낙가 슴지마라

屈三閭 忠魂이 魚腹裡에 드러느니

아모리 鼎鑊에 슬문들 變흘 줄이 이시랴 (2918)

垂釣楚江翁	且莫釣魚歸
當年屈大夫	入葬魚腹裡

如今假使烹鼎鑊　　　　萬古忠魂豈變異

(李基休,「短歌十九章」16,『不世堂集』)

楚江漁父等　　　　捉魚莫烹
屈三閭忠魂　　　　魚腹中明
雖烹之鼎鑊　　　　寧有可熟

(李衡祥,「今俗行用歌曲」44, 三閭怨,『芝嶺錄』)

楚江爾漁父　　　　釣魚愼莫烹
靈均一片心　　　　魚腹千古明
爾雖事鼎鑊　　　　此魚焉可熟

(南肅寬,「短謠」4, 莫烹魚歌,『八灘公遺稿』)

語楚江漁父　　　　休釣楚江魚
屈三閭寃魂　　　　葬在魚腹裏
雖於鼎鑊烹　　　　寧有壞爛理

(黃胤錫,「古歌新翻續十四章」5,『頤齋亂稿』)

釣魚莫向楚江中　　　　魚腹其魂屈子忠
縱使萬番煎鼎濩　　　　依然鬐鬣凜生風

(元世洵,「續樂府引」4, 楚江漁,『三家樂府』)

草堂 뒤에 와 안자 우는 솟젹다싀야 암솟젹다신다 슈솟젹다 우는
신다
空山이 어듸 업셔 客窓에 와 안져 우는다 솟젹다싀야

空山이 허고 만흐되 울디 달나 예 와 우노라 (2921)

子規夜聽草堂西　　　雄子規耶雌或棲
何處空山不宜去　　　如今偏向客窓啼

(鄭顯奭,「敎坊歌謠」80,『敎坊歌謠』)

草堂睡 씌다르니 닉 平生을 닉 알거다
山外事 괴로옴을 거울 것치 보건마는
窓 밧씌 셰 번 온 손의 一片心을 어이허리 (2922)

草堂睡覺一平生　　　山外紛紜眼底明
可奈窓前三到客　　　遲遲白日照中情

(趙槻,「箕裘謠」23,『三竹詞流』)

草堂睡 씌다르니 닉 平生을 닉 아노라
山外事 괴롬을 거울 것티 보건마는
窓 밧긔 세 번 온 손의 一片心을 어이허리 (2922 異本)

睡中料理自家身　　　好是溪山澹泊人
可奈堂前三到客　　　不言已自感心神

(趙槻,「箕裘謠」22,『三竹詞流異本』)

艸堂에 春睡足ᄒ니 窓外에 日遲遲라

大夢을 誰先覺고 平生에 我自知라

두어라 이도 닉 分이니 醉코 놀여 ᄒᆞ노라 (2929)

<table>
<tr><td>草堂眠初起</td><td>高按一張琴</td></tr>
<tr><td>已焉哉</td><td>人間有誰知大音</td></tr>
<tr><td>窓外日遲遲</td><td>春興自不禁</td></tr>
</table>

(黃胤錫,「古歌新翻續十四章」11,『頤齋亂稿』)

草堂 秋夜月에 蟋蟀聲도 못 禁커든

무슴ᄒᆞ리라 夜半에 鴻鴈聲고

우리도 님 離別ᄒᆞ고 줌 못드러 ᄒᆞ노라 (2936)

<table>
<tr><td>洞房秋夜永</td><td>厭聞蟋蟀聲</td></tr>
<tr><td>何事雲間鴻</td><td>又向月中鳴</td></tr>
<tr><td>渠自無心聽自愁</td><td>夜夜孤枕夢不成</td></tr>
</table>

(洪良浩,「青丘短曲」4, 秋夜永,『耳溪集』卷1,『青丘短曲』)

草木이 다 埋沒ᄒᆞᆫ제 松竹만 프르럿다

風霜 섯거친제 네 무스일 혼자 프른

두어라 내 性이어니 무러 무슴ᄒᆞ리 (『青丘永言』珍本 118)

<table>
<tr><td>草木盡埋沒</td><td>松竹獨青青</td></tr>
<tr><td>風霜搖落時</td><td>爾何獨青青</td></tr>
<tr><td>置焉哉不須問兮</td><td>亦各性只</td></tr>
</table>

(申欽,「放翁詩餘」3,『靑丘永言』珍本)

楚山에 나무 뷔는 아희 나무 뷜지 힝혀 대 뷜셰라

그 딕 즈라거든 뷔여 휘우리라 낙시딕를

우리도 그런쥴 아오민 나무만 뷔누이다 (2940)

鵲山樵子輩	刈薪恐傷竹
待其茁壯長	將以爲釣木
我曹亦知此	只欲取樸樕

(李衡祥,「浩瀚謳」14, 樵子對,『瓶窩集』卷4,『更永錄』)

樵童伐木楚山腰	切怕樵時傷竹條
養得長竿當作釣	吾曹解此但薪樵

(鄭顯奭,「敎坊歌謠」22,『敎坊歌謠』)

楚山秦山多白雲ᄒ니 白雲處處長隨君을

長隨君君 入楚山裡ᄒ니 雲亦隨君渡湘水ㅣ라

湘水上 女蘿衣로 白雲堪臥君早歸라 (2942)

泰山是底山	楚山是這山
白雲軒高處	有人隨雲閑
臥雲正底處	湘水上仙人覓不得我身

(黃胤錫,「古歌新翻二十九章」22,『頤齋亂稿』)

秋江 블근 들에 一葉舟 혼자 저어
낙대를 썰처드니 자는 白鷗 다 놀란다
어디셔 一聲漁笛은 조차 興을 돕ᄂ니 (2963)

清江月白夜　　　　　散棹一葉舟
釣竿拂水面　　　　　驚起滿汀鷗
鷗亦似解閒情　　　　故故向人飛鳴

(洪良浩, 「青丘短曲」 25, 清江月, 『耳溪集』 卷1, 『青丘短曲』)

月白秋江駕葉舟　　　釣竿拂揭起眠鷗
爾輩亦解閒人興　　　飛去飛來荻葉洲

(鄭顯奭, 「教坊歌謠」 19, 『教坊歌謠』)

秋江에 들 밝거늘 빅를 타고 도라보니
믈아릭 하늘이오 하늘 우희 안자거니
어즈버 神仙이 되건지 나도 몰나 ᄒ노라 (2964)

江天月白　　　　　　水共天一色
水底天天上坐　　　　却疑此身已化神仙客

(黃胤錫, 「古歌新翻二十九章」 4, 『頤齋亂稿』)

秋江清秋月明　　　　水天同一色
錦壁當天倚　　　　　青烟鎖層崖
於物魚有躍　　　　　幽人玩未眠

(李基休, 「短歌十九章」 13, 『不世堂集』)

秋江에 밤이 드니 물결이 추노미라

낙시 드리치니 고기 아니 무노미라

無心흔 둘빗만 싯고 빈빈 저어 오노라 (2966)

浪足秋江夜	投竿魚不來
無心一片月	空載釣船迴

(李民宬, 「聞人唱俚歌韻而詩之」5, 『敬亭集』卷4)

秋江夜已深	洲虛波正寒
投餌與潛魚	終不上釣竿
蘆花霜淅瀝	空船載月還

(李敏輔, 「余愛聽歌曲八章」7, 『豐野集』)

秋江夜冷波寒	江魚不上竿
若非江天新月色	一船還應空自還

(黃胤錫, 「古歌新翻二十九章」17, 『頤齋亂稿』)

秋山이 夕陽을 씌고 江心에 줌겻는듸

一竿竹 두레메고 小艇에 안즈시니

天公이 閑暇히 너겨 달을 죠츠 보닉도다 (2967)

秋山帶夕陽	浸在江之心
肩荷一竿竹	泛泛小艇行且吟
政天公認閒暇	明月又送臨

(金養根, 「東調」55, 〈景致〉1, 『東埜集』)

秋山夕照蘸江心　　　　釣罷孤憑小艇吟
漸見水光迎棹立　　　　半彎新月一條金

(申緯,「小樂府四十首」15, 影波,『小樂府四十首』가람본)

秋夜三更 물니 압헤 九月授衣 밧부거널
生涯 關重허야 제 衣裳이 계를업다
世間에 綺紈子弟덜이 저 勤苦를 싱각넌가 (1459 異本)

農家八月續燈明　　　　札札鳴梭徹夜聲
索乳兒啼機下立　　　　賣殤翁發市中行
一生作苦非侔利　　　　八口呼寒望得贏
寄語世間輕煖客　　　　須思蠶婦服勤情

(趙榥,「酒老園擊壤歌」25,『三竹詞流異本』)

春眠을 싀리 업셔 日高三竿 모로거다
千日 睡足헌 後에 平生 大夢 끼닷거다
世人이 나 싄 줄 모르고 잠만 잔다 허더라 (2980)

晝寂山空不見人　　　　嗒然假寐便成眞
眼空花柳繫華地　　　　神馭乾坤浩蕩春
臥豈念無當世事　　　　睡能忘有自家身
誰知暮境昏昏寢　　　　可敵英年讀徹晨

(趙榥,「酒老園擊壤歌」15,『三竹詞流』)

春眠을 뉘 씌으리 日高三竿 모로거다

千日 睡之헌 後에 平生大夢 씌닷개라

두어라 늬 一身出處는 靑山綠水 네 아노라 (2980 異本)

晝寂西疇析後隣	假眠遲日攪無人
眼空花柳繁華地	神御乾坤浩蕩春
始漫經綸當世務	終能料理自家身
此生不復迷離夢	長與靑山矢隱淪

(趙根,「酒老園擊壤歌」11,『三竹詞流異本』)

春山에 눈 노기는 보람 건듯 불고 간듸 업다

져근듯 비러다가 모리 우희 불이고져

귀밋퇴 히무근 셔리를 녹여볼가 호노라 (2982)

春山解雪風	而今何處去
颯然借得來	願吹吾寢處
鬢上年久霜	庶幾盡掃除

(李衡祥,「今俗行用歌曲」25, 春風丐,『芝嶺錄』)

忽然春風過今朝	山頭積雪一時消
安得借爾吹我頂	消盡鬢邊雪白毛

(洪良浩,「靑丘短曲」34, 春風,『耳溪集』卷1,『靑丘短曲』)

春風桃李들아 고은 양즈 즈랑마라

蒼松 綠竹을 雪寒의 보려무나

亭亭코 落落흔 節을 곳칠 줄이 이시랴 (2996)

寄語春風桃李花　　　　嬋妍顔色且休誇

爭似歲寒松與竹　　　　靑靑落落節靡他

(鄭顯奭,「敎坊歌謠」63,『敎坊歌謠』)

春風에 花滿山ᄒ고 秋夜애 月滿臺라

四時佳興ㅣ 사롬과 흔가지라

ᄒ믈며 魚躍鳶飛 雲影天光이아 어늬 그지 이슬고 (2999)

츈풍에 화만산고 츄야에 월만되라

샤시가흥이 사름과 흔가지라

ᄒ믈며 어약연비운영친광이야 엇지 그지 잎슬고

(『海隱別稿』陶山十二曲 6)

春風花滿山　　　　　　秋夜月蒲臺

四時此佳興　　　　　　人人共難裁

況魚躍鳶飛雲影天光　　古今焉有限哉

(金養根,「東調」17,〈道學〉3,『東埜集』)

春風花滿山　　　　　　秋夜月滿臺

四時佳興與人同了

況魚躍鳶飛雲影天光有何窮

(姜必孝,「陶山十二曲」6,『海隱別稿』卷1)

忠信에 터늘 닥가 智水仁山面背허고
誠敬이 主幹ᄒ여 天下廣居 經營허니
아마도 作之不已ᄒ야 드러 볼가 ᄒ로라 (3011)

靈臺惺惺翁　　　　廣占渾然處
實地中開基　　　　四德正位序
誠敬幹始終　　　　卽我成功所

(趙榥,「人道行」4,『三竹詞流』)

忠臣은 滿朝廷이요 孝子는 家家在라
우리 聖上은 愛民赤子 하시ᄂᆞ듸
明天이 이 쯧 아로셔 雨順風調 ᄒ소셔 (3012)

忠臣滿朝廷　　　　孝子家家在
聖主垂衣裳　　　　萬物皆眞宰
我輩安耕鑿　　　　太平翹足待

(李衡祥,「浩皤謳」1, 望太平,『瓶窩集』卷4,『更永錄』)

醉ᄒᆫ 줌 느게 ᄭᆡ여 江郊를 보라보이
廣野의 폐인 안개 處處의 奇峰이다
아ᄒᆡ야 술 부어라 前村의 醉ᄒᆫ 興을 聖主 알ᄃᆞ실가 ᄒ로라

(『愛景堂遺稿』)

辭曰

時維佳節　　　　　　　雨歇江郊些
曉霧處處　　　　　　　能作奇峯些
可愛乎前村醉興　　　　欲使吾君知之些

詩曰
主人晚覺醉春睡　　　　十里江郊曉霧連
野老街童能識否　　　　康衢烟月又今年

(南極曄,「愛景堂十二月歌」2, 江郊曉霧章,『愛景堂遺稿』)

雉嶽山 눈이 오니 기골샨 景이로다
萬二千峰을 예긔 안자 보는고나
아마도 毘盧萬瀑 이제도 응당 이시리라 (『郎巖遺稿』)

白雪洶洶雉岳東　　　　山光皆骨一般同
坐看萬二千峯色　　　　万瀑毘盧在此中

(申孝善,「蓬萊樂府」4,『郎巖遺稿』)

治天下 五十年이 不知왜라 天下事을
億兆蒼生이 戴己을 願ᄒᆞ미냐
康衢에 聞童謠ᄒᆞ니 太平인가 ᄒᆞ노라 (3026)

堯治天下五十年　　　　不知天下治歟
億兆蒼生戴己歟
康衢聞童謠　　　　　　知是太平歟

(馬聖麟,「短歌解」, 長短詞十五首 15,『安和堂私集』)

친구가 남이연만 어이 그리 有情헌고

만나면 情談이요 못만나면 그리도다

아마도 有情無情키는 사귈 탓신가 (3027)

知舊本非我黨親　　　　如何情誼日相新

逢焉欣滿離焉悵　　　　祇是難忘是故人

(元世洵,「續樂府引」10, 故人情,『三家樂府』)

七曲은 어딕민오 楓岩에 秋色 됴타

清霜 엷게 치니 絶壁이 錦繡ㅣ로다

寒岩에 혼ᄌ 안쟈셔 집을 잇고 잇노라 (3028)

七曲何處是　　　　楓巖秋色鮮

清霜薄言打　　　　絶壁眞錦繡

寒巖獨坐時　　　　聊亦且忘家

(宋時烈,「高山九曲歌詩」8,『栗谷全書』卷2・「高山九曲歌飜文」8,『宋

書拾遺』卷7)

七曲楓巖倒碧灘　　　　錦屛秋色鏡中看

悠然獨坐忘歸路　　　　一任霜風拂面寒

(權尙夏,「詠高山七曲用武夷櫂歌韻」,『寒水齋集』卷1)

一道長川走劈峽　　　　橋崩水澗悵難涉

官僮催喚貫魚來　　　　政値漁人操網集

(李夏朝,「石潭九曲用曲名中一字」3, 釣峽,『三秀軒稿』卷2)

七曲何如八節灘　　　　漁人垂釣愛相看

磻溪暫試經綸手　　　　敢道閒盟白鳥寒

(李夏朝,「高山景行之思」8, 釣峽,『三秀軒稿』卷2,『樂府』高大本)

七曲山回激處灘　　　　終朝獨坐有何看

清霜薄打酣千樹　　　　錦繡秋光分外寒

(權燮,「翻栗翁高山九曲歌用武夷櫂歌韻」8, 楓巖,『玉所藏杏』,『玉所集』卷1)

七曲은 어드메오 芙蓉壁이 奇絶홀샤

百尺 天梯의 鶴唳를 듯ᄌ올 듯

夕陽의 泛泛孤舟로 오락가락 ᄒᆞᄂ다 (『玉所藏杏』)

雙橈溯上下三灘　　　　夕照明時仰首看

幾日如聞黃鶴唳　　　　一梯高聳碧穹寒

(權燮,「黃江九曲歌」8, 芙蓉壁,『玉所藏杏』,『玉所集』卷1)

七十二 弟子 中에 篤信聖人 그 뉘신고

一天下 轍環時에 先後허든 子貢이라

三喪後 築室獨居허고 心喪三年 쏘 허니라 (3035)

中於十哲獨聞天　　　　　篤信無如賜也賢
先後撤環誠未已　　　　　心喪禮外又三年

(趙榥,「箕裘謠」14,『三竹詞流』)

七十二 弟子中에 篤信聖人 그 뉘 헌고
一天下 轍環時에 先後허든 子貢이라
허물며 心喪三年外여 築室獨居 쏘 허니라 (3035 異本)

四科門下獨聞天　　　　　篤信無賢賜也如
先後轍環獨未已　　　　　心喪禮外又三年

(趙榥,「箕裘謠」12,『三竹詞流異本』)

콩밧히 드러 콩닙 쓰더 먹는 감은 암소 아무리 쏘춘들 그 콩닙 두
고 제 어듸 가며
이불 아릐 든 님을 발노 쑥 박츠 미적미적ᄒ며 어서 나가소 흔들
니 아닌밤의 날 ᄇ리고 제 어듸로 가리
아마도 쏫호고 못니즐슨 님이신가 ᄒ노라 (3041)

荳田烏犢子　　　　　　　打打不知去
休踢衾底郎　　　　　　　今夜去何處

(柳得恭,「東人之歌」12,『古芸堂筆記』天理大本)

(E)

泰山이 놉다 ᄒ되 하늘 아리 뫼히로다

오르고 ᄯᅩ 오르면 못 오를 理 업건마는

사ᄅᆞᆷ이 제 아니 오르고 뫼흘 놉다 ᄒ더라 (3061)

太岳雖云高	亦是天下山
登登又登登	本無登之難
世人自不登	徒謂山崢嶸

(柳馨遠,「翻俗歌」14,『磻溪逸稿』)

崇華雖云高	不過天下山
登登復登登	亦須時日間
如何倦遊客	謂是邈難攀

(李衡祥,「今俗行用歌曲」20, 聖道歎,『芝嶺錄』)

白頭山在北斗邊	行行終須到上嶺
今人不肯去攀	但道山高如天

(洪良浩,「北塞雜謠」, 白頭山,『耳溪集』,『靑丘短曲』)

泰山雖云高	豈不爲天下山
一上又一上	世上應無不上人
曷之乎不上上	徒稱莫高是泰山

(黃胤錫,「古歌新翻二十九章」2,『頤齋亂稿』)

泰岳雖高天低在   登登未有未登山

世人渠自不努力   謾道崔嵬莫可攀

(元世洵,「續樂府引」2, 泰山高,『三家樂府』)

巖巖泰嶽縱云高   只在人間天下高

登必登處應皆到   人自不登只謂高

(鄭顯奭,「教坊歌謠」56,『教坊歌謠』)

誰云泰山高   自是天下山

登登復登登   自可到上頭

人旣不自登   每言泰山高

(譯者未詳,「誰云泰山高」,『一齋集續錄』遺事)

泰山이 놉다 ᄒ여도 하늘 아래 뫼히로다

河海 깁다 ᄒ여도 싸 우희 므리로다

아마도 놉고 깊플슨 聖恩인가 ᄒ노라 (3062)

泰山雖高   一尺可量

東海雖深   一葦可航

吾君恩德   何葦何尺

(李衡祥,「今俗行用歌曲」2, 感君恩,『芝嶺錄』)

泰山이 무너진들 山靈 조츠 무너지랴

吳道子 손을 비러 무너진 山 무어닌니

아마도 洋洋헌 山靈이 그 山中에 겨시니라 (3065)

泰山頹一夜	乾坤正氣微
中有萬古靈	何處可憑依
假手傳神筆	七分其庶幾
千載私淑徒	從此有依歸

(趙榥,「秉彝吟」4,『三竹詞流』)

泰山이 문너진들 山灵조차 무너지랴

吳道子 손을 비러 무너진 산 무어닌니

아마도 洋洋헌 山灵이 그 山中에 계시니라 (3065 異本)

泰山萬古灵	不隨山共頹
五日一拳石	假手通神才
世主仰彌高	相繼東封來

(趙榥,「秉彝吟二十章」8,『三竹詞流異本』)

太陽이 午會지나 不咸山에 返照허니

帝王이 나고 난다 儒宗인들 아니 나랴

허물며 小華 禮義俗이 箕聖舊國이로고나 (3069)

太陽返照白頭山	命世才多産此間

矧是千年箕聖國　　　　　　地靈時運理相關

(趙榥,「箕裘謠」33,『三竹詞流』)

太平十二策을 네 아니 드려는 우리님쯰

做時不如說時란 말은 朱夫子의 訓戒文이라

百里도 쏘흔 小朝廷이니 簡易蕩平이 入德門인가 ᄒ노라 (3070)

太平十二策　　　　　　　爾豈不獻

吾君做時不如說時　　　　朱夫子訓戒文

百里亦一小朝廷　　　　　簡易蕩平入德門

(梁周翊,「又感恩曲五疊」4,『無極集』)

慟哭關山月과　傷心鴨水風을

先王이　쓰실적의　누고　누고　보온게오

들블고　바람불적이면　눈의　삼삼　ᄒ여라 (3075)

關山月　　　　　　　　鴨水風些

凄兮冷兮　　　　　　　惱我聖衷些

每遇夫月明風吹　　　　於戱前王不忘些

(李起渤,「憂國歌二十八章飜辭」7,『漆室遺稿』卷1)

通萬古　四民　中에　儒者事가　어려웨라

幼而學　壯而行이　一身으로　天下로다

그 中에 時止時行을 天命딕로 허나니라 (3076)

士也何功首四民　　　　天將大任降斯人

但能成就治平學　　　　窮達元非繫一身

(趙榥,「箕裘謠」2,『三竹詞流』)

通萬古 四民中에 儒者事가 어려왜라

八歲後 平生準的 致君澤民이로구나

그 중에 一身行藏을 天時딕로 허나니라 (3076 異本)

備位三才首四民　　　　生來任大食於人

問渠何樂簞瓢巷　　　　出處知非係此身

(趙榥,「箕裘謠」2,『三竹詞流異本』)

(ㅍ)

罷讌曲 흐셔이다 北斗七星 잉도라졋네
잡을 임 잡으시고 날갓튼 님은 보니쇼셔
童子야 신돌려 노와라 갈길 밧바 흐노라 (3077)

於焉宴罷奏終曲　　　北斗七星看轉回
去者送之留者挽　　　呼兒旋屨我行催

(鄭顯奭, 「敎坊歌謠」 91, 『敎坊歌謠』)

八曲은 어듸미오 琴灘에 둘이 붉다
玉軫金徽로 數三曲을 노는 말이
古調을 알 이 업스니 혼ᄌ 즐거 흐노라 (3078)

八曲何處是　　　琴灘月正明
玉軫與金徽　　　聊奏數三曲
古調無知者　　　何妨獨自樂

(宋時烈, 「高山九曲歌詩」 9, 『栗谷全書』 卷2·「高山九曲歌飜文」 9, 『宋

書拾遺』 卷7)

大野中間忽小灘　　　月明何似玉溪寒
先生逝後琴亡矣　　　誰復泠泠作夜彈

（李夏朝,「石潭九曲用曲名中一字」2, 琹灘,『三秀軒稿』卷2）

八曲橫臨大野開　　　暮雲流水共沿洄

瑤琴一斷無人續　　　千載高山獨我來

（李夏朝,「高山景行之思」9, 琹灘,『三秀軒稿』卷2,『樂府』高大本）

八曲溪山何處開　　　琴灘終日好沿洄

牙絃欲奏無人和　　　獨對靑天霽月來

（李喜朝,「石潭八曲次朱子武夷棹歌韻」,『芝村集』卷1）

八曲琹灘皓月開　　　金徽玉軫響沿洄

悠然獨坐泠泠奏　　　誰識先生雅調來

（權燮,「翻栗翁高山九曲歌用武夷櫂歌韻」9, 琴灘,『玉所藏岾』,『玉所集』

卷1）

八曲은 어드메오 凌江洞이 묽고 깁희

琴書 四十年의 네어인 손이러니

아마도 一室雙亭의 못내 즐겨 ᄒ노라 （『玉所藏岾』）

小壑深閑與我開　　　幾年茅棟每沿洄

琹書不是山中客　　　一室雙亭所去來

（權燮,「黃江九曲歌」9, 凌江,『玉所藏岾』,『玉所集』卷1）

폴목 쥐시거든 두 손으로 바티리라

나갈듸 겨시거든 막대 들고 조추리라
향음쥬 다 파흔 후에 뫼셔가려 ᄒ노라 (3080)

　　長執幼肱手兩擎　　　　此儀通謂識倫序
　　且當飮罷鄕隣酒　　　　扶杖徐行陪後去

　　　　　(李槃, 「飜訓民歌十八章」 9, 長幼有序, 『茅山亭遺稿』)

　　長者如提抱　　　　　　雙手思擎之
　　長者如有出　　　　　　持杖徐行隨
　　鄕飮禮罷後　　　　　　聊亦且陪歸

　　　　　(宋達洙, 「訓民歌飜辭」 9, 『守宗齋集』)

八條敎 옛 나라에 誦法聖人 허더이라
夕陽時 異端邪說 녜로붓터 잇거니와
至今에 子貢이 업스니 篤信聖人 그 뉘 허리 (3084)

　　仚李四百年　　　　　　八條古規模
　　少闕羅麗佛　　　　　　賴有聖人徒
　　一自洋風至　　　　　　遂噤誦法儒

　　　　　(趙槻, 「秉彛吟」 4, 『三竹詞流異本』)

平沙에 落雁ᄒ고 江村에 日暮ㅣ로다
漁舡도 도라들고 白鷗 다 줌든 적의
빈빅에 들 시러 가지고 江亭으로 오노라 (3089)

352

江村日暮　　　　　　　平沙鴈落

漁舡棹還　　　　　　　白鷗睡熟

箇中豪興　　　　　　　惟我是獨

(李衡祥,「今俗行用歌曲」5, 江興獨,『芝嶺錄』)

汀樹冥冥起暮烟　　　　漁船回泊白鷗眠

誰家載酒風流客　　　　尋我蘆洲月午天

(南肅寬,「短謠」3, 蘆洲辭,『八灘公遺稿』)

平沙兮落鴈　　　　　　江村兮日暮

漁船兮未歸　　　　　　白鷗兮孤睡

正底處一聲長笛　　　　驚起篷窓蝶一場

(黃胤錫,「古歌新翻二十九章」27,『頤齋亂稿』)

平沙落雁江村日暮

漁舟歸白鷗眠

何處一聲長笛醒醉夢

(譯者未詳,「瀟湘八景歌」,『靑丘野談』碧史本)

平生에 잡은 ᄆᆞ음 窮達間에 다를소냐

孝悌로 齊家타가 得君허면 忠義러니

지금에 ᄂᆡ 몸에 分內事가 全而歸之 쑨이로다 (3094)

宿昔孜孜心　　　　　　家國無二致

窮達判餘生　　　　　　忠孝效無他

安分到白首　　　　　　　考終餘一事

(趙榥,「人道行」8,『三竹詞流』)

풋좀의 꿈을 꾸어 十二樓에 드러가니
玉皇은 우스시되 群仙이 꾸짇느다
어즈버 百萬億蒼生을 어늬결의 무르리 (3109)

野人化蝴蝶　　　　　　　翩翩飛入十二樓
玉皇含笑群仙尤
吁嗟乎　　　　　　　　　　萬億蒼生問何由

(尹善道,「夢天謠三首」2,『孤山遺稿』卷6)

風霜 석거틴 날의 잇깃 핀 黃菊花를
銀盤의 것거 다마 玉堂으로 보내실샤
桃李야 곳이론양마라 님의 뜨들 알괘라 (3111)

風霜交撲之日夜兮　　　　盡情開兮黃菊花
銀盤兮折而盛　　　　　　　玉堂兮送貽
桃李毋以稱花兮　　　　　　君之意兮可知

(譯者未詳,「自上特賜黃菊玉堂歌」,『俛仰集』)

風霜九月夜　　　　　　　　初開黃菊花
聖上折得置金盤　　　　　　送寄玉堂中
桃李從此更休誇　　　　　　主意我自知

(黃胤錫,「古歌新翻二十九章」29,『頤齋亂稿』)

풍아의 깊은 뜻을 뎐ᄒᆞᄂ니 긔 뉘신고

고됴를 됴하ᄒᆞ나 아ᄂ니 젼혀 업ᄂᆡ

졍셩이 하미망ᄒᆞ니 다시 블너 보리라 (3116)

風雅深意　　　　　　傳者其誰

古調雖自愛　　　　　知者少

正聲微茫　　　　　　欲更吟

(權益隆,「風雅別曲」1,『校註歌曲集』)

풍악이 즐겁다 ᄒᆞ나 듯기로셔 달ᄋ도다

즐거운 이 드르면 즐기고 슬푸니 드르면 슬퍼ᄒᆞᄂᆡ

아마도 心樂이 本이요 樂악은 말인가 ᄒᆞ노라 (『閒說堂遺稿』)

樂者如聞樂可樂　　　　　愁人雖聽樂何樂

樂非樂也惟由人　　　　　人果樂之樂亦樂

(安昌後,「閒說二十五並詩歌」18, 心樂爲本樂樂爲末,『閒說堂遺稿』)

風波에 놀난 沙工 ᄇᆡᄑᆞ라 말을 사니

九折羊腸이 물에셔 어려웨라

이후란 ᄇᆡ도 물도 말고 밧갈기를 ᄒᆞ리라 (3123)

漁父驚風波　　　　　　賣舟買騏驥
誰知羊腸險　　　　　　甚於瞿塘水
從今棄舟又棄馬　　　　願從老農學耕稼

(南有容,「夜聞隣歌倚其聲爲新詞三闋」2,『雷淵詩稿』,『雷淵集』卷8, 雜詩)

篙師怕風波　　　　　　賣船買小駟
九折兮羊腸　　　　　　難於上瞿塘
此後不須舟兮不須馬　　江上田兮歸可畊

(南肅寬,「短謠」6, 行路難歌,『八灘公遺稿』)

梢工愕風波　　　　　　賣舟旋買馬
驅上羊腸險　　　　　　甚於水漩瀉
願言捨舟馬　　　　　　操耜服田舍

(李敏輔,「余愛聽歌曲八章」4,『豐野集』)

風浪驚心老梢工　　　　歸來卻賣船
一自買馬　　　　　　　九折羊腸還復劇狂瀾
從今賣船買馬都休說　　且買農牛日耕田

(黃胤錫,「古歌新翻二十九章」3,『頤齋亂稿』)

喫驚風波旱路行　　　　羊腸豺虎險於鯨
從今非馬非船業　　　　紅杏村深雨暎耕

(申緯,「小樂府四十首」20, 實事求是,『小樂府四十首』가람본)

畢竟에 市虎成하여 闕里祠로 移奉되니

國王을 본단 말슴 쑴이 虛事 아니로다
聖像은 得其所허시나 우리 依歸 어딘헐고 (3126)

先王明正學   闕里創是祠
眸本久而弊   邪論闖此時
聖裔將君命   升堂告請移
拜訣歸踽踽   漠然無所之

(趙榥,「秉彝吟」15,『三竹詞流』)

(ㅎ)

하날이 百姓을 聲臭업시 賦性허니
聖人體天허야 그 倫理을 발키니라
우리도 秉彝心 이시니 敬天慕聖 허리로다 (3134)

上天無聲臭　　　　　賦吾本然性
聖人敷五敎　　　　　明吾赫然命
所以吾彝心　　　　　知天又知聖

(趙榠,「秉彝吟」1,『三竹詞流異本』)

하늘이 뫼흘 여러 地界도 붉을시고
千秋 水月이 分 밧긔 묽아셰라
아마도 石潭巳谷을 다시볼돗 ᄒ여라 (『玉所藏谇』)

天開是峽地明靈　　　　　水月千秋分外淸
昔日齋居今廟貌　　　　　石潭巴谷繼名聲

(權燮,「黃江九曲歌」1, 總歌,『玉所藏谇』,『玉所集』卷1)

하늘히 이저신제 므슴 術로 기워낸고
白玉樓 重修홀제 엇던 바치 일워낸고

玉皇끠 슬와보쟈 ᄒ더니 다 몯ᄒ야 오나다 (3138)

九重天有缺時　　　　補綴用何謨
白玉樓重修日　　　　何工成就乎
欲問玉皇無暇問　　　歸來空一吁

(尹善道, 「夢天謠三首」 3, 『孤山遺稿』 卷6)

河物에 讀書야 文章 쑌이 아니로다
原道와 佛骨表는 孟子 後에 처음이라
엇디타 潮州刺史堂에 太顚이 나올나던고 (3146 異本)

原道篇成自任高　　　　南荒路遠可忘勞
明知佛骨無能褐　　　　何事禪房戀戀袍

(趙榥, 「箕裘謠」 25, 『三竹詞流異本』)

河陽에 一布衣가 因文悟道 거의 ᄒ여
原道와 佛骨表로 儒家事業 自任터니
엇지타 潮州刺史堂에 太顚僧이 올나던고 (3146)

原道篇成自任高　　　　南荒路遠可忘勞
明知佛骨無能禍　　　　何事禪房戀戀袍

(趙榥, 「箕裘謠」 26, 『三竹詞流』)

學文을 후리티오 反武을 ᄒ온 ᄯᅳᆺ은
三尺釰 둘너메오 盡心報國 호려터니
ᄒᆞᆫ 일도 ᄒᆞ옴이 업ᄉ니 눈물계워 ᄒ노라 (3149)

投筆而起 　　　　　此何爲些
提三尺釰 　　　　　報吾君些
吁嗟乎事無所遂 　　不覺淚濟濟些

(李起渤,「憂國歌二十八章飜辭」1,『漆室遺稿』卷1)

학 타고 져 불이고 호로병 ᄎ고 불노쵸 메고
쌍상토 ᄯᅳ고 싀등거리 입고 가넌 아희 계즘 셧거라 네 어듸로 가
넌야 말무려보즈 요지연 션관더리 누구누구 모야 계시던야
그곳의 이젹션 쇼동파 두목지 장건이 다 모아 계시더이다 (3152)

横笛佩壺雙髻童 　　　瑤池閬苑接瀛蓬
李張蘇杜群仙會 　　　一鶴前宵已駕風

(李裕元,「小樂府」23, 好事近,『嘉梧藁略』)

ᄒᆞᆫ권 大學冊이 엇디ᄒᆞ야 됴ᄒᆞᆫ 글고
나 살고 ᄂᆞᆷ 사니 긔 아니 됴 ᄒᆞᆫ글가
나 속고 敗身 ᄂᆞᆷ 소길 그리아 닐어 므슴ᄒᆞ료 (3155)

一卷大學冊 　　　　何關學之初
成己又成物 　　　　斯稱第一書

誤身又誤人　　　　　　何用誦盈車

萬卷有今日　　　　　　鑑彼梁國虛

(高應陟,「用大學曲」,『杜谷集』卷2)

한듕의 무스ᄒ여 무극옹을 ᄎ쟈보랴

텬근을 도라들어 월굴노 ᄂ려가니

아마도 연비어약ᄒ니 우흥계워 ᄒ노라 (3193)

丸齋翁兮聞無事　　　　訪無極翁兮

循天根而下月窟　　　　入靈臺中兮

鳶飛天而魚躍淵　　　　興自不窮兮

(南道振,「三疊歌三首」1,『弄丸齋遺稿』卷4, 丸齋公自傳,『宜寧南氏家
乘』卷5,『宜山世稿』卷6)

山齋閒意足　　　　　　乃尋無極翁

來自天根上　　　　　　去入月窟中

鳶飛魚躍兮上下　　　　坐看乾坤造化功

(南肅寬,「白雲答山人歌」, 平調第二章,『宜寧南氏家乘』卷4, 先考行錄,
弄丸齋歌詞集)

漢明帝 넛 先生을 弟子禮로 尊奉허니

그 션ᄇᆡ 記誦學이 堯舜其君 어이하리

然故로 西域佛法이 始通中國 허니라 (3165 異本)

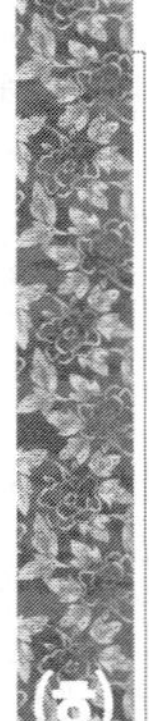

太學昕朝帝執經　　　　函筵問答聳觀聽
俗儒尸厥尊師位　　　　竟致西來貝葉靑

(趙榥,「箕裘謠」20,『三竹詞流異本』)

漢明帝 넷 先生을 弟子禮로 尊奉허나
俗儒의 記誦學이 堯舜其君 어이 허리
自是로 西域佛法이 始通中國 허니라 (3165)

東漢辟雍帝執經　　　　圜橋億萬聳觀聽
俗儒尸厥賓師位　　　　竟致西來貝葉靑

(趙榥,「箕裘謠」20,『三竹詞流』)

흔 몸 둘혜 ᄂᆞ화 부부를 삼기실샤
이신제 홈케 늙고 주그면 흔ᄃᆡ 간다
어ᄃᆡ셔 망녕의 써시 눈 흘긔려 ᄒᆞᄂᆞ뇨 (3166)

壹體乾坤作伉儷　　　　死生契活有深恩
堪嗟薄俗狂愚輩　　　　反目相看不足言

(李檗,「飜訓民歌十八章」5, 夫婦有恩,『茅山亭遺稿』)

一身分二體　　　　結爲夫婦義
生時偕老歡　　　　死後同穴瘞
彼何妄人斯　　　　而反相睚眦

(宋達洙,「訓民歌飜辭」5,『守宗齋集』)

寒士家 土龕中에 二百年이 長夜로다

士子의 秉彝心이 寒泉精舍 어듸민고

아마도 聖靈곳 계시면 擇地而處 허시리라 (3172)

櫝奉土龕中	長夜二百年
倡論崇奉節	人皆口則然
雖榮聖門後	恐損自家錢
手空經綸實	中夜耿無眠

(趙榥,「秉彝吟」8,『三竹詞流』)

閑山셤 달 붉은 밤의 戍樓에 혼즈 안즈

큰칼 녑희 츠고 깁픈 시름 ㅎ는 젹의

어듸셔 一聲胡笳는 나의 이를 긋나니 (3174)

閑山島月明夜	上戍樓
撫大刀	深愁時
何處一聲羌笛	更添愁

(李芬,「閑山島歌」,『李忠武公全書』卷1,『李忠武公全書』卷9 附錄1 行

錄,『東國詩話彙成』)

閑山島月明夜	獨倚板屋船頭
手撫大劍	心懷萬斛深憂
何處一聲羌笛	更添愁

(譯者未詳,「閑山島歌」,『稷下三綱錄』)

閑山島月明夜　　　　　獨倚板屋船頭

手撫大劍　　　　　　　心懷深憂

何處一聲羌笛更添愁

(譯者未詳,「閑山島歌」,『稷山縣誌』)

한숨아 셰한숨아 네 어늬 틈으로 드러온다
　고모장즈 셰슬장즈 들장즈 열장즈에 암돌젹귀 수돌젹귀 비목걸시
쑥닥 박고 크나큰 줌을쇠로 숙이숙이 츠엿ᄂ듸 屛風이라 덜걱 졉고
簇子ㅣ라 딕ᄃᆡ골 말고 녜 어늬 틈으로 드러온다
　어인지 너 온날이면 줌 못드러 ᄒ노라 (3181)

歡息爾胡爲　　　　　　日暮來吾所

羔毛莊子　　　　　　　細矢莊子

蔓莊子牡丹莊子　　　　擧莊子掛莊子

牝樞金牡樞金　　　　　排目擧矢促錯釘

龍齶鑰鐵傲傲然鎖停

屛風對曲對曲撤入乎

簇子突胡盧錄捲入乎

嗟嗟彼歡息　　　　　　爾從那裡便入

顧汝來止夕　　　　　　睡不堪着

(李衡祥,「歡息喝」,『芝嶺錄』長歌)

한숨은 ᄇᆞ람이 되고 눈물은 細雨ㅣ 되여
님 즈는 牕밧긔 불거니 ᄲᅮ리거니

날 잇고 깁히 든 즘을 씌와볼가 ㅎ노라 (3182)

한숨은 바람이 되고 눈믈은 細雨 되여

님 계신 窓 밧게 불면서 뿌리과저

날 닛고 기피 든 잠을 깨여볼가 하노라 (『朝鮮歌謠集成』)

嘆成一陣風凄凄　　　涙作千行雨惻惻

風吹雨洒綺窓前　　　半夜敎君眠不得

(吳熹常, 「樂府」 14, 醉公子, 『樂府』高大本)

珠涙漣漣要作雨　　　且將歎息化爲風

夜到窓前吹且灑　　　驚他忘我熟眠中

(鄭顯奭, 「敎坊歌謠」 10, 『敎坊歌謠』)

涙成細雨唷生風　　　歔灑君邊窓外桐

應爾無情能穩夢　　　攪來要使我懷同

(譯者未詳, 「小樂府五十首附十首」 7, 風雨夢, 『朝鮮歌謠集成』)

寒食 비온 밤의 봄빗치 다 퍼젓다

無情흔 花柳도 째를 아라 픠엿거든

엇더타 우리의 님은 가고 아니 오는고 (『靑丘永言』珍本 132)

寒食夜雨春光遍

花柳無情亦知時

底事檀郎去不來

時調漢譯歌　原歌　對照篇

(申欽,「放翁詩餘」17,『靑丘永言』珍本)

흔 盞 먹새근여 또 흔 盞 먹새근여 곳 것거 算노코 無盡無盡 먹새근여
이몸 죽은 後면 지게 우히 거적 덥허 주리혀 미여가나 流蘇寶帳의
萬人이 우러녜나 어욱새 속새 덥가나모 白楊 속애 가기곳 가면 누
론 히 흰 둘 フ는 비 굴근 눈 쇼쇼리 ㅂ람 불제 뉘 흔 盞 먹쟈흘고
흐믈며 무덤 우히 진납이 프람불제야 뉘우춘들 엇디리 (3189)

一杯飮	復一杯飮
折花作籌	無盡無盡飮
此身死後	機上覆籌仍草縛
厥或流蘇寶帳裡	百夫緦麻行且哭
茸莎葉櫃白楊下	去則去耳何須擇
瞑日沉霞泣	愁雲滯雨來
蕭風自咽	誰復勸一杯
況彼猿每向塚顚嘯	雖悔曷追哉

(李衡祥,「將進酒」,『芝嶺錄』長歌)

一杯復一杯	折花作籌無盡杯
此身已死後	束縛藁裡屍
流蘇兮寶帳	百夫緦麻哭且隨
荒茅樸樕白楊裡	有去無來期
白月兮黃日	大雪細雨悲風吹
可憐誰復勸一杯	
況復孤墳猿嘯時	雖悔何爲哉

(金春澤, 「翻鄭松江將進酒辭」, 『北軒集』 卷4, 『松江別集追錄遺詞』)

寒天古木 져 가마괴 擾亂타고 怒지마라

雪中에 쥬린 어이 反哺허는 소리로다

두어라 뇌平生 지닌 닐은 져 소리가 붓꾀러워 (3198)

古木兀然雪捲初	慈烏望哺眈梦如
兒能就食知恭職	母待酬恩乃逸居
下得腥羶忙剝啄	半含生凍暫响噓
曩余遊學親廚冷	空待青山悵倚閭

(趙榥, 「酒老園擊壤歌」 28, 『三竹詞流』)

寒天古木 져 가마귀 擾亂타고 뮈여 마라

雪中에 주린 어이 反哺허는 소리로다

허물며 人子가 되야 져 知覺이 업슬쇼냐 (3198 異本)

雪裡飢烏望哺喧	群兒喙喙供朝飧
先嘗不動充腸欲	半哈常噓滿口溫
便養如渠能子職	良知同我慕慈恩
曩我遊學親廚泠	空待青山悵倚門

(趙榥, 「酒老園擊壤歌」 28, 『三竹詞流異本』)

혼 히도 열두 달이오 閏朔 들면 열석달이 혼 히오니

흔 달도 서른 날이오 그 달 적으면 스무아흐리 그으느니
밤 다섯 낫 일곱 씩의 날 볼할니 업스랴 (3200)

一月每有三十日　　　　一年又有十二朔
一日亦爲十二時　　　　豈無片時一來隙

(馬聖麟, 「戲贈美妓」, 古詩九首 3, 『安和堂私集』)

十二月添閏十三　　　　月三十日夜時五
一年通打算閒時　　　　果沒片閒來一聚

(申緯, 「小樂府四十首」 30, 枕邊風月冷, 『小樂府四十首』 가람본)

漢興初 制禮時늘 叔孫生이 만나고나
三代損益 어듸 두고 改廢繩墨 어인 닐고
두어라 捨所學從所好늘 나는 몰나 ᄒ로라 (3201)

叔孫自以禮家稱　　　　損益儀文際漢興
若爲拙工繩墨廢　　　　更何屑屑魯儒徵

(趙榥, 「箕裘謠」 17, 『三竹詞流』)

漢興初 制禮時를 叔孫이 만나고나
時變도 보려니와 三代損益 어이허리
굿틱야 大匠의 繩墨을 네 손으로 毁廢헌다 (3201 異本)

三王大統漢初承　　　　損益儀文際可興

欲採彼秦渠自足　　　　　更何屑屑魯儒徵

(趙槻,「箕裘謠」16,『三竹詞流異本』)

히 져 黃昏이 되면 내 못가도 제 오든이

제몸에 病이 든지 뉘손듸 잡히였는가

엇맨아 긴쟝홀 님이완듸 슬쁜 애를 긋는고 (3217)

해 져 黃昏이 되면 내 못가드 제 오더니

제 몸이 病이 든지 뉘 손에 잡히엇난지

落月이 西樓로 나리면 애 끈난듯 하여라 (『朝鮮歌謠集成』)

黃昏日日佳期在　　　　　儂未往時渠必來

渠或病乎人或挽　　　　　西樓月落寸腸灰

(李裕承,「續小樂府」3, 黃昏爲期,『三家樂府』)

落花寂寂日將暮　　　　　儂未去時渠到宜

月倒西垣人影斷　　　　　定非臥病有情誰

(譯者未詳,「小樂府五十首附十首」3, 相思月,『朝鮮歌謠集成』)

鄕三物 賓興時예 野無遺賢 허더니라

郁郁헌 져 制作을 스름 업시 젼헐소냐

두어라 東遷後人物은 權謀術數 쑨이로다 (3228)

賓興秀俊野無遺　　　　　開國承家第一規

降自東遷人異論　　　　　虛文束閣掌敎司

(趙榥,「箕裘謠」8,『三竹詞流』)

鄕三物 賓興法예 野無遺賢 허더니라

周公禮樂인들 사람 업시 전헐소냐

엇지타 東遷後 士習은 權謀術數 쑌이로다 (3228 異本)

賓興三物燕謨貽　　　　　通古爲邦不易規

降自東遷人異論　　　　　虛文束閣掌敎司

(趙榥,「箕裘謠」8,『三竹詞流異本』)

許多헌 工役債가 貽累聖門 허리로다

一家産 蕩盡허고 去處 업시 늬다르니

妻子야 네 무슨 罪로 氣色凄凉 저러흐고 (3229)

許多營建債　　　　　累大吾聖門

薄庄四年農　　　　　計息償嘖言

竟徒八口眷　　　　　露立身獨存

溝壑當目前　　　　　猶快脫債魂

(趙榥,「秉彛吟」18,『三竹詞流』)

혓가레 기나 쟈르나 기동이 기우나 트나

數間茅屋을 쟈근줄 웃지 마라

어즈버 滿山蘿月이 다 내거신가 ᄒᆞ노라 (『靑丘永言』珍本 123)

椽任長短	棟任欹傾
數間茅屋	小且莫笑
滿山蘿月皆吾有	

(申欽,「放翁詩餘」8,『靑丘永言』珍本)

荊山에 璞玉을 어더 世上스름 뵈라가니
것치 돌이여니 속알 이 뉘 이시리
두어라 알닌들 업스랴 돌인드시 잇거라 (3240)

我有一寶玉	欲使世人覺
惟其外爲石	孰知內有璞
此旣有本質	何關識不識

(李衡祥,「今俗行用歌曲」30, 荊玉寃 其二,『芝嶺錄』)

형아 아이야 네 술홀 만져보아
뉘손듸 타나관듸 양ᄌᆞ조차 ᄀᆞᄐᆞᆫ다
ᄒᆞᆫ졋 먹고 길러나이셔 닷ᄆᆞ음을 먹디마라 (3242)

兄兮弟兮	撫爾肌兮視之
賦自于誰兮	樣子兮從以似
喫一乳兮長一	抱異心兮無以

(譯者未詳,「五倫歌」4, 長幼有序,『俛仰集』)

時調・歌辭 漢譯歌全書 ①

請看昆季類肌貌	此令何爲不友恭
同氣分形同乳飲	長成須勿各心胸

(李檠,「飜訓民歌十八章」2, 兄友弟恭,『茅山亭遺稿』)

人君與百姓	天尊與地卑
凡我勞苦事	一一要盡知
而我彼美芹	云何獨食之

(宋達洙,「訓民歌飜辭」3,『守宗齋集』)

湖南 第一寒門에 過分흔 恩澤이 씨는듯ᄒ니
夙夜洞屬ᄒ야 이내 ᄆ음이 淵氷이로다
終古로 宇宙間大英雄이 다 戰戰兢兢으로 와ᄂ니 (3248)

湖南第一寒門	過分恩澤如蒸
夙夜洞屬	是我之心淵氷
終古宇宙間大英雄	都來自戰戰兢兢

(梁周翊,「又感恩曲五疊」2,『無極集』)

浩蕩헌 天地間을 三光으로 照耀허고
林蒽헌 져 人物을 五常으로 綱維허니
아마도 聖人의 功德은 져ᄒ를과 가트니라 (3251)

兩間極寥廓	照耀有三光
于于這衆生	維持以五常

372

如古無聖人　　　　　　天地亦虛荒

何以名吾聖　　　　　　日月義獨當

(趙榥,「秉彝吟」1,『三竹詞流』)

豪華코 富貴키야 信陵君만 홀가만는

百年이 못하여 무덤 우희 밧츨 가니

허물며 여느문 丈夫ㅣ야 일너 무슴ㅎ리오 (3253)

豪華富貴信陵君　　　　一去人耕春艸墳

矧爾諸餘醉夢者　　　　不堪比數漫云云

(申緯,「小樂府四十首」18, 沒下梢,『小樂府四十首』가람본)

홈의 되답호되 쥬인님 내 말 듯소

풋슬 시므거던 씨을 비요 못ㅎ실넌가

썰히 깁고 수 만흔 쏼을 낸들 어이ㅎ리 (『孤松崔公遺稿』)

鋤苔主人兮聽我說

初種之時兮胡不密

根深蔓盛兮我何若

(譯者未詳,「哀大君歌」2,『孤松崔公遺稿』)

洪爐中 타는 밧헤 終日허는 져 農夫야

네 勤苦 져러커널 늬 遊食은 어인 닐고

우리도 勞力養君子ᄒ야 愛民허기 바라노라 (3259)

火傘彌空土石焦	劇憐前野彼藝苗
通身熱汗乾成潟	撑腹蒸炎滾作痟
爾亦同情知逸樂	吾何多福坐逍遙
箇中莫慰雲霓望	天旱之餘且賦徭

(趙榥,「酒老園擊壤歌」18,『三竹詞流』)

紅樓畔 綠柳間에 多情헐쓴 뎌 쇠소리
百囀好音으로 나의 숨을 놀뇌ᄂ니
千里에 글이는 님을 보고지고 傳ᄒ렴은 (3261)

紅樓東畔綠楊間	黃鳥多情百囀喧
莫把好音驚我夢	思君千里到關山

(鄭顯奭,「敎坊歌謠」4,『敎坊歌謠』)

花園에 저 나븨야 이 春色이 뉘 시절고
꽃 피자 네가 난다 네가 나자 곶치 핀다
아마도 南華翁 숨을 ᄭ어 저 시절을 만나리라 (3281 異本)

九十韶光有主張	花間戲蝶太揚揚
彩衣善舞東風細	芳暈沈酣白日長
天氣生逢三月好	風流領度一春香
吾將夜幻莊周夢	靑帝繁華弄一場

(趙榥,「酒老園擊壤歌」13,『三竹詞流異本』)

花園에 져 나뷔야 이 春色이 뉘 時節고

꼿퓌쟈 네가 낫다 네가 나즈 꼿치 퓟다

아마도 莊周의 꿈을 꾸어 져 時節을 만나리라 (3281)

百花生有自然香	狂蝶來爲劇戲場
時節遭逢三月好	風流管領一春光
眠醒曉雨靑山早	舞繞陽園白日長
何夜做吾莊叟夢	東皇天地氣揚揚

(趙榥,「酒老園擊壤歌」12,『三竹詞流』)

還上도 타와 잇고 小川魚도 어더 잇늬

비즌 술 식로 익고 뫼헤 들이 붉아셰라

곳 픠고 거문고 이스니 벗 請ᄒ여 놀니라 (3286)

川有鱗兮桃花肥	甕有酒兮竹葉香
明月在山	短琴橫床
此時故人來不來	松影依依過東墻

(洪良浩,「靑丘短曲」7, 川有鱗,『耳溪集』卷1,『靑丘短曲』)

黃鷄白酒 醉飽허고 竹杖芒鞋 徘徊허니

뫼마다 錦屛이요 이들져들 黃雲이다

아마도 世間悲秋士는 닉 佳興을 모로리라 (3293)

無巡亂酌飽因停	散步從容落葉庭
家遣牛車輪野色	天敎霜露鍊山形
黃雲散作千村廩	錦樹環成百室屏
烈士不知鷄酒味	凄風冷雨元然醒

(趙榥,「酒老園擊壤歌」21,『三竹詞流』)

黃鷄白酒 醉飽허고 芒鞋竹杖 徘佪허니
뫼마다 錦屛이오 들들마다 黃雲이라
두어라 世間悲秋士는 닉 佳興 모로리라 (3293 異本)

田家酒爛打稌庭	披灑凉風故喚醒
人遣牛車輪野色	天敎霜露鍊山形
嘗新不換紅陳粟	居陋旋張錦繡屛
含哺可同天下樂	寧將秋思撫頹齡

(趙榥,「酒老園擊壤歌」23,『三竹詞流異本』)

黃山谷 도라드러 李白花를 것거 들고
陶淵明 ᄎᄌ이라 五柳村에 드러가니
葛巾에 술듯는 소릭 細雨聲인가 ᄒ노라 (3297)

黃山谷裏蕩春光	李白花枝手折將
五柳村尋陶令宅	葛巾漉酒雨浪浪

　　　　　　　　(申緯, 「小樂府四十首」 26, 冶春, 『小樂府四十首』 가람본)

騎得浩然驢子行　　　　柴門五柳訪淵明
葛巾漉酒眞堪聽　　　　恰似前村細雨聲

　　　　　　　　　　(權用正, 「東謳」 14, 『東謳』)

三春澹蕩黃山谷　　　　一朵嬋姸李白花
漉酒聲聲春雨滴　　　　門前五柳先生家

　　　　　　　　(李裕元, 「小樂府」 33, 憶秦娥, 『嘉梧藁略』)

黃山谷裡好春時　　　　李白花枝手折持
五柳村前訪陶令　　　　葛巾漉酒雨聲疑

　　　　　　　　　(鄭顯奭, 「教坊歌謠」 51, 『教坊歌謠』)

黃河水 묽다더니 聖人이 나시도다

草野 群賢이 다 이러나단말가

어즈버 江山風月을 눌을 주고 니거니 (3303)

聞道黃河淸　　　　　　果然聖人生
群彦起草野　　　　　　冠蓋峩峩滿洛城
唯是松風蘿月無人管　　容我一壑老太平

　　　　(洪良浩, 「靑丘短曲」 12, 黃河淸, 『耳溪集』 卷1, 『靑丘短曲』)

淸乎黃河水　　　　　　聖人果爾出
草野多遺賢　　　　　　次第茅茹拔

好好此江山　　　　　　去日何人可屬

(金養根,「東調」19,〈喜慶〉1,『東埜集』)

聞說黃河淸一千　　　　聖人初降海東天
草野群賢次第起　　　　江山風月屬誰邊

(吳憙常,「樂府」3, 聖得賢頌,『樂府』高大本)

黃河遠上白雲間ᄒ니 一片孤城萬仞山을
春光이 예로부터 못넘는 玉門關이라
어듸셔 一聲羌笛이 怨楊柳를 ᄒᄂ니 (3305)

黃河遠上一孤城　　　　雲白山靑萬仞橫
春光不到玉門柳　　　　何處遙遙羌笛聲

(李裕元,「小樂府」1, 楊柳枝,『嘉梧藁略』)

後生의 羹墻思가 四十九表 燕申容을
千歲前 手植檜에 模寫ᄒ여 刻板허니
天下에 誦法家子弟 願 一見之 뉘 아니리 (3315)

門人親炙日　　　　　　申夭瞻在前
四十有九表　　　　　　詳載世家篇
千年手植檜　　　　　　模刊廣其傳
萬世誦法家　　　　　　同心願揭虔

(趙楗,「秉彝吟」5,『三竹詞流』)

胸藏萬甲 一等精兵을 萬古名將 諸葛孔明을 맛겨

八陣圖風雲으로 大破코져 欲寇長城

진실로 破키곳 破ᄒ면 天下歸仁ᄒ야 廓淸ᄒ리라 (3318)

胸藏萬甲一等精兵	任他萬古名將諸葛孔明
八陣圖風雲	大破慾寇長城
眞箇破破了	天下歸仁也廓淸

(梁周翊,「又感恩曲五疊」5,『無極集』)

興亡이 有數ᄒ니 滿月臺도 秋草ㅣ로다

五百年 都業이 牧笛에 부쳐시니

夕陽에 지나ᄂᆞᆫ 客이 눈물계워 ᄒ노라 (3325)

興亡有數水流行	滿月臺空秋草荒
五百年來王業事	夕陽牧笛客心傷

(馬聖麟,「短歌解」, 古詩十七首 10,『安和堂私集』)

興亡有數	滿月臺亦春草
五百年王業	摠付了牧笛聲
夕陽掠水燕	爾亦何知還有知

(黃胤錫,「古歌新翻二十九章」9,『頤齋亂稿』)

羲農後 七聖外여 賢於堯舜 吾夫子가

百王의 師表시고 綱維萬世 허시니라

其外예 釋老家 一邊聖은 獨善其身 쑨이로다 (3328)

羲農以來聖	吾師集大成
刪述終條理	萬世開太平
素王南面權	一部春王正
賢於得位聖	道止一時行

(趙榥, 「秉彝吟」 3, 『三竹詞流』)

희여 검을찌라도 희는 것시 셜우려든

희여 못검는듸 눔의 몬져 힐 쑬 어이

희여셔 못검을 人生인이 그를 슬흐 ᄒ노라 (3329)

假使白還黑	雪色猶可悲
況聞不復黔	何遽先我髭
亦稟金氣剛	無令我更衰

(李衡祥, 「浩繙謳」 11, 鵠鬢囑, 『瓶窩集』 卷4, 『更永錄』)

白而還黑白猶悲	一白應無更黑時
伊我緣何偏早白	望秋蒲柳最先之

(李裕承, 「續小樂府」 5, 白髮歎, 『三家樂府』)

힘뻐 ᄒ는 빠홈 나라 爲흔 빠홈인가

옷밥의 뭇텨이셔 흘일 업서 빠호놋다

아마도 근티디 아니ᄒ니 다시 어히ᄒ리 (3335)

彼鬪者　　　　　　子爲公乎些

貪飽居安　　　　　　無事爾些

嗟嗟乎莫之能止　　　復何爲些

(李起渤,「憂國歌二十八章飜辭」13,『漆室遺稿』卷1)